로크미디어가
유혹하는
재미있는 세상

달빛
조각사

달빛 조각사 3

2007년 2월 21일 초판 1쇄 인쇄
2007년 2월 22일 초판 1쇄 발행

지은이 남희성
발행인 이종주

편집장 김진웅
편집 팀장 손수지
기획 팀장 김명국
책임 편집 이세종

발행처 (주)로크미디어
출판등록 2003년 3월 24일
주소 서울시 용산구 청파동3가 119-2 진여원BD 5층
Tel (02)3273-5135 Fax (02)3273-5134
홈페이지 rokmedia.com · E-mail rokmedia@empal.com

ⓒ 남희성, 2007

값 8,000원

ISBN 978-89-5857-905-2 (3권)
ISBN 978-89-5857-902-1 04810 (세트)

달빛 조각사 3

남희성 게임 판타지 소설

로크미디어

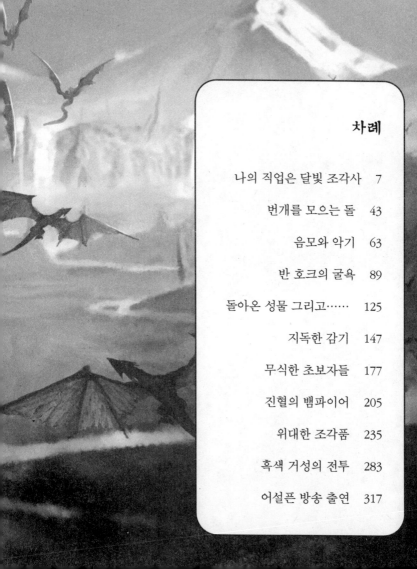

차례

The Legendary
Moonlight Sculptor

나의 직업은 달빛 조각사

바란 마을은 폭증한 유저들로 붐비고 있었다.

"조각품 팝니다! 요리도 팔아요! 내구력이 떨어진 방어구나 무기, 저렴하게 수리해 드립니다!"

"조각품, 그거 얼마예요?"

"개당 20실버! 비싸죠? 비싼 만큼 예쁜 겁니다. 예술이란 본래 그런 것이지요."

여성 유저들의 폭발적인 관심을 받는 위드!

그가 만든 조각품들은 하나하나 살아 있는 것 같았다.

조각품, 혹은 석상들은 너무 커서 쉽게 사 갈 수 없는 것이 많았지만, 대중적인 인기를 끌기 위해 작은 모형으로도 제작을 했다. 이런 것들은 귀엽고 앙증맞기 짝이 없어, 여성 유저들의 지대한 관심을 받았다.

위드는 조각품을 팔면서 동시에 요리도 했다.

지지고 볶는 냄새가 풍기면서 사람들을 끌어 모은다. 조각품을 사러 온 사람들도 냄새에 반해서 요리에 관심을 가졌다.

"지금 하고 계시는 요리들은 뭐예요?"

"독약입니다."

"에엑, 독약요? 독약을 만드시는 거라고요? 이렇게 맛있는 냄새가 풍기는데……."

"그렇습니다. 두 번 죽어도 먹을 만큼 맛있기 때문에 독약인 거죠! 여기 시식 요리도 있습니다. 아주 조금씩만 드세요!"

유저들은 위드가 한 스푼씩 떠 주는 스튜의 맛을 보았다.

우선 냄새!

몸에 좋은 산나물들을 끓인 물로 만들어 그윽한 풍취가 난다. 입에 넣는 순간 사르르 달콤하게 풀어지는 스튜에, 여성 유저의 눈이 동그래졌다.

"어머, 맛있다! 오빠, 이거 사 주면 안 돼?"

"그럼! 얼마든지 먹어. 우리 세나가 먹고 싶어 하는 건데… 아저씨, 이것 얼마죠?"

"15실버입니다."

"요리치고는 너무 비싼 것 아닌가요?"

남성 유저의 얼굴이 일그러진다. 15실버라면 상당한 고가였던 것!

그러나 가격에 대해서만큼은 위드는 타협을 하지 않았다.
돈은 타협의 여지가 될 수 없는 것이다.

　　"제가 요리를 하는 이유는, 많은 사람들이 조금 더 맛있는
음식을 먹을 수 있게 해 주고 싶어서입니다. 그러나 그 길은
정말로 쉽지 않은 것임을 느끼고 있습니다. 아무래도 요리들
이 너무 비싸서인지, 사람들에게 불평을 사더군요."

　　"그야 당연히 그렇죠!"

　　"저도 정말 싸게 팔고 싶습니다. 하지만 이 음식은 재료
값만 14실버 가까이 됩니다. 거기에 기타 음식 도구들이나
제 수고비까지 감안한다면, 정말 헐값에 팔고 있는 겁니다,
으흐흑! 맛있는 요리를 만들겠다는 제 꿈을 포기하고 싸구려
재료들을 이용해 값이 싼 요리만 만들어야 하는 건 아닌지,
이제는 정말로 고민이 됩니다. 흑흑!"

　　위드는 가증스럽게도 우는 연기를 했다. 찔러도 피 한 방
울 나오지 않을 위드가, 펑펑 눈물을 흘리는 것이었다.

　　이것도 투자였다.

　　재료가 들지 않는 투자!

　　"오빠!"

　　투자가 제대로 먹혀든 것인지 여성 유저가 소리를 꽥 질
렀다.

　　"우리 그냥 이거 사 먹자! 너무하잖아! 이렇게 맛있는 요
리를 하시는 분인데… 우리 엄마가 그랬어, 요리는 마음이라

고. 이런 음식을 만드는 분이시니 틀림없이 엄청 좋은 분일 거야."

"그래, 알았어. 죄송했습니다, 요리사님. 많이 파세요."

커플은 무려 20실버를 내놓고 갔다. 거스름돈도 받지 않았다. 그리고 위드는 회심의 미소를 지었다.

'요리는 모르고 먹으면 뭐든 맛있는 법이지. 이번에도 돈 벌었다.'

위드는 능수능란하게 조각품들과 요리를 판매했다. 실제로 재료 값은 1실버도 들지 않았는데 말이다.

산나물들은 요리 재료점에서 제일 싸게 팔리는 것이고, 나머지 재료들 또한 그리 비싸지 않았다. 산골에 있는 마을이라 이것저것 없는 것이 많아서 그렇지, 음식과 관련된 물가 자체는 상당히 낮았던 것이다. 도시에서 파는 요리 재료들은 구하지 못해도, 풍성한 레시피로 다양한 요리들을 만들어 낼 수 있었다.

"아저씨! 저도 한 그릇 주세요."

"저희들은 김밥요."

"저 또 왔어요, 헤헤."

손님들이 끊이지 않았다. 요리 스킬과 조각술이 중급에 오른 이후로 엄청난 인기를 끄는 것이었다.

더불어 입담도 늘어만 갔지만, 장사를 하면서 하는 거짓말은 거짓말이 아니라는 생각을 가지고 있는 위드였다. 고객을 좀 더 기분 좋게 만들어 주기 위한 철저한 서비스 정신!

그런데 때때로 위드를 곤혹스럽게 만드는 손님들이 찾아오기도 했다.

"저기, 텔레비전에서 본 것 같은데요."

여자들 둘이서 다가오더니 위드의 얼굴을 이모저모 뜯어 보며 말을 건다.

"혹시 프린세스 나이트 아니세요?"

대인 고등학교에서 상금을 받기 위해 나름의 활약을 한 이후로 붙여진 별명! 인터넷에 급속도로 퍼진 까닭인지, 얼굴을 알아보는 사람들이 꽤 있었다.

혹자는 유명해졌다고 좋아할지도 모르지만, 위드의 경우에는 달랐다. 하고많은 별명 중에 공주의 기사라니, 창피하기 짝이 없는 일이다.

"그, 글쎄요. 사람을 잘못 보신 모양입니다."

위드는 시선을 돌리면서 그녀들을 피했다.

어쨌든 위드의 요리는 맛있을 뿐 아니라, 먹으면 생명력과 마나의 최대치를 크게 키워 주므로 유저들은 일부러라도 찾아왔다. 파티 사냥을 가는 사람들도 단체로 와서 먹고 갈 정도였다.

"가격은 15실버, 사냥을 위한 특별 영양식은 30실버씩 받겠습니다. 감사합니다. 즐거운 사냥 되세요!"

조각품과 요리를 비싸게 받는 대신에 내구력이 떨어진 갑옷들은 무료로 수선을 해 주기도 했으니, 가격 때문에 별로 문제가 되지는 않았다.

30실버라고는 해도, 바란 마을에 사냥을 하러 올 정도의 유저들이라면 충분히 낼 수 있는 돈이다. 생명력과 마나의 최대치를 늘려 주는 음식이라는 것은, 사냥할 때 그 값어치를 하고도 남을 정도이니 말이다.

물론 정말 비싼 요리들도 있다. 조인족의 알이나 천상의 열매들을 넣어서 만든 요리들은, 둘이 먹다가 하나가 죽어도 모를 꿀맛이다.

이건 재료들만 천상의 열매가 15실버, 조인족의 알은 무려 95실버나 되었다. 그렇지만 가격만 비싼 음식이 아니라 요리하기도 아주 까다롭다.

보양식은 하나로만 맛을 내지는 못한다. 강한 약효를 중화시켜 주고 효과를 배가시켜 주는 재료들과 함께 음식을 완성시켜야 하는 것이다.

삼계탕을 만들 때에도 인삼이나 대추, 각종 약재들을 넣는 것처럼, 맛이 우러나오도록, 효과를 완전히 뽑아낼 정도의 특별한 요리를 완성해야 한다.

이것이 바로 요리사의 어려움이자 고난이었다.

그리하여 위드가 몇 차례의 도전과 실패 끝에 조인족의 알과 천상의 열매로 만들어 낸 요리의 이름은 이것이었다.

웰빙 로열 버드 더 데이!

스위트 너트 베이 리프.

이 두 가지를 하나의 요리로 완성한 것의 이름은 따로 있었다.

메인 너트 온 더 버드.

조인족의 알과 천상의 열매가 상생의 효과를 가져와서 지력과 행운, 체력, 마나, 생명력을 대폭 늘려 주는 음식이다.

바란 마을에서 위드와 합류한 마판은 큰 기대를 갖고 있었다.

'이제 지긋지긋한 상인도 끝이다! 이제 내 앞에는 탄탄대로가 펼쳐진 거야.'

상인의 길은 험난함 그 자체라고 할 수 있다. 마판의 기억 속으로, 그동안의 고난의 시간들이 스쳐 지나갔다.

'휴우, 정말 힘든 시간이었어.'

처음에 상인을 선택했을 때는 꿈과 희망에 부풀어 있었다.

마판은 상인이 정말로 마음에 들었다.

돈!

권력도 돈!

명예도 돈!

세상사는 결국 자본이 지배하는 것이다.

경제학을 전공하는 그는, 자본주의는 이념이 아니라 경제학 그 자체라고 굳게 믿고 있었던 것이다. 그 자본을 벌기 위하여 다소의 고생은 감수할 작정을 했다.

베르사 대륙의 돈은 전부 자신의 것이 된 것만 같았고, 큰 상회를 설립하여 엄청난 명성까지 획득하고 싶었다. 어떤 왕국은 돈만 내면 귀족의 작위까지 준다고 한다.

한마디로 그는, 큰돈을 벌기 위하여 상인의 길을 택했다.

그런데 이게 웬일인가!

상인의 길은 시작부터 험하기 짝이 없다.

4주간 성 밖 출입이 안 될 때부터 그는 심부름을 도맡아서 했다.

무기점이나 여관, 거래소 등에서 열심히 의뢰를 하면서 푼돈을 모았다. 상인 전직 퀘스트를 하기 위해서였다.

마판은 뛰고, 달리고, 굴렀다!

띠링!

"그동안의 노력을 보아하니 자네에게는 상인의 자질이 엿보이는군. 돈에 대한 욕심이 없으면 상인이 아니지. 토끼 가죽 300개가 급하게 필요한데, 1골드를 줄 테니 이를 구해 주겠나? 그러면 자네를 정식으로 로자임 왕국의 상인으로 받아 주지! 다만 가능한 빨리 구해 주게. 사흘 내로 구해 주면 좋겠어."

'아싸, 돈 벌었다!'

마판은 쾌재를 부르며 의뢰를 받아들였다.

'1골드나 주다니, 역시 상인이라 그런지 초반부터 돈이 많이 벌리는걸.'

토끼는 성 앞에서 흔하게 나오는 초보용 몬스터였다. 잡화점에 팔 때의 가격이 10쿠퍼도 되지 않으므로 총구입비는 3천 쿠퍼. 즉 30실버면 충분하리라는 계산이 섰던 것이다.

물론 상대방을 위해서 약간의 이득도 줄 작정이다. 적절한 상거래란 서로 간에 이익이 있어야 했으니 말이다.

"토끼 가죽 삽니다! 11쿠퍼에 구매합니다!"

성 앞에서 마판은 큰 소리로 외쳤다. 토끼 사냥을 하고 있는 유저들이 대거 달려올 것이라고 기대하면서 말이다. 그런데 옆에서 다른 상인이 더 크게 외치는 것이었다.

"토끼 가죽 30쿠퍼에 삽니다!"

그 옆에서 열심히 바느질을 하는 사람도 외친다.

"토끼 가죽 50쿠퍼에 사요! 무제한 구매!"

"헉! 어떻게 이런 일이……."

시세가 개당 10쿠퍼밖에 안 되던 토끼 가죽이 엄청난 고가에 매입되고 있었다.

"이게 어찌 된 일이죠?"

당황한 마판이 물어보자 돌아온 대답은, 그를 절망에 빠뜨렸다.

"모르셨어요? 상인 전직을 위해서 토끼 가죽을 모으는 사람이 한둘이 아니잖아요. 그리고 재봉을 익히는 사람들도 토끼 가죽을 필요로 해서 물가가 폭등했어요!"

마판은 눈물을 흘렸다.

물가가 초보 상인을 울리고 있는 것이다.

상인 전직을 위해서는 사흘이라는 시간밖에 없었다. 어쩔 수 없이 그동안 퀘스트를 통해 벌었던 돈을 탈탈 털고, 밤을 새워 사냥을 해서 간신히 토끼 가죽 300개를 구했다.

그로써 빈털터리가 된 것이었다.

"고맙네. 이제 자네는 상인일세!"

거래소 주인이 장하다는 듯이 어깨를 두들겨 주었지만, 축 늘어진 마판의 어깨는 펴질 줄 몰랐다.

그때부터가 시작이었다.

험난한 상인의 길.

스킬과 레벨을 올리기 위해서는 유저들에게 잡템을 고가에 구입해야 했다. 전투에는 약하다고 무시당하고, 잡템 구입을 위해서는 피 말리는 전쟁을 해야 했다. 이 먼 바란 마을까지 출장을 온 마판에게는, 말 못 할 애환들이 엄청나게 많았던 것이다.

노점을 하며 잡템을 팔아 줄 사람이 오기만을 기약 없이 기다리는 일도 힘들었지만, 무리한 가격을 내세워 사 달라는 사람도 숱하게 봐 왔다.

"고생은 끝났다!"

마판은 위드와 한팀을 이루기로 한 이후로, 모든 근심과 걱정을 덜었다. 이제 위드만 믿고 따르면 되는 것이다.

'어디든 쫓아가리라. 난 저분만 믿으면 돼!'

마판은 단단히 각오했다.

위대한 전사! 모험가! 전투의 달인!

위드를 그렇게 알고 있는 마판으로서는 더없는 신뢰를 보내고 있었던 것이다.

그 감정들은 위드가 바란 마을에 좌판을 깔 때까지 지속되었다.

'어떻게 저럴 수가!'

마판은 비명이라도 지르고 싶은 심정이었다.

눈을 비비고 보아도, 위드는 음식을 만들어 팔고, 조각품을 팔고 있다. 설상가상으로 수리까지 한다!

"으흐흑!"

위드가 신 나게 요리를 팔고 있을 때 남몰래 눈물을 흘리고 있는 사람, 그는 바로 마판이었다. 위대한 전사로 알았던 위드가 요리와 조각품을 팔고 있다니!

'이건 최악의 잡캐가 아닌가.'

짐작만으로 해결할 수는 없는 노릇이었다. 확인이 필요한 부분.

마판은 주저주저했다. 결과를 알기 두렵다. 하지만 묻지 않을 수도 없다.

"저기, 위드 님, 본직업이 대체 뭡니까?"

"저요? 보시다시피 제 직업은 조각사입니다."

"조각사!"

마판은 마치 둔기에 얻어맞은 것처럼 뒤통수가 아파 왔다.

'조각사라면 화가와 청소부만큼 비인기 직업이잖아!'

밀려드는 암울함 속에서, 마판은 떨리는 손으로 부글부글 끓고 있는 솥단지를 가리켰다.

"그럼 이 요리들은요?"

"부업입니다."

"수리는……."

"열심히 익히고 있는 스킬 가운데 하나죠. 대장장이 스킬을 익혀 무기나 방어구를 제조하기 위해서는, 수리를 중급에 올려야 하거든요."

위드와 한팀이 되어 팔자가 폈다고 생각했던 마판은 낙심하지 않을 수 없었다.

'그럼 그렇지. 이 지지리도 복도 없는 놈은… 근데 무슨 이런 잡캐가 다 있지?'

그가 보기에 위드라는 캐릭터는 형편없었다. 그것도 아주 역사에 남을 정도로 허접스러운 캐릭터다!

사람들로부터 인정받지 못하는 기술들만 잡다하게 열심히 연마하고 있는 위드! 자신이었다면 진작 접고 새로 키우는 편을 택했을 것이리라.

'얼마나 대충 성장시켰기에 저런 캐릭터가 나올 수 있지?'

마판은 크게 오해를 하고 있었다.

눈물겨운 위드의 투쟁!

초급 수련관에서 허수아비를 두들기고, 교관에게 밥을 얻어먹으면서 조금씩 강해졌다.

예술 스탯을 1이라도 향상시켜 주는 조각품을 만들기 위해 눈이 뻘게졌고, 요리의 숙련도를 위해서 NPC 병사들과 토벌대원들의 주방장이 되었던 그였다.

수만 그릇의 요리와, 수천 개가 넘는 조각품을 만들며 가까스로 이만큼 성장한 위드였건만, 마판이 보기에는 그저 아무 기술이나 익혀 놓은 허접한 캐릭터로만 보였다.

하지만 구르고 깨지는 와중에도 하나씩 배우고 일어났기에 마판이 바로 이 자리에 있을 수 있었다.

'그래도 이 사람의 상업적인 마인드는 오히려 나보다 낫지 않은가. 공자께서는 세 사람이 걸어가면 그 가운데 1명은 스승이 있다고 하였다. 잡캐에게도 배울 점이 있어.'

마판은 위드와 한팀을 이루기로 한 것을 후회하지 않기로 했다. 그리고 적극적으로 위드의 옆에서 잡템을 구매하며, 자신의 영업을 개시했다.

어쨌거나 놀고만 있을 수는 없는 법이다.

틈틈이 조각품과 요리를 팔아먹는 위드의 모습을 지켜보면서, 상인에 대해서 새로운 일깨움을 얻기도 하였다.

'저런 무책임한 거짓말을……!'

때때로 경악하였고.

'저렇게 형편없는 재료들로 폭리를 취하다니!'

분노하기도 했다.

자신처럼 올바른 긍지를 가진 상인이 발붙일 곳이 사라지는 것만 같아서였다.

'완전 날강도에 사기꾼이 아닌가?'

위드에게는 구매자의 비위를 살살 맞추어 주는, 화려한 언변이 존재했던 것이다.

몇 마디 말로, 10실버 하던 조각품이 15실버로 둔갑하는 걸 보는 마판의 속은 부글부글 끓었다.

그렇게 이틀이 지나자, 위드는 좌판에 펼쳐 놓은 조각품들을 슬슬 다시 배낭에 넣었다.

'제법 많이 팔렸군.'

라비아스에서 틈틈이 조각해 놓은 조각품들. 그것들이 절반 정도 팔려 나갔다.

조각품의 아쉬운 점이라면 역시 재차 구매를 하지 않는다는 점에 있었다. 수집가를 만난다면 모를까, 보통 사람들은 기념으로 하나씩을 구매할 뿐이었던 것이다.

아무리 원가가 낮은 조각품이라고 해도, 개당 10실버, 많이 받아야 30실버 정도였다. 조각품 10개를 팔아야 겨우 3골드를 벌 수 있다는 소리다.

돈이 없고 가난하던 초창기에는 꽤나 유용했었지만, 레벨이 상당히 오른 위드에게 있어 이제 나무로 만든 조각품은 푼돈 벌이 수준으로 전락하고 만 것이다.

바란 마을에 있는 유저들 중, 이미 조각품을 살 만한 사람은 대부분 샀다. 이제 더 이상 있더라도 요리밖에는 팔지 못하리라.

수리와 요리의 숙련도를 40%씩 올리고 나서, 위드는 좌판을 완전히 접었다. 그리고 옆에서 눈치를 보며 꾸준히 잡템을 구매하고 있는 마판을 향해 말을 건넸다.

"이제 슬슬 출발하지요."

"넷? 어디로 말입니까?"

"미리 말했던 대로 바르크 산맥을 넘어야지요."

헤레인의 잔을 돌려주기 위해 프레야의 교단에 가야 하는 위드에게는 시간이 3개월밖에 없었다. 언제까지고 바란 마을에 남아 있을 생각은 없었던 것이다.

더군다나 훌륭한 조각가가 되려면 견문을 많이 쌓아야 한다. 비록 여러 경로를 통해서 강해진 위드였지만, 조각사라는 본문만큼은 잊지 않고 있었다.

위드는 잡화점과 상점들을 돌면서 여행을 위한 준비를 빠르게 마쳤다.

"잘 가게!"

촌장과 병사들이 마을 입구까지 배웅을 나온다.

"다음에 또 들르겠습니다."

"그렇게 하게. 자네의 도움은 잊지 않음세."

데일, 베커, 호스람.

십부장들과도 작별 인사를 나누었다.

"다음에 보자."

"예, 대장님! 그때는 수도에서 뵐 것 같습니다. 저희도 이곳의 파견 근무를 마치고 귀환하기로 했습니다."

위드와 마판은 로자임 왕국의 남부 대도시들을 돌며 특산품들을 구매했다. 진주와 비취, 백포도주, 치즈, 올리브유, 미스릴 등이 남부 도시들의 특산품이었다.

로자임 왕국은, 기술력이나 상업력은 그렇게 높은 편이 아니다. 그래서인지 원석이나 가공하지 않은 보석류 그리고 식료품들이 활발하게 거래되고 있었다.

중앙 대륙의 왕국들 중에는 특산품으로 무기나 방어구가 있는 도시와 국가들도 있다. 당연히 그 나라의 무기들은 다른 나라에 비해서 내구력이 훨씬 좋고 공격력과 방어력도 뛰어났다.

따라서 중앙 대륙에서 시작한 유저들은, 그만큼 이점을 가지고 있다. 하지만 모험과 기회를 얻는 측면에서는 로자임 왕국도 나쁜 선택은 아니다.

"비취 40개를 주십시오."

보석 구매는 마판이 도맡아서 했다. 회계 스킬을 보유하고 있어, 조금 더 저렴한 가격으로 구입이 가능했기 때문이다. 다만 무리하게 가격을 깎으려고 하면 거래 자체가 취소되는 경우가 생긴다. 그럴 때에는 거래소 주인이 최대 열흘간 다시 거래를 하지 않으려고 하니, 주의할 필요가 있다.

흥정을 마친 마판이 위드를 돌아보았다.

"비취의 가격이 760골드라고 하는데요. 구매할까요?"

"으음… 더 깎을 수는 없을까요?"

"제 스킬로는 이게 한계입니다."

주머니로 들어가는 위드의 손이 부르르 떨렸다. 그리고 백 골드짜리 금화가 8개나 나왔다. 그 돈을 가지고 마판은 보석을 구매했고, 잔돈과 보석들은 다시 위드가 건네받았다.

"이제 어디로 가죠?"

"팰컨 마을에 가서 진주를 삽시다."

진주 50개도 690골드에 구입을 하고, 나중에는 탄광 마을에 가서 미스릴 3킬로그램도 구입했다.

특산품들을 사는 만큼, 위드의 호주머니도 따라서 빠르게 비어 간다.

들어갈 줄만 알지 나올 줄은 모르던 돈 주머니가 풀려 급기야는 쌈짓돈까지 나오면서, 50골드만 남겨 놓고 다 써버린 것이었다.

전 재산 1,700골드.

끔찍이 아끼면서 모아 놓은 돈이 바닥을 드러내는 것은 순식간이었다.

바르크 산맥 너머의 브리튼 연합에서는 보석의 시세가 이곳보다 최소한 25% 정도 더 높다. 상인이 아닐지라도 시세 차익과 명성 등을 얻을 수 있으니, 가능한 많은 양의 물건을 구매한 것이다.

'그런데 뭘 하시는 거지?'

위드가 특산품들을 사기 위해 마을을 이동할 때마다, 마판의 시선에는 의문이 어렸다.

위드는 길을 걷는 와중에도 가만있질 않았다. 주변의 잡초들을 열심히 훑어 내면서, 그중 어떤 것은 뿌리째 쑥쑥 뽑았던 것이다. 그러더니 배낭에 열심히 주워 담는다. 때로는 흐뭇한 미소를 짓기도 했다.

"위드 님, 뭘 하시는 겁니까?"

마판이 궁금증을 이기지 못하고 물었을 때, 위드의 대답은 간단했다.

"이거요? 약초를 뽑는 겁니다."

"약초라면…….."

"약초학을 배우고 있거든요. 여기는 지형이 험해서인지, 약초들이 아주 많네요."

마판은 숨을 집어삼켰다.

'허걱!'

우상처럼 보이던 위드가 마침내 최악의 잡캐로 완전히 굳어지는 순간이었다.

'내가 너무 섣불리 사람을 판단했구나!'

데스 나이트와 언데드들에게서 나온 잡템들을 가지고 있었다는 이유만으로 놈들을 잡은 것으로 착각하다니! 혹시 운좋게 어디서 주운 것일 수도 있지 않은가.

물론 그럴 확률은 희박하겠지만, 위드에 대한 신뢰가 극도로 떨어진 마판으로서는 충분히 가능한 일이라고 보고 있었다.

그래도 마판은 사나이였다.

의리와 신의로 사는 남자!

위드 덕분에 지금까지 많은 이득을 얻었다. 잡템들을 판매하면서 스킬과 돈을 얻지 않았던가! 보석을 대신 사 주면서도 쏠쏠하게 스킬을 올릴 수 있었다.

이 상태로도 그렇게 나쁘지 않았으니, 굳이 함께하기로 한 것을 취소할 필요는 없어 보였다.

'남자로서 한번 따라다니기로 한 말은 취소하지 않아!'

마판도 열심히 특산품들을 구입했다.

그의 자본금은 위드만큼 많지 않았으므로, 올리브유나 치즈 같은 식료품 위주로 사야 했다. 이는 한 번 거래에 큰 수익을 거둘 수는 없어도, 위험부담이 적고 안정적인 수입을 거둘 수 있다는 장점이 있다.

별도의 식료품 거래 스킬이 있는 마판은 싼 가격에 많은 양을 구입하였고, 이를 실을 마차도 한 대 구입했다. 상인인 마판에게 마차는 꼭 필요한 것이었다. 하지만 말의 가격은 100골드가 넘는 고가라서, 다 죽어 가는 노새 1마리를 사는 것으로 둘의 준비는 끝이 났다.

위드는 가지고 있던 다수의 배낭들도 이참에 전부 처분했다.

대신에 마판의 도움을 얻어 잡화점에서 약초를 넣을 망태기를 구입하고, 20배의 부피를 담을 수 있으며 무게를 사분의 일로 줄여 주는 배낭을 하나 구입했다.

이제 마판은 위드를 완전한 잡상인으로 보고 있었다.

바르크 산맥.

남부 로자임 왕국과 동부 브리튼 연합 사이에 존재하는 산맥이었다. 양국 모두의 국경에 속해 있기는 하지만, 몬스터들의 천국이라고 불리는 장소였다.

넘쳐 나는 몬스터!

험악한 지형!

이곳에는 양국의 레인저들과 군대들이 진주하면서, 주기적으로 몬스터들을 소탕하고 있었다. 그러지 않았다면 로자임 왕국과 브리튼 연합은 몬스터들로 몸살을 앓았을 것이다.

쿠아아아앙!

바르크 산맥에 올라가자마자 무시무시한 소리가 울려 퍼진다.

맹수의 포효 소리.

몬스터들이 날뛰는 소리다.

나뭇가지가 부러지고, 거친 비명 소리들이 들린다.

과연 명성에 걸맞은 몬스터들의 천국이었다. 던전이 아닌 필드에서 이 정도의 몬스터들이 나타나는 곳도 드물 것이다.

마침내 위드와 마판이 탄 마차 앞에도 몬스터들이 나타났다.

라이칸슬로프.

늘대 인간으로, 레벨이 100 정도인 몬스터들. 변형 라이칸슬로프들은 레벨이 150 정도까지 되는 것으로 알려져 있다.

물론 산맥의 먹이사슬에서는 최하에 속하는 놈들이다. 그렇기 때문에 산맥의 중심부에 밀려나서 이런 곳에까지 출몰하게 되었으리라.

라이칸슬로프들은 대부분 여러 마리가 함께 움직이는 경우가 많다. 지금도 10마리가 넘는 녀석들이 한꺼번에 나타났다.

조금 전에 늘대가 울부짖는 듯한 포효는, 아마도 이 라이칸슬로프의 울음소리였으리라. 먹이를 발견했고, 이곳을 자신들의 사냥터로 만들겠다는 그런 의미의 울음.

마부석에 앉아 있던 마판은 안절부절못했다.

"노, 놈들이 나타났습니다. 어떻게 하죠! 위드 님, 위드 님이 알아서 하신다고 했잖아요."

그때까지도 위드는 조수석에서 열심히 조각칼을 놀리고 있었다.

자하브의 조각칼.

조각사라면 모두가 꿈에서라도 바랄 유니크 아이템이다. 그 조각칼이 나뭇결의 흐름에 따라 움직이면서 조각품을 만들어 내고 있었다.

라이칸슬로프들이 서서히 다가온다. 막 나타났을 때만 하더라도 늑대를 닮은 머리를 제외하고는 인간과 흡사한 외모를 하고 있던 그들의 몸에서, 회색 털이 숭숭 자라난다.

들개로 변신하는 마수들.

변신이 끝나면 틀림없이 공격을 가하리라.

−손재주 스킬의 숙련도가 향상되었습니다.

−중급 손재주 스킬의 레벨이 4가 되었습니다. 도구나 손을 이용하는 능력이 추가로 5% 증가하며, 다양한 분야에 걸쳐서 영향을 주게 됩니다.

중급 이후로 손재주 스킬은 스킬 레벨이 1 오를 때마다, 능력치가 5%씩 강화되었다. 초급이었을 때는 3%씩 올랐을 뿐이라는 걸 생각해 보았을 때, 효과가 굉장히 커진 것이다.

다만 그만큼 스킬 레벨을 올리기란 더더욱 힘들어졌다.

'제법 운이 좋았군.'

위드는 방금 전에 지나쳤던 나무의 세밀한 형상을 조각하여, 조각술의 숙련도를 1.5% 상승시킬 수 있었다.

풍성한 나뭇가지와 잎사귀들.

세월을 이겨 내며 연륜을 얻은 나무를 조각하는 것은 굉장히 어렵다. 그림에서도 천 년의 시간을 살아온 나무를 그리는 것이 그만큼 어렵다고 하지 않던가.

위드는 최대한 실물과 거의 흡사한 나무를 조각했다. 만족스러울 정도는 아니어도 제법 괜찮은 조각품이 나왔다.

조각술은 때때로 놀랄 정도로 잘 오르기도 하지만, 타성에 젖어서 만들면 정말로 안 오르는 스킬 중의 하나이다. 중급에 오른 그의 레벨을 감안한다면 1.5%의 숙련도도 상당히 많이 오른 편이다.

때마침 스킬 레벨이 올라서 능력치도 강화됐다.

"위, 위드 님!"

마판이 울상을 짓자, 위드는 그제야 조각칼을 집어넣었다. 그리고 검집에서 검을 뽑아 들었다.

냉기의 속성을 지닌 클레이 소드!

"그렇지 않아도 너무 오랫동안 앉아 있어서 찌뿌듯했었는데, 몸이나 좀 풀어 볼까? 변신 과정을 놓쳐 버린 것은 조금 아쉽지만, 뭐 괜찮겠지. 바르크 산맥에 사는 라이칸슬로프가 이 녀석들이 전부는 아닐 테니."

위드가 라이칸슬로프를 보며 중얼거렸다.

녀석들의 조각품을 만들려면 변신 과정을 봐 두는 게 좋다. 한 가지 모습밖에 없는 녀석들이 아니라서, 단계별로 조각품을 제작할 수 있을 테니 그만큼 숙련도를 올릴 수 있는 것이다.

위드가 클레이 소드를 들고 마부석에서 내리는데, 뒤에서 마판의 비명 같은 외침이 들린다.

"서, 설마 그 검으로 싸우실 작정입니까?"

마판은 클레이 소드를 보고 기겁했다. 저렇게 이빨이 듬

성듬성 나간 칼이라니!

라비아스에서의 고된 사냥으로 인해 클레이 소드의 내구
력이 최저까지 떨어져 버린 것이다.

지금까지 위드가 잡았던 언데드 몬스터들은 꽤 많은 장비
들을 떨어뜨렸지만, 검은 여전히 클레이 소드뿐이었다. 듀
라한은 철퇴나 도끼류의 끔찍한 무기들만을 사용했고, 구울
은 손톱들을 드랍했다.

데스 나이트들의 무기는 기사이거나 아니면 최소한 레벨
200이 넘어야만 쓸 수 있었으니, 위드에게는 무기의 선택권
이 별로 없었던 것이다.

사람들이 없는 외딴 곳에서 혼자 사냥을 하는 이상 그 정
도는 감수를 해야 했다. 검이 깨질 때마다 새로 바꿔 가면서
사용한 클레이 소드만 해도 수십 개였다.

그러는 사이에도 라이칸슬로프들은 하나 둘 늘어나서, 이
제 20마리가 훌쩍 넘었다.

마판의 얼굴이 완전히 흙빛으로 변하는 것을 보며, 위드
는 클레이 소드를 다시 집어넣었다.

라이칸슬로프들은 늑대의 후예들답게 용감무쌍하게 덤벼
들었다.

땅을 박차고 뛰어올라서 거칠게 포효한다.

크아앙!

야성이 넘치는 라이칸슬로프들의 포효 소리!

전장을 압도하는 그 소리에 늙은 노새는 겁에 질려 날뛰고, 마판은 죽음을 직감했다.

라이칸슬로프들은 이동 속도가 빠른 몬스터라서 도망도 칠 수 없기 때문이다.

그때였다.

"크허허허허허헝!"

위드의 입에서 광량한 음성이 폭발하듯이 터져 나왔다. 흙먼지가 치솟고, 바닥에 쌓여 있던 마른 낙엽들이 쩍쩍 갈라지고 부서진다. 나뭇가지들이 부러질 듯 파르르 떨린다.

압도적인 기파가 좌중을 휩쓸었다.

스킬 : 사자후를 사용하셨습니다.
사자후의 숙련도 1% 상승! 현재 사자후 스킬의 레벨 1, 숙련도 1%입니다. 스킬 레벨이 상승할수록 위력이 증대됩니다.

라이칸슬로프들은 사자후에 머리를 감싸 쥐며 괴로워했다. 위드는 그 틈을 놓치지 않고 놈들에게 달려가서 주먹을 뻗었다.

"연환권!"

퍼버버벅!

"깨갱!"

라이칸슬로프들을 맨주먹으로 후려갈기는 위드!

라비아스에서 데스 나이트들을 주로 잡아 왔던 그에게, 레벨 100에 불과한 라이칸슬로프들은 적수가 아니었다. 숫자가 많다고 해도, 어느 정도 타격을 입을 때의 얘기다.

라이칸슬로프들의 무서운 돌진.

"칠성보!"

땅을 박차고 날아올라 물어뜯고 발톱으로 할퀴는 놈들의 공격을, 위드는 보법을 이용해서 피한다.

전투를 하면서 보법을 재발견하게 되었다. 지금까지는 스킬로써가 아니라 안정감 있는 보법으로 상대의 공격을 넘기는 방식을 택했지만, 로열 로드의 보법들은 특수한 기능을 가지고 있었던 것이다.

정면을 향해 전력 질주를 하던 와중에 90도로 방향을 꺾어서 달리기는, 현실에서는 불가능하다. 관성의 법칙 때문이다. 하지만 보법을 사용하는 순간, 현실에서는 불가능한 동작들이 실현된다.

전력 질주 도중에 정반대로 방향을 바꾸는 것도 할 수 있고, 순간적인 가속력으로 거의 눈에 보이지 않는 속도로 움직일 수도 있다.

칠성보는 이름처럼 총 일곱 번의 변화를 가미할 수 있었다. 달리는 방향을 순간적으로 뒤틀어 버리거나, 느닷없이 허공에서 뚝 떨어질 수도 있다.

1급 무술서의 스킬답게 뛰어난 가치를 보여 주는 것이었다.

"칠성보!"

라이칸슬로프들이 사방에서 달려들었지만, 위드는 몸을 몇 번 흔들어 적의 포위망을 벗어났다. 북두칠성을 빠르게 잇는 것처럼 순간적으로 방향을 바꾸어 가자, 잔상이 흐릿하게 생겨난다.

환영!

라이칸슬로프들은 그 환영을 공격하기 일쑤였다.

포위망을 벗어난 위드는 역으로 공격을 가했다. 그의 주먹이 뻗을 때마다, 라이칸슬로프들이 1마리씩 회색으로 변한다.

몬스터로 넘쳐 나는 바르크 산맥!

평온하기 짝이 없는 곳이었지만 이변이 발생하기 시작했다.

"크허허허헝!"

"우와아아아악!"

산맥에서 엄청난 고함 소리가 들리는 것이었다.

바로 위드의 사자후!

위드는 숙련도 향상을 위해서 몬스터들이 나타날 때마다 아끼지 않고 사자후 스킬을 사용했다. 그 덕분에 밤이고 낮이고 포효성이 울려 퍼졌다.

바르크 산맥에는 몬스터들이 지긋지긋하다고 해도 좋을 정도로 많다.

경험치와 돈! 그리고 아이템!

몬스터들의 틈바구니에서 한정 없이 싸우기 좋아하는 위드에게는, 그야말로 보금자리와도 같은 곳이었다.

'어딘가에는 알려지지 않은 던전이 있겠지!'

개발되지 않은 남서부의 산맥.

주변에는 변변한 도시나 마을도 없으므로 가능한 일이었다.

하지만 일부러 몬스터들을 찾아가진 않았다. 오히려 조각술을 가다듬는 데에 더 많은 관심을 기울이고 있었다.

자하브가 남긴 조각 검술!

이것은 위드의 공격력을 크게 강화시켰다. 적의 방어력과 저항력을 무시하는 공격 기술이었으므로, 나중에 더 큰 위력을 보일 수 있는 스킬이었다.

황제 게이하르가 남긴 조각품에의 생명 부여!

애정을 가지고 조각한 작품들이 주인을 위해 싸운다. 높은 예술 스탯으로 만든 조각품일수록 강하고, 완성된 이후 성장까지 하는 것이다. 이것으로 황제 게이하르는 대륙을 일통할 수 있었으리라.

조각품에 생명을 부여할 수만 있다면, 어떠한 상황에서도 절대적으로 위드를 따르는 부하들이 생기는 것이다.

"스킬 확인! 생명 부여!"

조각품에 생명 부여 : 황제 게이하르가 후인을 위해서 남긴, 조각사의 알려지지 않은 기술.
제한 : 고급 조각술을 익힌 상태에서만 사용할 수 있다.
스킬 요구량 : 마나 5000. 예술 스탯 10(영구적 소모). 레벨 2 하락.
주의 사항!
조각품들은 개성과 자존심이 강하다. 자신과 똑같은 조각품을 보았을 때는 적의를 가지고 싸우게 된다.

다만 이 스킬을 사용하기 위해서는 먼저 고급 조각술을 터득해야 하는데, 아직까지는 까마득하기만 한 경지이다. 덧붙여서 조각품에 생명을 부여할 때마다 레벨이 하락하고 예술 스탯이 소모되니, 무한정 찍어 낼 수도 없는 노릇이었다.

'말도 안 되는 기술. 그러나 확실하게 유용한 기술이다!'

조각 검술과 생명 부여.

조각술 마스터들이 남긴 기술 중의 두 가지가 이 정도인데, 나머지 세 가지의 위력은 어떠할 것인가. 또한 그 다섯 가지의 기술을 전부 익히면 얻을 수 있는 조각술 최후의 비기는?

위드에게는 무예인으로 전직할 기회도 있었다. 하지만 그 기회를 포기하고 달빛 조각사로 남기로 하며 많은 고민을 하였다.

다른 직업보다 상대적으로 빨리 올릴 수 있는 손재주 스킬이나 조각 검술만을 의지해서는, 별로 이득이 없다. 그래 봐야 검사들이나 기사들의 꽁무니만 쫓아다니게 되는 것이다.

조각사에게는 조각사의 길이 있다. 기회가 있다.

그 기회들을 최대한 이용해야 했다.

'조각 파괴술, 생명 부여, 조각 검술! 그것들의 위력을 극대화시킴과 동시에, 나머지 기술들을 찾아야 한다. 조각술 최후의 비기도 얻어야 해.'

조각술 스킬이 상승하면 모든 것에 영향을 미치게 된다.

몬스터들이 나타나지 않을 때 위드는 마부석에 앉아 조각을 했다. 싸웠던 몬스터들이나 기상천외한 풍경이나 나무들! 혹은 어떤 건축물들의 형상들을 나무로 만들었다.

-중급 조각술 스킬의 레벨이 3으로 상승했습니다. 조각술이 한층 더 섬세하고 세밀해집니다.

마침내 조각 스킬이 중급의 3레벨에 올랐다.

이때부터 위드는 로자임 왕국을 돌아다니면서 구입했던 에메랄드와 진주, 비취들을 꺼냈다.

"뭐 하세요?"

마판은 산맥의 중턱에서 위드가 느닷없이 보석을 꺼내자

의문에 가득 찬 얼굴이었다. 굳이 돈 자랑을 할 이유도 없을
테고, 몬스터들에게 보석들을 나눠 줄 일도 없는 것이다.

'보석들을 구경하려고 그러나?'

하지만 마판은 다음에 이어진 위드의 행동에 깜짝 놀라고
말았다.

위드가 조각칼을 가지고 보석을 깎기 시작한 것이다.

"아악!"

마판은 자신도 모르게 비명을 지르고 말았다. 직접 보석
들을 구입했기 때문에, 그것들이 얼마만한 가치를 가지고 있
는지 잘 안다. 너무 잘 알아서 탈이다.

엄청난 고가의 보석들!

비록 가공이 되지 않은 원석들이라고는 하지만 그 가격은
놀랄 정도였다.

그런데 위드는 서슴없이 조각칼을 가져다 대는 것이다.

"이, 이게 무슨……!"

막 위드의 행동을 말리려고 할 때였다. 마판의 눈이 휘둥
그레졌다.

조금씩 깎이는 보석들. 그것들이 깎여 나가는 것은 아주
주의 깊게 살피지 않는 한 잘 보이지도 않을 정도였다. 그런
데 원석들이 잘려 나가면서, 한층 더 깊은 광채를 발하는 것
이 아닌가.

마판은 멍하니 위드의 손이 움직이는 것을 보고만 있었다.

'아름답다!'

사각사각.

자하브의 조각칼이 원석을 깎아 내면서 형체를 만들어 갈 때마다, 마판의 눈가에는 감탄이 어렸다. 둔탁한 면들이 매끄럽게 바뀌면서, 보석들은 더욱 화려하게 빛나고 있었다.

'어쩌면 저렇게 예쁜 보석들이 다 있을까.'

조각술이 중급에 오르면서 위드는 보석을 세공하는 것이 가능해졌다.

보석류의 세공에 있어서는 기본적으로 기술과 손재주가 필요하다. 중급에 이른 손재주는 조금도 모자람이 없었고, 자하브의 조각칼은 조각가의 보물이라고 할 수 있는 유니크 아이템!

하지만 이것들은 보석을 조각할 수 있는 필요조건에 불과할 뿐, 가공한 보석들을 아름답게 만드는 것은 바로 예술 스탯이었다.

현재 위드의 예술 스탯은 거의 300 가까이 된다. 달빛 조각사라는 직업이 준 +100의 예술 스탯에, 걸작들과 조각품들을 만들며 꾸준히 키워 놓은 스탯들이다.

이 경악을 금치 못할 정도로 높은 예술 스탯이, 보석에 온갖 효과들을 부여하고 있었던 것이다.

'이렇게 예쁠 수가……!'

마판의 몸이 부르르 떨렸다.

추후 일어날 일이 상상이 되었기 때문이다.

로자임 왕국에서 보석의 원석을 사서 브리튼 연합 왕국에 파는 것만으로도 큰 이문이 남는다. 그런데 만약에 그 보석들을 세공해서 판다면? 그것도 최고의 조각사가 심혈을 기울여서 세공한 보석들이라면 그 가격은……?

'짐작도 할 수 없다!'

마판은 깊은 침묵에 빠져 들고 말았다. 마차를 모는 것도 조심스러워졌다. 보석을 세공하는 일을 방해하지 않기 위함이었다.

사기적인 손재주와 조각칼의 효과로 인해서, 대충 만드는 것 같은데도 아름다운 조각품들이 턱턱 나온다. 음식들도 아주 맛깔스러워 보이고, 실제로도 맛이 있었다. 전적으로 위드의 손재주 스킬과 중급에 오른 요리, 조각술 덕분이다. 그 스킬들이 유감없이 보석들에 발휘되고 있는 것이었다.

번개를 모으는 돌

파르반.

바르크 산맥을 넘는 여행자들이 잠시 머무르는 숙소였다.

본래 로자임 왕국의 레인저 부대가 만들어 놓은 휴식처이자 관문 같은 곳으로, 평소에 사람들이 자주 드나드는 곳은 아니다.

"여기까지는 운이 좋아서 찾아왔군. 이제 하루나 이틀 정도만 더 지나면 목적지에 도착할 수 있을 거야."

"정말 죽을 고생을 했어."

할마는 씨익 웃었다.

"이게 전부 마르고 네 덕분이다."

"말은 똑바로 해야지. 레위스, 애초에 네가 그놈을 죽였기 때문이잖아.”

할마와 마르고, 레위스, 그랜.

네 사람은 브리튼 연합 왕국의 유명한 살인마들이다. 다른 사람을 죽이고 장비를 빼앗는 재미로 살아온 그들!

뒤치기 4인조라는 악명으로 더욱 유명했다.

그런데 약 1달 전!

그들은 겁도 없이 클라우드 길드를 건드리고 말았다.

브리튼 연합 왕국뿐만이 아니라, 전 대륙에 걸쳐 있는 10개의 거대 길드 중 하나. 소속 길드원들만 6천 명이 넘고, 동맹 길드들을 합치면 엄청난 세력을 자랑하는 길드였다. 브리튼 연합 왕국의 패권을 넘볼 정도였던 것이다.

즉 아무리 뒤치기 4인조라고 한들 쉽게 여길 수 있는 이름이 아니었다.

사실 원해서 건드린 건 아니었다.

지명수배 명단에 오른 4인조가 당분간은 얌전히 레벨 업에 전념하기로 마음을 먹고 사냥을 하고 있는데, 브랜디라는 이름의 녀석이 와서 거들먹거린 것이다.

“너희들, 저리 가라. 여긴 우리 영역이야.”

“뭐야, 저놈은?”

“어디서 헛소리를 지껄여!”

4인조는 당연히 발끈했다. 신전에 많은 돈을 기부하고 얼마간 사냥을 한지라 붉은 살인자의 표식은 사라진 상태였다.

그래서 4인조가 어떤 존재인지 전혀 눈치 채지 못한 브랜디
는, 계속 자신의 영역이라고 주장하면서 4인조의 사냥을 훼
방 놓았다. 마침내 레위스가 폭발했다.

"저거 죽여 버리자!"

"혼자 와서 어디 겁도 없이 까불어!"

평소에도 기분 내키는 대로 아무나 일단 죽이고 보던 4인
조가, 눈앞에서 거들먹거리는 이들을 놔둘 정도로 마음이 넓
을 리가 없지 않은가. 그래서 단번에 죽여 버렸다.

뒤치기 4인조라는 악명답게, 놈의 뒤로 슬그머니 돌아가
서 한꺼번에 공격을 가한 것이었다.

브랜디의 레벨은 4인조 중 1명을 빼고 나머지 모두보다 낮
은 수준이었다. 그런데 여럿이 동시에 기습을 가하니, 당연
히 허무할 정도로 쉽게 죽어 버렸다.

그리고 그들은 하나의 지도를 얻게 되었다.

다리 짧은 이의 무덤 : 내구력 1/1.
키 작은 괴짜가 잠든 곳.
둘 사이의 벌어지지 않는 협곡 사이에, 지지 않는 나무의 밑.
우르릉 쾅쾅!
좁은 길.
태초의 힘은 희생 없이는 지나지 못한다.
쾅쾅쾅 속에서 울리지 않는 소리를 찾아라.
작성자 라이네그 R. 한스베르그.

"이건 뭐야?"

4인조는 웃고 지나가 버렸다. 널리고 널린 보물 지도의 하나로만 여겼던 것이다.

그러나 그 후로 이어진 클라우드 길드의 끈질기고 집요한 추적. 그때야 4인조는 자신들이 클라우드 길드원을 건드린 것을 알았다.

"젠장할! 멍청한 놈. 지가 클라우드 길드 소속이라고 먼저 말했으면 안 죽였을 거잖아!"

"우리가 그 말 할 사이도 없이 죽여 버렸지."

"그게 어째서 우리 잘못이야!"

"아무튼 당분간 잠수 좀 타자."

4인조는 그때부터 사람들이 없는 장소로만 숨어 다니며 약 2주 동안 모습을 드러내지 않았다. 그러나 클라우드 길드의 추적의 고삐는 조금도 느슨해지지 않았다.

죽지 않기 위해 몇 번의 고비를 넘어서 탈출해야만 했다. 4인조의 레벨이 220이 넘고, 많은 살인 경험이 없었더라면 빠져나올 수 없을 정도의 위기를 넘기며 말이다.

할마가 말했다.

"이건 좀 이상해."

"역시 그렇지?"

"겨우 한 놈을 죽였다고 길드 전체가 우리들을 뒤쫓는 건 있을 수 없어."

"맞아. 우리를 끝까지 죽이려고 하잖아?"

"잠깐, 그때 그놈을 잡고 주운 지도가 뭐지?"

"무슨 다리 짧은 이의 무덤이라고 했던 것 같은데……."

"이 지도가 범상치 않은 것임에 틀림없어! 놈들은 우리를 노리는 게 아니라 이 지도를 노리는 거야."

"흐흐."

"그렇다면 우리가 이 지도의 보물을 찾아보자."

그때부터 4인조들은 지도의 비밀을 파헤치기 시작했다. 다른 왕국으로 건너가서 고서적점에서 지도의 배경을 알아보고, 문구들의 의미도 해석했다. 그 결과 그들은 바르크 산맥에 온 것이었다.

"이제 무덤에 들어가는 것만 남았군."

"그래. 그런데 어쩌지? 우리들 중에는 모험가가 없어서 던전의 함정을 해체 못 할 수도 있잖아."

"그건……."

"대충 몸으로 때우면서 해결해야지."

"그리고 모든 과정이 순탄하게 진행되더라도 마지막 벼락의 길에서 1명은 죽어야 되는데, 누가 죽을 거야?"

애초에 죽고 싶어 하는 사람은 아무도 없다.

남을 죽이기는 좋아해도, 자신들은 죽고 싶지 않았던 4인조는 서로 눈치만 보았다. 마지막 던전 발굴을 남겨 두고 죽고 싶지는 않았던 것이다.

그러던 차에 그랜이 빙그레 미소를 지었다.

"죽을 사람이 정해졌다."

"누구?"

"설마 나를 지목하는 건 아니겠지?"

그랜이 손가락을 들었다. 그러나 그는 4인조의 누구도 지목하지 않았다. 자기 자신도 아니었다.

그랜이 가리킨 곳은 산맥의 아랫부분.

삐꺼덕거리는 마차를 타고 마판과 위드가 올라오고 있었던 것이다.

"와! 이런 곳에서 사람을 만나게 될 줄은 몰랐네요. 안녕하세요? 제 이름은 마판입니다."

"저는 그랜. 그리고 이쪽은 레위스, 할마, 마르고입니다."

"안녕하세요."

4인조는 함박웃음을 지으며 위드와 마판을 반겼다.

"바르크 산맥은 사람들이 잘 오지 않는 곳인데 두 분은 무슨 일로 이곳까지……?"

"예, 저희들은 교역을 하러 왔습니다."

마판이 나서서 대답을 했다.

"교역요? 그러면 두 분은 상인이군요?"

"예. 저는 상인이고, 여기 위드 님은 조각사입니다."

"아, 그러셨군요."

그랜이 활짝 웃었다. 할마나 마르고, 레위스 들도 보이지 않는 곳에서 큭큭대며 웃었다.

'조각사라는군.'

'그딴 직업을 선택하는 사람도 있어?'

그러나 위드와 마판을 대할 때에는 깍듯하기만 했다. 아직 확인 작업이 끝나지 않았기 때문이다.

4인조 중에서 제일 신중한 그랜이 질문을 던졌다. 브랜디를 잡은 이후로 다른 사람들을 살필 때에는 더욱 날카로워진 상태였다.

"아무튼 그러셨군요. 하지만 몬스터들이 많았을 텐데 상인과 조각사 분께서 바르크 산맥은 어떻게 넘어오셨습니까? 몬스터들은 어떻게 퇴치했죠?"

"그건 이쪽의 위드 님이……."

마판이 설명을 하려고 할 찰나였다. 위드가 옆구리를 툭 쳤다.

'위드 님?'

막 이야기를 하려던 마판은 입을 꾹 다물었다. 위드가 무언가를 숨기려는 태도임을 눈치 채고 말을 멈춘 것이다.

그것을 본 그랜의 눈이 팔자를 그리며 웃었다.

"뭐, 말씀해 주시기 곤란한 모양이죠?"

사실 위드는 오히려 4총사들로부터 무언가를 숨기려는 듯한 느낌을 받았다.

넓은 베르사 대륙에 아무리 유저들이 넘쳐 난다고 해도, 몬스터들의 천국이나 다름이 없는 이곳에서 사람을 만나는 일은 흔치 않았다.

보통 인적이 뜸한 산 같은 곳에서 다른 사람을 만나면 인사를 나누거나, 음식을 함께 먹기도 한다. 길이 같다면 목적지까지 동행할 수도 있다.

그러나 이들은 너무나도 반가워한다. 그리고 직업을 넌지시 물어보면서 기뻐한다.

위드는 자연스럽게 그들의 포진을 훑어봤다. 그랜이 정면에서 둘과 이야기를 나누는 사이에 다른 3명은 좌우와 후방을 포위하고 있다.

'도적들인가.'

베르사 대륙에서 몬스터들만이 위험하다고 생각한다면 천만의 말씀! 오히려 이런 곳에서 만난 유저들이 더욱 위험했다.

위드는 천연덕스럽게 말했다.

"저는 조각사이지만, 특이한 기술을 하나 가지고 있습니다."

"기술이라면?"

"소리를 지르는 것이죠. 그 소리를 들으면 몬스터가 전부 도망쳐 버립니다. 어디 한번 보여 드릴까요?"

"예. 궁금하네요."

위드는 마나를 모아 힘껏 사자후 스킬을 시전했다.

"크허허허헝!"

마판은 아예 낌새가 보일 때부터 두 손으로 귀를 틀어막고 있었지만, 4인조는 방심하고 있다가 크게 몸을 휘청거렸다.

"젠장!"

"어디서 이딴 소리를……!"

마르고와 레위스가 발끈하려는 것을 눈짓으로 제지한 그랜이 다시 위드를 보며 팔자 웃음을 지었다.

"이건 어마어마한 굉음이군요. 그리고 보니 이 근처에서 몇 번 들어 본 것도 같은데, 이게 몬스터들을 쫓아내는 효과를 갖나 보죠?"

사자후 스킬.

아직 그랜과 파티가 형성되지 않아 통솔력을 늘려 주지도 않고, 부가 효과도 작용하지 않았다.

그저 큰 소리로만 느껴질 뿐이었다.

"예, 이 소리를 내면 몬스터들이 머뭇거리는 겁니다. 그 사이에 도망을 치는 거죠."

위드의 설명에 4인조는 피식 웃었다.

'정말로 별거 아니군.'

'딱 좋은 먹잇감들이 나타났는데?'

'이놈들을 내세워서 그곳을 뚫으면 되겠어.'

'1명만 필요한데…….'

'뭐, 상관없잖아? 나머지 1명은 우리 손으로 해치우고, 이놈들은 상인이니까 돈도 제법 두둑하게 떨어뜨리겠지.'

'좋아, 그러자.'

4인조들은 눈빛만으로 모든 이야기를 마쳤다.

그랜이 진지한 얼굴을 하고 마판과 위드를 향해 말했다.

"그런 수법이 여기까지는 무사히 통했을지 모르지만, 바르크 산맥은 정말로 위험한 곳입니다. 이렇게 만난 것도 인연이라고 할 수 있으니 여기서부터는 저희들이 호위를 해 드리죠. 어차피 가는 길이 같아 선의로 제안하는 것이니 거절하지 않아 주셨으면 고맙겠습니다, 하하."

"하하! 그렇게 해 주신다면 저희야 감사할 따름이죠."

마판도 짐짓 호탕하게 웃었다. 무력이 약한 상인으로서 제법 레벨이 높아 보이는 4인조와 친해지면 나쁠 것이 없다는 생각에서였다.

"잘 부탁드립니다."

위드 또한 순순히 허락을 했다.

이미 4인조의 눈빛이 오가는 낌새로 어느 정도 눈치는 챈 상태였지만, 이들의 수작이 어디까지 가는지를 두고 보기로 한 것이다.

모험의 재미는, 다녀 보지 않았던 장소를 여행하고, 동료들을 만나는 데에 있다.

등을 맡길 수 있는 든든한 동료들.

동료들과 함께 사냥을 하면서 친분을 다진다. 이것이야말로 로열 로드의 재미라고 할 수 있을 것이다.

위드도 가끔은 다른 사람과 함께 사냥을 하는 걸 즐겼다. 워낙 많은 시간을 플레이하기 때문에 언제나 같이 다니기에는 무리가 있었지만, 함께한다는 건 썩 괜찮은 일이다.

그러나 현재는 정체를 알 수 없는 4인조와 함께였다.

4인조는 마차를 따라다니면서 몬스터들을 퇴치하는 역할을 맡았다. 그러면서 마판과 위드를 곁눈질로 살폈다.

'음. 역시 별건 없군.'

'조각술을 펼치고 있는데?'

'정말 조각사가 맞는 거 같다.'

4인조는 마음을 푹 놓았다. 조각사 따위를 의식하기에는 그들이 지난날 쌓아 온 악명들이 너무 높았다.

바로 그때, 위드가 보석의 원석을 하나 꺼냈다. 뒤치기 4인조들의 이목이 집중되어 있는 상태에서 말이다.

"어? 그건 보석 아닙니까?"

마르고가 금방 진한 호기심을 드러낸다. 마판이 웃으면서 대꾸했다.

"예. 위드 님은 지금 보석 세공 중이십니다."

"호오, 보석 세공요?"

"넵."

"보석 세공이라니… 대단하군요!"

마르고의 눈가에 탐욕이 어린다.

'횡재했군.'

'드랍이 되어 주면 좋겠는데…….'

위드는 보석 세공을 하면서 자하브의 조각칼을 꽉 쥐고 있었다. 그러나 4인조는 덤벼들지 않았다.

'보석을 보여 줘도 습격을 하지 않다니, 무언가 우리에게 더 바라는 게 있어.'

4인조들은 이미 독 안에 든 쥐나 다름없다고 생각하면서도, 위드와 마판의 모든 편의를 봐주었다.

속는 자와 속이는 자!

그리고 속은 척해 주는 자!

"잠시 식사를 하고 가죠. 식사 준비는 저희들이 하겠습니다."

"호위해 주시는 것도 감사한데… 식사는 우리들이 대접해야죠."

"하하, 아닙니다. 조금만 기다리세요."

4인조는 몬스터에게서 나오는 아이템을 위드와 마판에게 나누어 주기도 했다.

"여기 변변치는 않습니다만 가지시지요."

"이렇게 같은 길을 가고 있으니 동료 아닙니까? 몬스터를 잡아 얻은 전리품들을 나눠 드리는 건 당연합니다."

"어서 받으세요."

4인조의 죽이 척척 맞았다.

"이거 염치가 없어서……."

마판은 활짝 웃으며 받았지만, 위드의 의심은 한층 더 깊어진 상태였다.

'이유 없는 호의라… 그런 건 존재하지 않아. 우리를 공격할 작정이 아니라면, 도대체 뭣 때문이지?'

보통 사람이라면 선물을 주고, 잘해 주는 사람에게는 호의를 갖는다. 그러나 위드는 의심부터 하고 봤다.

구태여 아이템까지 나누어 줄 필요는 없는 상황인 것이다. 너무 잘해 주려고 애쓰는 광경이 더더욱 어색하다. 그럼에도 위드는 별다른 내색을 하지 않았다.

위드가 이상하게 여기고 있다는 사실은, 마판 덕분에 완전히 묻힐 수 있었다. 마판은 정말로 이 4인조를 믿고 있는 것이었다.

그렇게 하루가 지나자, 그들은 협곡에 도착했다. 너비는 불과 수십 미터밖에 되지 않지만, 까마득히 깊은 계곡 아래에는 안개가 자욱하니 깔려 있었다.

그러나 다리가 있어서 건너가기 어렵지는 않을 듯했다.

"다리가 있네요. 이런 튼튼한 다리가… 다리 위로 건너죠."

마판이 마차를 몰려고 할 때, 그랜이 웃으며 저지했다.

"여러분, 여러분이 모험을 하는 이유는 무엇입니까?"

"예?"

"저는 이런 절경을 좀 더 만끽해 보는 것도 모험의 묘미라고 생각합니다. 저쪽 밑으로 내려가는 길이 있을 것 같으니 그쪽으로 한번 가 보죠. 그 편이 더 재밌지 않겠습니까? 그렇게 해 주시겠지요?"

그랜의 말에 마판은 머뭇거렸다.

베르사 대륙에 정형화된 길이란 없었다. 숲으로 다닐 수도 있고, 혹은 산을 넘을 수도 있다. 잘 닦인 관도만으로 움직일 필요는 없는 것이다. 그러나 상식적으로 볼 때, 편하게 협곡을 건널 수도 있는데 급경사를 내려가자는 말은 맞지가 않았다.

눈치가 둔한 마판도 그 말에는 왠지 이상함을 느낀 것이다.

"저기, 꼭 그럴 필요가……."

마판이 거절의 의사를 밝히려고 했다. 상인으로서 안전한 길로 다니고 싶은 마음.

4인조의 제안을 거부하려는 것이었다.

스윽.

할마와 마르고, 레위스가 검집에 손을 가져간다. 이미 위드와 마판은 포위된 상태였다.

상인과 조각가.

긴장할 가치도 없지만 혹시라도 만일의 사태에 대비한 것이다.

일촉즉발의 순간.

멋모르는 마판이 강하게 거부하려는 순간!

"가죠. 그러는 것도 재미있겠습니다."

위드가 그랜의 말에 찬성하고 나섰다.

"하하! 그러실 줄 알았습니다. 호쾌한 분이시군요."

그랜과 할마 등은 검집에서 손을 떼며 웃었다.

위드와 마판은 뒤치기 4인조가 이끄는 곳으로 마차를 타고 내려갔다. 협곡의 경사는 매우 급박해서, 마차의 바퀴가 몇 번이나 걸렸다. 4인조들의 도움이 없었다면 절대로 내려가지 못했을 정도였다.

그랜과 할마가 앞에서 마차를 떠받치고, 레위스와 마르고가 뒤에서 마차를 밀었다.

"이거, 저 때문에 죄송하네요."

"하하! 아닙니다, 마판 님. 이 정도 가지고 뭘요!"

그랜과 할마 들은 마차를 자기 것처럼 살펴 주었다. 실제로 곧 그렇게 될 것이라고 여겼기에 성의를 아끼지 않은 것이다.

"오, 저쪽에 오솔길이 있는 것 같은데……."

길 안내는 그랜이 맡았다.

그는 협곡 아래를 이리저리 돌았다. 때때로 왔던 길을 되돌아가기도 했다.

"어라? 여기의 풍경보다는 저쪽이 더 좋아 보이는군요. 기왕이면 저쪽으로 다시 가 보죠."

그러면서 그랜은 몇 차례나 협곡을 뒤지고 다녔다.

이에 정작 살판이 난 건 위드였다!

"오! 여기 붉은 센 약초가 있네요. 저쪽에는 푸른 실론 약초가……!"

바르크 산맥은 약초의 보고였다. 협곡의 아래쪽, 볕이 잘 드는 곳엔 약초들이 몇 뿌리씩이나 자라나 있는 것이 아닌가.

위드는 열심히 약초들을 뽑아 망태기에 담았다.

"지금 뭐 하시는 겁니까?"

"보면 몰라요? 약초 캐지요."

가뜩이나 길을 헤매고 있는데 위드 때문에 시간이 더욱 지체된다.

'빌어먹을!'

'저놈은 반드시 내 손으로 죽이겠어!'

4인조의 이마에 핏줄이 섰다.

몇 시간 동안이나 그러자 마판도 지치고, 4인조들도 지쳤다.

─이봐, 그랜. 위치는 똑바로 외우고 있는 거야?

마르고의 귓속말에 그랜은 신경질적으로 뒷머리를 긁었다.

─젠장! 지도를 펼쳐 봐야겠는데. 기억이 안 나잖아.

─저놈들 앞에서?

─잠깐만 놈들의 시선을 끌어 봐. 위드라는 놈은 멍청해 보

여서 상관없을 거 같은데, 마판이라는 놈이 신경 쓰이게 자꾸 내 행동을 지켜보고 있잖아.

- 알았어. 빨리해!

마르고가 마차로 다가왔다.

"마판 님, 실은 저도 조각술을 좋아하는데, 위드 님께 말씀드려서 좀 구경하게 해 주실 수 있을까요?"

그러면서 마르고는 그랜이 있는 쪽을 몸으로 가렸다.

그 사이에 그랜은 지도를 펼쳐 현재의 위치를 살피고 무덤이 있는 장소를 확인했다.

그랜의 눈이 빛났다.

'제대로 찾아왔군. 그저 약간 지나쳤을 뿐이야!'

"자, 그럼 이쪽으로 가 보죠."

그랜과 4인조는 마차를 다시 왔던 곳으로 되돌렸다.

수풀과 나무 사이를 탐색한 끝에, 마침내 비석과 무덤을 발견했다. 비석 옆에는 입구도 보였다.

4인조들은 피식 웃으며 한마디씩 했다.

"어? 이거 혹 던전인가요?"

"드워프 무덤?"

"와! 우린 운이 좋네요. 그럼 들어가죠. 여기까지 와서 이 안으로 안 들어가 볼 수가 없잖아요."

"마판 님, 위드 님! 당연히 들어가실 거죠?"

음모와 악기

The Legendary Moonlight Sculptor

> **던전. 악기를 사랑하는 드워프 무덤의 최초 발견자가 되셨습니다!**
>
> 혜택 : 명성 200 증가.
>
> 일주일간 경험치, 아이템 드랍률 2배.
>
> 첫 번째 사냥에서 해당 몬스터에게 나올 수 있는 것 중에 가장 좋은 아이템이 떨어집니다.

"우와!"

"대단하다."

"우리가 첫 발견자야!"

던전 안으로 들어온 4인조는 탄성을 내질렀다.

그들의 레벨은 평균적인 기준보다 높은 편이었지만, 사냥

보다는 대부분 살인을 통해서 성장해 온 이들이었다. 그렇기 때문에 던전을 발견하는 경험은 처음이었다.

"자! 여기서부터는 우리들만 믿으십시오."

4인조들이 씩씩하게 앞장을 섰다. 협곡을 지나가야 한다는 애초의 목적은 오간 데 없이 탐험에 열을 올리는 태도였다.

"정말 흥분되네요! 그렇죠, 위드 님?"

마판도 즐거워했다. 상인이 언제 이런 모험에 빠져 봤을 것인가.

위드는 묵묵히 고개만 끄덕였다.

'놈들의 목적은 우리를 여기로 데려오는 것이었군.'

이제야 4인조의 행동이 이해가 갔다.

괜히 잘해 주는 듯 보이려는 태도, 구태여 협곡 아래로 내려와야 했던 일들이 전부 설명이 됐다.

'놈들은 바르크 산맥을 넘으려는 것이 아니고, 애초에 여기를 찾아오려고 했던 거였어. 놈들은 이곳에 대한 정보가 있는 거야.'

하지만 이럴 때에 일부러 알은척 나설 필요는 없었다. 위드는 아무것도 모르고 당하는 사람의 행세를 했다.

"그랜 님 덕분에 신기한 경험을 다 하게 되었네요. 조각사로서는 이런 경험을 하기가 쉽지 않은데……."

"예, 저희들만 믿으십시오. 이렇게 함께 사냥을 하는 것도 로열 로드의 재미니까요."

그러면서 4인조들이 앞에서 길을 뚫으며 점점 깊숙이 들어갔다. 위드와 마판은 뒤에서 천천히 움직였다.

"케에엑! 적이다."

"적들이 나타났다!"

"인간들, 우리의 보금자리를 침범하려 한다."

늑대 인간 약탈자들!

무덤 안으로 조금 들어가자, 모닥불을 피운 채 쉬고 있던 늑대 인간들이 반응을 했다.

던전의 내부에는 늑대 인간들이 다수 살고 있었던 것.

바르크 산맥에 광범위하게 퍼져 있는 라이칸슬로프!

무덤 안에서 이미 늑대로 변신해 있는 이들이 전투를 걸어왔다.

"뭐야, 겨우 라이칸슬로프들이야?"

"후후, 실망이 큰데."

4인조들이 검을 빼 들고 라이칸슬로프들을 가볍게 처리했다.

필드에 있는 라이칸슬로프보다는 좀 더 강해서 레벨 130정도였지만, 그랜이나 레위스의 검을 당해 내지는 못했다.

'강하군.'

위드는 판단했다.

레벨만이 아니었다. 반사 신경과 판단력 또한 훌륭하다. 어딜 공격해야 할지 알고, 적절하게 상대를 타격할 줄 안다.

전투에 대한 재능!

성직자를 동반하는 팀플레이와는 다르게 최대한 빨리 적을 죽이기 위한 공격. 이는 확실히 전투를 즐기지 않으면 불가능한 일이었다.

'4명이라… 4명. 혹시 뒤치기 4인조?'

웹사이트에서 봤던 동영상이 위드의 머릿속을 스치고 지나갔다.

피해자들이 복수를 바라며 올린 동영상. 얼굴까지는 잘 기억이 안 나지만 전투의 형태를 보니 알 수 있었다.

그러나 위드는 곧 한숨을 쉬었다.

'대신 모험에는 초보자들이군.'

첫 번째 사냥에는 그 몬스터가 줄 수 있는 제일 좋은 아이템이 떨어진다. 그러므로 라이칸슬로프 따위는 쫓아내 버리고 기왕이면 보스 급 몬스터를 잡는 편이 좋다.

하지만 4인조는 별다른 생각 없이 이들을 사냥하며 안쪽으로 들어가는 것이다. 던전의 첫 발견자로서 얻는 이득은 제 발로 걷어차 버린 셈이다.

"여러분들은 우리들만 믿으십시오."

"암, 그러면 됩니다."

4인조들은 실없이 웃으며 라이칸슬로프들을 뚫었다.

어찌 됐든 전투 능력만큼은 무시할 수 없을 정도다. 살인자들로 성장을 시킨 만큼 같은 레벨에 비해서 스킬들의 숙련도가 높다. 사람들과 싸운 실전 경험이 많기 때문인지, 몬스터들을 상대하는 데에도 날카로운 구석이 있었다. 허점을 잘 놓치지 않고, 합공을 하는 기술이 아주 뛰어나다.

결정적으로 그들은 돈을 물 쓰듯이 했다. 개당 5골드가 넘는 마나 포션이나 체력 회복 포션, 생명력 회복 포션을 물 마시듯이 들이켜면서 탐험을 하는 것이었다.

살인으로 얻은 아이템을 팔아 번 돈으로 장만한 포션들.

본인이 직접 사냥을 하면서 한 푼, 두 푼 모았다면 이런 사치는 할 수 없었으리라. 심지어는 드랍되는 잡템이나 쿠퍼조차 줍지 않았다! 잡화점에 팔아서 몇 실버 되지도 않는 돈은 귀찮다고 줍지 않는다.

단돈 1쿠퍼에도 몸을 날리는 위드와는 전혀 다른 세계의 사람인 것이다.

'나도 살인자로 직업을 바꿔 볼까? 그동안 쌓아 놓은 명성이 떨어지겠지만 돈은 쏠쏠하게 벌릴 것도 같은데…….'

그렇게 위드가 싸움을 관전하며 쿠퍼들을 줍는 사이에, 마판에게도 위기가 찾아왔다. 4인조를 뚫고 라이칸슬로프 1마리가 어슬렁어슬렁 다가온 것이다.

"히익! 라이칸슬로프가…….”

마판이 구원을 청하듯이 위드를 봤다. 그러나 곧 화들짝 놀라고 말았다.

마판은 라이칸슬로프들이 죽는 걸 숱하게 봐 왔다.

미치도록 많은 라이칸슬로프들!

그놈들이 나타났을 때, 위드는 광소를 터트렸다.

"쿠하하하하!"

그러고 나서 라이칸슬로프들을 사정없이 두들겨 패서 잡았다. 검을 수리해야 해서 쓸 수 없을 때에는 발로 차고 머리로 박치기도 했다!

위드에게 전투의 불가능은 없었던 것!

광기마저 어린 듯한 그 행동을 보고 있자면, 라이칸슬로프 따위는 전혀 무서워 보이지 않았다. 바로 옆에 위드가 있었으니 마판으로서도 그리 겁을 먹을 이유는 없었던 것이다.

위드가 지켜 줄 것이라고 철석처럼 믿었다. 유일한 믿는 구석이었다.

그런데 이게 웬일인가!

위드는 자신보다 더욱 더 공포에 질려 있었다. 얼굴이 시퍼렇게 변해서 와들와들 떠는 것이, 처량할 정도였다.

"위, 위드 님?"

마판이 무어라고 할 때, 위드가 말을 막았다.

"악! 이, 이제 우리 죽는 거겠죠?"

"……."

마판은 할 말을 잃고야 말았다. 도무지 지금 위드가 무슨 생각인지를 알 수 없었다.

라이칸슬로프의 공격!

"쿠워어!"

늘대 인간의 돌진에, 마판은 더 생각할 겨를도 없이 땅을
굴러서 피했다.

그나마 다행이었다. 위드가 싸우는 모습을 많이 봐 와서,
라이칸슬로프들의 공격이 눈에 익었다. 일직선으로 돌격을
하고, 공격 범위는 두 다리와 주둥이 근처다. 그 덕분에 간
신히 피할 수 있었다.

위드도 땅바닥에 몸을 굴려 라이칸슬로프의 공격을 피했
다. 흙먼지가 옷에 묻고, 엉망이 됐다.

라이칸슬로프들은 더 가까운 위드를 추격했다.

"우와아아악!"

그런데 위드는 떼굴떼굴 구르며 몸을 피했다.

다행히 4인조의 근처까지 굴러가자, 곧 마르고가 라이칸
슬로프를 퇴치했다.

전투가 끝나고 나서 4인조는 위드와 마판에게 사과를 했다.

"이거 죄송합니다. 1마리를 놓치다니, 저희들이 큰 실수
를 했네요."

"아닙니다. 살았으면 됐죠. 고맙습니다, 살려 주셔서……."

위드의 말을 들은 할마가 씩 웃었다.

-역시 별것 없는 녀석들이군.

-위드라는 녀석의 장비만 보고 괜히 긴장했나.

-뭐, 따로 직업을 따지지 않는 공용 장비들이니까. 그래

봐야 레벨 100 정도 대의 수준이잖아. 저 덜렁거리며 들고 다
니는 검도 그렇고.

　–그러면 어서 그곳으로 가지!

　4인조는 이제 마지막 경계심까지 풀어 놓게 되었다. 그러
나 그들은 위드의 속셈을 까맣게 모르고 있었다.

　위드는 무덤 안에 들어온 이후로 한순간도 긴장을 놓은 적
이 없다.

　라이칸슬로프!

　1마리가 빠져나올 때에도 위드는 그저 지켜보고 있었다.

　우연찮게 1마리가 4인조를 뚫고 마판과 위드를 위협한 것
처럼 보이지만, 아니었다. 4인조의 전투 능력을 감안한다면
충분히 저지할 수 있었다. 그런데 일부러 놓아주었다.

　위드와 마판의 행동을 보고자 함이리라.

　그리고 위드는 속은 척을 해 주었다.

　쾅당!

　우지직!

　와르르르!

　"으아악!"

　함정을 제거할 수 있는 모험가나 도둑이 없는 파티!

　바닥이 푹 꺼지면서 쇠창살이 튀어 올라오거나, 10배나
무거운 모래에 깔려서 허우적거리는 건 다반사였다. 함정이

란 함정마다 전부 다 한 번씩 당하고, 가끔은 한 번 당한 함정에 다시 당하기도 했다.

너무 눈에 빤히 보이는 함정들에마저 당하는 꼴을 보자 미리 말해 주고 싶을 정도였다.

"크큭, 저희들만 믿으십시오."

피를 철철 흘리며 소리치는 할마를 보고 나서 그 마음은 금방 사라졌지만.

드워프 무덤은 지하 2층으로 되어 있었다.

그랜은 조금도 머뭇거림이 없이 지하로 향하는 계단을 찾았다.

"하하, 이거 운이 좋네요."

그랜이 호탕하게 웃는다.

위드는 물론 그의 웃음을 곧이곧대로 받아들이지 않았다.

지하 2층.

그곳에는 한층 위험한 함정들이 곳곳에 설치되어 있었다. 가끔 나타나는 라이칸슬로프는 무섭지 않았지만, 함정들은 끔찍하기 그지없었다.

화르륵!

천장에서 기름이 쏟아지더니 어찌할 겨를도 없이 불이 붙었다. 생명력이 낮아진 상태였던 할마가 그만 회색빛으로 변해 로그아웃을 당했다.

위드와 마판은 뒤에서 천천히 오고 있었기에 무사했다.

"이런……."

"굉장한 함정인데?"

4인조는 동료의 죽음에도 그리 슬퍼하지 않았다.

던전에 대해서는 대충 파악이 끝난 상태!

머릿수가 하나 줄어들었으니 남은 자들의 몫이 더욱 커지는 것이다.

'나를 포함해서 두 놈 남았군.'

'음, 한 놈만 더 죽어 주면…….'

'나만 살았으면 좋겠다.'

의리 따위는 없었다.

기왕 할마가 죽고 나자, 다른 이들이 죽기를 은근히 바랐다. 이미 위드와 마판은 적절한 때에 죽일 작정이었다.

"그런데……."

그랜이 문득 입을 열었다.

"우리들만 위험을 감수하는 건 조금 불공평하군요."

마르고와 레위스는 정신이 번쩍 들었다.

-무슨 짓이야, 그랜?

-벼락의 길에서 1명은 죽어야 되잖아. 설마 지금 저놈들을 처리할 셈이야?

-그냥 두고만 봐. 내게 좋은 생각이 있어.

"무슨 말씀이신지요?"

마판이 어눌하게 물어보자, 그랜이 화통하게 웃었다.

"별거 아닙니다. 위험을 분산해 보자는 뜻이죠! 저희들의 동료도 1명 죽었으니, 그쪽에서도 조금 책임감을 느껴야 하지 않습니까?"

"그, 그런데요?"

"두 분 중 한 분이 앞장서 주시죠. 같은 길을 가는 동료라면 위험을 분담해 주는 것이 최소한의 도리니까요."

마판은 우물쭈물했다. 지금이라도 돌아 나가고 싶은 마음이 굴뚝같다. 그렇지만 그러기에는 분위기가 왠지 아니었다. 와선 안 될 곳에 끌려온 느낌!

'그래도 위드 님한테는 신세 진 것이 많으니…….'

마판이 스스로 나서려고 마음먹은 순간.

"제가 앞장서도록 하지요."

위드가 먼저 자청을 하며 나섰다.

"조각사라서 공격력은 없지만 생명력은 좀 되는 편이니 제가 나서 보겠습니다."

"오, 그러면 고맙겠군요."

그때부터 파티의 선두는 위드가 맡았다.

엄밀한 의미에서 볼 때 파티라고도 할 수 없었다. 4인조와 위드는 파티를 맺지 않았기 때문! 그들은 경험치를 나누어 먹기 싫어서 파티에 초대하지도 않았다. 갖고 싶지 않은 별볼일 없는 전리품들만 나누어 주면서 생색을 낸 것이다.

살인자들은 보통 마을에 거의 출입하지 않는다. 아주 심한 살인자 상태에서는 마을 경비병들의 공격을 받을 수도 있고, 혹시라도 원한을 가진 이들을 만날 수도 있으니 마을 이용은 자제하는 편이었다. 그래서 어차피 팔지도 않을 잡템들은 기꺼이 나누어 줄 수 있었던 것이다.

'이런 곳도 재밌군.'

위드가 개척해 온 던전들은 몬스터들이 많은 곳! 살벌한 몬스터 떼가 몰려다니고, 데스 나이트들이 출몰하는 위험한 사냥터만 헤맸다. 함정이 많은 던전을 돌아다니는 건 처음이었다.

'방심하는 순간 끝장이다.'

조금 걸어가자 청색과 붉은색 돌이 바둑판처럼 배열되어 있는 장소가 나왔다. 함정 탐색 스킬을 써야 했다. 그러나 함정 탐색 스킬을 사용할 수 있는 도둑이나 모험가가 없었다.

"어서 가시죠, 위드 님."

그랜이 뒤에서 부추긴다.

위드는 바닥을 꾹꾹 눌러 가며 천천히 전진했다. 어떤 함정이 나오더라도 대응할 수 있도록.

청색 돌을 먼저 밟았다.

아무 일도 벌어지지 않는다. 다행이다.

다음에는 적색 돌을 밟았다.

이번에도 별다른 일은 벌어지지 않는다.

하지만 아직도 통로가 끝나려면 50여 미터가 남아 있었다.

무슨 함정이 나타날지 몰랐다.

'청색 돌. 적색 돌. 청색 돌. 적색 돌. 번갈아서 밟으니 아무 일도 없었어. 함정을 해체하는 방식으로 보기에는 너무 쉽다. 그렇다면……?'

번갈아서 돌을 밟던 위드는 어떤 생각에서였는지, 연속으로 청색 돌을 두 번 밟았다. 그래도 별다른 일은 벌어지지 않는다.

더욱 경계심이 일었다.

'돌의 색깔이 속임수로군. 이건 아무 의미가 없어. 방심을 유발하기 위해 만들어 놓은 것뿐이다. 그렇다면…….'

위드의 눈빛이 날카로워졌다.

'저기…….'

전방을 살피는데, 발목이 걸쳐질 만한 부분에 흰 실이 보였다.

청색 돌과 적색 돌의 경계 사이에 있어서, 웬만큼 정신을 집중하지 않는 한 발견하기 힘든 함정이었다.

'건드리면 큰일 나겠군.'

위드는 자연스럽게 실을 넘어서 전진했다.

위드의 바로 뒤를 따라오는 사람은 그랜이었다. 착 달라붙을 정도는 아니고, 약간의 거리가 있었다. 혹시라도 위드가 함정에 빠졌을 때에 구해 주지 않을 작정으로! 그랜은 안전하게 피할 수 있도록 열 걸음 정도 떨어져 있었다.

그다음은 레위스와 마르고.

마판은 마지막 순서였다.

한 사람은 살려서 데려가야 했던 만큼 마판은 제일 안전한 후방에 있었다.

그랜도 그 실을 보았다. 아주 희미하고 가는 실이었지만, 위드의 움직임에 촉각을 곤두세우고 있었기에 발견할 수 있었던 것이다.

혹시라도 위드는 운이 좋아서 안 걸린 함정들이, 자신에게 발동될 수도 있기 때문이다.

'흠, 함정이군. 말없이 이걸 피해 간 건 우연인가? 아니면……'

그랜은 가볍게 실을 넘었다. 그러나 뒷사람에게는 아무말도 해 주지 않았다. 혹시라도 무슨 일이 벌어질지 모르기에 조금 더 발걸음만 빨리했을 뿐.

투둑.

레위스의 조심성 없는 움직임은 실을 여지없이 끊어 놓고말았다.

그 순간 좌우의 벽이 활짝 열리고 화살의 비가 쏟아졌다.

"크아악!"

덩치 큰 레위스의 몸으로 불시에 날아오는 화살!

할 수 있는 것은 비명을 지르는 것뿐이었다.

"도, 도와줘!"

레위스의 애원에도, 그랜과 마르고는 그 자리에 그대로 서 있었다. 마침내 레위스는 수많은 화살에 맞아서 죽고, 그곳에는 흉갑이 하나 덩그러니 떨어졌다.

"바보 녀석."

"이런 곳에서 죽다니 안타깝군."

흉갑은 마르고의 차지가 되었다.

그랜과 마르고는 서로를 향해 씩 웃었다. 레위스를 돕지 않았던 그들은 이제 더 이상 상대를 믿지 않았다.

뒤치기 4인조.

처음부터 살인자 상태로 만난 이들.

타인을 죽여서 아이템을 빼앗는 재미로 결성했던 무리에 불과했다. 우정이나 의리 따위는 없었으니 언제든지 헤어질 수 있다.

쿠르릉!

쾅! 쾅! 콰앙!

통로의 모습이 변했다.

넓은 지하 공동의 외길!

그 길 위로 천둥 벼락이 떨어진다. 하얀 뇌전들이 통로 안에서 무작위로 작렬하고 있었다. 대단한 광경이었지만 섬뜩하기 그지없다.

라이트닝 볼트.

3서클의 전뇌 마법이 수시로 치는 것이나 다름이 없기 때문이다.

위드는 뒤를 돌아보았다.

"여기는 어떻게 통과하죠?"

그랜이 품에서 작은 돌을 꺼냈다.

"우린 운이 좋군요. 이건 벼락을 모으는 돌입니다. 이게 있으면 무사히 건너갈 수 있죠."

"그렇군요."

위드는 그 돌을 받고 감정을 해 봤다.

낙뢰의 돌 : 내구력 100/100.
특수한 철분의 함량이 높은 돌.
전기를 끌어들이는 힘을 가지고 있으며, 가공하면 좋은 쇠가 될 수 있을 것 같다.
옵션 : 전기 저항 99%.
전기를 흡수하는 능력을 가지고 있음.

위드가 그 돌을 보고 있을 때, 그랜과 마르고는 차갑게 웃었다.

'저놈을 희생양으로 해서 넘어가면 되겠군.'

'여기만 통과하면 보물이 있는 장소다.'

이 길을 건너기 위해서는 1명의 희생양이 필요했다. 벼락을 모으는 돌을 가지고 있는 이는 필시 죽을 수밖에 없을 테니 말이다.

"위드 님, 어서 건너시죠. 님께서는 죽겠지만 우리들이 무사히 건널 수가 있지 않습니까?"

그랜이 하얗게 웃었다.

이제야 본색을 슬슬 드러내려는 찰나!

위드가 말했다.

"뭐, 제가 죽어서 여러분들이 건널 수 있다면 좋은 일이죠."

"그런데?"

"돌아오는 길은 어떻게 하실 겁니까?"

"……!"

그랜과 마르고는 멍청한 얼굴로 마주 보았다.

보물을 얻을 생각만 했다. 돌아오는 건 염두에도 두지 않았다. 까맣게 잊고 있었다는 뜻이다.

"그건……."

"망했다."

그들이 구한 낙뢰의 돌은 단 하나! 돌아올 때는 모두가 죽음을 피할 수 없는 것이다.

그랜이 검을 뽑아 들었다.

"그러면 이제 너희들은 아무짝에도 쓸모가 없겠군. 그만 죽어라."

으스스하게 외치면서 그랜이 공격 태세를 갖추었다. 살기를 동반한 스킬이 작렬하기 직전이었다.

"이런 더러운 놈들······."

돌아가는 상황을 통해 현실을 파악한 마판이 바드득 이를 갈았다. 하지만 마판은 여전히 믿는 구석이 있었다.

위드!

위드가 이들을 상대해 줄 것이다. 여태껏 봐 온 위드라면 그랜과 싸우기에 충분할 것이다.

그러나 위드는 여전히 공포에 질린 얼굴이었다. 그런 상태로 아무것도 하지 못하고 있었다. 검조차 꺼내지 않는다.

'왜, 왜지? 위드 님이라면 충분히······.'

마판이 이상하게 여길 때, 그랜의 공격이 시작되었다. 그런데 그랜은 위드나 마판을 공격하는 것이 아니라, 마르고를 기습했다.

"죽어라!"

"그랜, 네가 이럴 줄 알았다!"

그랜과 마르고가 곧 대판 싸움을 시작했다.

그랜의 속셈은, 위드나 마판은 언제든 원하는 때에 죽일 수 있으니 먼저 방해꾼인 마르고를 죽이려는 것이었다. 서로를 믿지 않았던 만큼 마르고도 대비를 하고 있었다.

"에잇, 플레임 소드!"

"콜드 블레이드!"

불과 얼음.

2차 전직을 마친 검사 그랜의 특기는 화염계 검술이었다.

어쌔신 특화인 마르고는 어둠에 동화되었다. 몸을 숨긴 채로 공격을 가한다.

스킬이 난무하고, 불꽃과 핏방울들이 뿌려진다.

두 사람 모두 살인자들답게 지극히 공격적이었다. 방어보다는 공격 일변도.

실력 자체는 비등비등하였지만 곧 그랜이 승기를 잡았다. 아무래도 암습에 최적화된 어쌔신으로서는, 승부에서 검사를 당해 낼 수가 없는 것이다.

"잘 가라, 마르고."

"크윽, 아깝다! 조금만 가면 보물이……."

마르고는 죽으면서도 배신당한 자체에 대해서는 별로 가슴 아파하지 않았다.

의리나 우정 따위! 속이고 빼앗는 쾌락 앞에서는 무용지물일 따름이다. 마르고는 쿨한 사내였다.

곧 그랜의 검이 마르고의 목을 날렸다.

"크하하하! 이제 보물은 내 차지다."

그랜은 통쾌하게 웃어 젖혔다.

마르고가 죽은 곳에서는 방패가 하나 떨어졌다.

"위드 님, 마판 님. 두 분 중에서 1명이 저를 위해서 그 돌을 들고 안으로 들어가 주시죠. 대신 이 방패를 드리겠습니다. 레벨 200이 넘는 녀석이 골라서 쓰던 방패니까, 한 번 죽는 대가로는 충분할 겁니다. 그리고 거절은 안 하는 편이 좋습니다. 저는 1명만 필요하니까, 남은 사람은 지금 바로 죽일 테니까요."

그랜의 머릿속에는 이미 계산이 끝났다.

들어갈 때에는 1명을 희생시켜서 보물을 얻는다. 나올 때에는 까짓것 한 번 죽어 준다. 아주 재수가 없어서 보물만 떨어뜨리지 않으면 된다. 확률상, 죽는다고 해서 이 던전에서 얻을 보물을 떨어뜨릴 가능성은 낮은 편. 그 외에 운 나쁘게 떨어지는 아이템 하나쯤은 버릴 수도 있었다.

그랜은 이미 보물을 손아귀에 넣은 것처럼 기쁨을 만끽했다. 위드가 검을 뽑아 들 때까지는.

스르릉.

클레이 소드가 부드럽게 검집에서 미끄러져 나왔다.

그랜의 말투가 금방 바뀌었다. 존중에서 하대, 그리고 협박조로 바뀌는 데에는 약간의 머뭇거림도 없다.

"후후, 반항을 할 셈이냐? 그래. 그러면 넌 여기서 죽고 마판 님이 내 길잡이가 되어 주면 되겠군. 물론 내가 상처를 많이 입긴 했지만, 네 공격 따위는 우습다는 사실을 모르나? 좋아, 3초를 양보하지. 마음껏 공격해 봐라."

"고맙군."

무협지에서나 나올 법한 3초의 양보.

위드는 거절하지 않았다.

"네 맘대로 판단해라. 조각 검술!"

검이 빛에 휩싸이고, 그랜의 눈에 불안감이 어렸다.

'괜히 양보한다고 했나? 그래, 양보하는 척하다가 선공을 하자!'

이리저리 머리를 굴리는 사이, 위드는 그랜이 상상도 할 수 없는 빠르기로 다가와서 검을 휘둘러 그의 목을 날려 버렸다.

"조, 조각사가……."

그랜은 마지막 순간까지도 불신에 찬 얼굴이었다.

한 번의 공격을 당해 주고 바로 반격을 가할 셈이었는데, 그 한 번의 공격력이 낮아진 생명력을 전부 사라지게 만들 정도였던 것이다.

마판은 한숨을 푸욱 쉬었다. 이런 결과를 예측하기는 했으나, 4인조가 전부 죽어 버리자 할 일이 없어진 것이다.

"이제 어떻게 하죠? 그대로 돌아갈까요?"

"여기까지 왔으니 보물은 찾아봐야겠지요. 있을지는 의문이지만."

"어떻게요? 들어가면 나오지는 못하는데… 우리가 여기서 죽으면 이놈들이 먼저 살아나잖아요."

"꼭 죽으라는 법만 있는 건 아닙니다. 이 사람들이 모험에는 초보라서, 지도를 찾아내고도 올바른 길을 선택하지 못했을 뿐이죠. 길이란 굳이 정해진 곳이 없다는 걸 스스로 말하고도 그 의미를 모르고 있더군요."

"예?"

"플라이."

위드가 주문을 외우자, 그의 등에서 새하얀 날개가 돋아났다. 애초에 안전하게 바르크 산맥을 넘을 수 있다는 자신감. 비밀은 바로 이 날개에 있었다.

라비아스의 미르칸 탑.

그곳에서는 10골드를 내면 1달간 하늘을 날 수 있게 해 준다. 조인족의 특수한 깃털을 붙여서 말이다.

위드는 천둥 벼락이 떨어지는 외길을 피해서, 맞은편으로 날아갔다. 작은 관 하나와, 하프로 보이는 악기가 있었다.

'보물은 이것이겠군.'

위드는 그 악기를 취했다.

"감정!"

드워프 비노의 하프 : 내구력 20/20. 연주용.
비노는 키가 작고 뚱뚱한 드워프였다.
하지만 인간 여자를 사랑했다.
종족을 넘는, 이루어질 수 없는 사랑!
인간 여자들은 드워프를 싫어하였으니, 비노는 절망하였다.
그리하여 그는 음악에 빠져 들었다.
음악이야말로 예술미가 담겨 있어서 여성들의 호감을 살 수 있기 때문이다.
옵션 : 여성 NPC에 대한 호감 30 상승.

위드는 멍하니 하프를 보고 있었다. 결국 입가로 웃음이
터져 나왔다.

"푸하하하!"

할마와 마르고, 레위스, 그랜.

죽고 죽이는 암투와 음모!

그리고 최후에 얻는 보물은 겨우 하프 하나에 불과했다.
강한 무기도, 좋은 방어구도 아닌 여성의 호감을 사는 악기
하나.

애초에 지도 자체가 악기를 얻기 위한 것이었다.

반 호크의 굴욕

이현은 컴퓨터를 조작해서 아이템 거래 사이트에 접속했다.

각 골드와 사이트에서 자주 거래되는 물품들의 시세를 확인하는 건 매일 하는 일이었지만 오늘은 특별한 목적을 가지고 있었다.

"과연 대단하군."

로열 로드의 인기는 날이 갈수록 높아지고 있었다. 지난주만 해도 등록된 아이템들의 숫자가 16만여 개 정도였는데, 오늘은 16만 5천개나 되었다.

그렇다고 해서 지난주 경매에 붙여진 아이템들이 팔리지 않은 것이냐 하면 그건 또 아니다. 아주 터무니없는 고가에 올려놓았거나 사람들이 별로 원하지 않는 아이템들을 제외하고는, 거의 전부가 팔렸다.

　판매된 아이템들은 거래가 완전히 끝나고 하루가 지나면
자동 삭제가 되는데, 그러고 나서 계속 새로운 아이템들이
등록된 것이었다.

　이현은 주르르 목록들을 살펴봤다.

　"이번 주에는 쓸 만한 아이템이 많은걸."

멜라인의 검 : 내구력 105/105. 공격력 40~43.
롱 소드 형태의 검으로, 소량의 미스릴을 섞어서 만들었다. 뛰어난 강
도와 예기를 간직한 검으로, 약간 이름 있는 대장장이 멜라인이 직접
제작한 아이템.
제한 : 힘 200. 레벨 100.
옵션 : 언데드에 50%의 추가 데미지.
　　　　힘 +25. 민첩 +17.

사이크리의 팔찌 : 내구력 40/40.
괴짜 마법사 사이크리는 인챈터 계열의 마법에 정통하였다. 그의 손
길이 깃든 아이템들은 마법적인 능력이 부여되어서, 대륙의 모든 이
들이 욕심 내는 물건이 되었다.
제한 : 레벨 150.
옵션 : 마나 최대치 30% 상승.
　　　　마법 증폭 효과 20%.
　　　　전 스탯 +10.

몇몇 가지 아주 탐이 나는 물품들도 있었다. 특수 옵션을 가진 액세서리들이나 무기류들은 이현도 욕심이 났다.

'얼마지?'

멜라인의 검은 경매 시작가가 150만 원이었다. 그런데 가격 급등을 거듭하면서 250만 원을 넘어섰다.

직업 제한이 걸려 있지 않고 비교적 낮은 레벨에서도 쓸 수 있는 검이기 때문에 비싸게 팔리는 것이었다.

사이크리의 팔찌는 유니크 아이템인 만큼 시작가가 300만 원을 넘고, 현재는 500만 원 이상의 시세가 형성되어 있었다.

"그림의 떡이로군."

이현은 입맛만 다셨다.

그러나 처음부터 경매 사이트에서 물건을 살 생각 따위는 없었다. 물론 투자의 개념으로 좋은 아이템을 맞추고 사냥을 할 수도 있을 것이다. 3천만 원 정도, 사용할 수 있는 돈이 있었으니 말이다.

하지만 아이템을 사느라 돈을 쓰다 보면 끝이 없는 법이다. 더 나은 아이템, 더 좋은 아이템을 찾아 헤매다가 결국에는 목적마저 희미해지는 것이다.

대충 검색을 끝내고 이현은 경매 글을 작성하기 시작했다.

판매하려는 아이템들은 라비아스에서 사냥을 통해 획득한 물건들. 주로 데스 나이트의 무기들과, 팔지 않고 간직한 조금 특이한 잡템들이었다.

잡템들 중에서 몇몇 개는 퀘스트에 필요한 것들이기 때문에 현금으로 팔리기도 하는 것이다. 다른 이들이었다면 그저 잡화점에 팔아 버리거나 버렸겠지만, 매일 경매 글들을 검색하는 이현은 이를 필요로 하는 사람들이 있었음을 잊지 않고 있었다.

경매 기한은 일주일.

게임 시간으로는 4주 정도.

데스 나이트에게서 나온 무기류들.

제일 좋은 하나씩은 위드가 쓰기 위해 놔두고, 나머지 무기와 방어구들은 시작가를 1만 원으로 정했다.

경매란 기왕이면 많은 사람들이 입찰하는 것이 유리하다. 어차피 경쟁이 붙으면서 적어도 시세만큼은 가격이 오를 테니, 큰 고민 없이 정한 시작가였다.

대신에 잡템들은 최소 3천 원의 시작가를 책정해 두었다. 3천 원도 되지 않는다면 굳이 번거로움을 감수하면서까지 파는 의미가 없다. 그만큼 시간을 낭비하는 셈이 되기 때문이다.

이현은 30여 개 아이템의 경매 글을 사이트에 등록했다.

"가격아, 제발 많이 올라라."

로열 로드를 시작하고 나서 첫 번째 판매 상품 등록이었으니 가슴이 두근거린다.

'얼마나 오르게 될까?'

억지로 바란다고 해서 되는 것이 아님을 알고는 있었지만, 그래도 기대가 되는 것은 어쩔 수 없다.

이현은 거래 사이트에서 최고 수준인 트리플 다이아몬드 등급이었다. 1달에 100개에 한해서 거래 수수료가 면제되는 것은 물론이고, 등록한 상품들도 가장 눈에 잘 띄는 곳에 배치된다. 붉은색의 컬러와 함께 별도로 박스 처리되어서, 정중앙에 이현이 올려놓은 경매 물품들이 보였다.

"이 정도라면 적어도 묻힐 일은 없겠어."

제일 먼저 데스 나이트들의 무기류들에 2만 원, 3만 원을 제시하는 사람들이 나타났다.

이현은 잠시 그것들을 보다가 다시 로열 로드에 접속하기 위해 캡슐로 향했다.

경매 기간은 일주일. 이미 글을 올리고 난 이후에는 괜한 기대를 갖지 않는 것이 좋았으므로.

베르사 대륙을 최초로 일통한 아르펜 제국!

제국의 영광은 300년을 이어 가지 못하고, 수십 개의 나라로 분열되었다. 그 후로 중앙 대륙에서는 기사들에 의한 역사가 쓰였다.

피와 죽음으로 이루어진 역사!

세력이 약한 공국과 소국들은 전란의 시대에 살아남기 위한 동맹을 맺었다. 이것이 브리튼 연합 왕국의 창설 비화였다.

　초창기에는 불신과 의혹으로 삐걱대기도 하던 7개의 왕국
들이었지만, 지금은 왕국 간 혼인과 통합 법령의 제정으로
하나의 왕국처럼 움직였다. 각 나라의 귀족들은 타국에 가서
도 비슷한 대우를 받을 수 있었으며, 경제력 또한 부강했다.

　중앙 대륙에서는 지리적으로 다소 동쪽에 치우쳐 있었지
만, 그 덕에 오히려 큰 전쟁을 피해서 발전할 수 있었던 것이
다. 근처에는 상인들에 의해 탄생된 자유도시들도 있었기 때
문에 무역과 기술이 발달하게 되었다.

　그러한 이유로 브리튼 연합 왕국을 선택해서 플레이를 하
는 유저들의 숫자는 꽤나 많은 편이었다.

　탐린 마을.

　브리튼 연합 왕국의 제일 동쪽에 위치한 마을이었다.

　"토끼 가죽 삽니다!"

　"페스터 동굴에 사냥 가실 분 모셔요!"

　"성직자 우대합니다. 레벨 50 이상 성직자 분! 아이템 배
분에서 두 사람 몫으로 쳐 드립니다."

　광장에는 어마어마한 인파가 모여 있었다. 알록달록한 옷
과 장비들을 입은 유저들. 상인들의 숫자도 엄청나다. 상업
이 발달한 브리튼 연합 왕국이니만큼 무역업에 종사하는 상
인들의 숫자가 꽤 되는 것이다.

달빛
조각사

"향신료는 든든히 구입했지?"

"물건들을 싸게 사서, 이번 상행에는 꽤 돈을 벌 수 있겠어."

탐린 마을에는 주로 레벨이 낮은 초보들과, 상인들이 있었다. 거래소에서 꽤 다양한 물건들을 팔고 있어서 상인들이 자주 들르는 것이었다.

마을의 동쪽 정문으로 마차 한 대가 느릿느릿 다가오는 모습이 사람들의 눈에 띄었다.

"어? 저건 뭐지?"

"상태가 아주 안 좋은데……."

여기저기 팬 바퀴는 덜컹거리며 굴러오고 있었고, 마차를 덮는 차양은 걸레짝이나 다름없는 상태였다. 다만 그 마차가 사람들의 눈길을 끈 이유는, 동쪽에서 오고 있다는 사실 때문이었다.

마부석에는 조각칼을 놀리고 있는 위드와, 열심히 경비 계산을 하는 마판이 앉아 있었다.

마판은 아직도 귀를 막고 있다.

바르크 산맥을 넘어올 당시에 위드의 고함 소리!

사자후를 어찌나 많이 들었던지 노이로제가 걸릴 지경이다.

일시적으로 적을 압박하고 자신의 능력치를 향상시켜 주는 워리어들의 기술인 워 크라이와는 달리, 그 용도가 모호한 스킬이 사자후다. 전군 사기 상승, 군대의 혼란 상태 해

제라니, 사실 쓸모가 많아 보이는 스킬은 아닌 것이다.

전투 보조계 스킬인 사자후는, 그 용도는 무척이나 의심스러웠지만 대신에 숙련도 향상은 매우 빨랐다. 오랫동안 힘껏 소리를 지르면 스킬의 레벨이 빠르게 상승한다. 위드는 사자후 스킬을 고급 3레벨까지 올려놨다.

그 덕분에 마판은 앞으로는 절대 워리어와도 같이 다니지 않을 거라고 다짐에 다짐을 거듭했다.

"정말 사람들이 많군."

탐린 마을에 대한 위드의 첫 감상이었다.

가장 동쪽의 변경에 위치한 마을이었음에도 불구하고, 많은 숫자의 유저들이 있었던 것이다. 로자임 왕국처럼 변경의 국가가 아니라 중앙 대륙의 왕국으로 넘어왔다는 사실이 비로소 실감이 났다.

무려 1달간 고난의 행군 끝에 바르크 산맥을 넘어서 이곳 브리튼 연합 왕국에 도착한 것이다.

거대 거미들과 바실리스크, 오우거, 각종 짐승들과 그들을 이끄는 비스트 로드! 호숫가에서는 물귀신들이 위드의 발목을 붙잡았고, 식인목들은 나뭇가지와 뿌리로 공격을 가했다.

바르크 산맥은 그야말로 몬스터들의 천지였던 것. 처음에 떼를 지어 나온 라이칸슬로프들은 그에 비하면 양반이라고 할 만했다. 몇몇 무리를 지어서 덤벼드는 몬스터들의 경우에는 10시간도 넘게 싸워서 돌파를 해야 했다.

이런 악조건에서도 위드는 가지고 있던 보석들을 전부 세공했다.

실상 중급 조각술이 생긴 이후로 어지간해서는 숙련도가 잘 오르지 않는다. 보석 세공은 조각술이 경지에 오르면서 얻게 된 부가적인 기술. 하지만 나뭇조각을 조각하는 것과는 상대도 되지 않아 두세 배의 숙련도를 주었고, 덕분에 중급 조각술도 4레벨에 오른 상태였다.

하지만 이보다 더 즐거운 일은, 중급 손재주가 드디어 6레벨에 올랐다는 것이다.

조각술을 통해 빠르게 성장하는 손재주는 모든 영역에 두루 영향을 미치고 있었으니, 어떤 의미에서는 조각술 다음으로 중요한 스킬이라고 볼 수 있었다.

"위드 님은 로자임 왕국을 떠나신 것이 처음이시죠?"

"예."

"저는 친구들을 만나기 위해서 다른 국가들을 돌아본 적이 있었는데, 로자임 왕국이 제일 사람이 없는 편이었습니다. 북쪽에 있는 브렌트 왕국만 해도 사람들이 많죠."

"사람이 많은 왕국에서 시작하면 이득이 많으니까요."

개척자가 있으면 그에 대한 정보도 있는 법.

그리고 특정 던전이나 마굴의 경우에는 소유의 개념이 있었다. 길드나 세력에서 소유를 하면, 여러 이점들을 가진다.

우선 사냥을 하는 길드원들이 추가로 20%의 경험치를 더 습득하고, 길드원이 아닌 이들은 일정 수 이상 던전 내로 들어오지 못하는 제한도 생겼다. 그 때문에 일어나는 전쟁이나 마찰도 매우 많은 편이다.

브리튼 연합 왕국에서부터는 본격적인 길드 활동이 이루어지고 있다고 봐도 된다. 오데인 요새 공방전도 그중 하나가 아니던가.

'나와는 별로 관련이 없는 일이지. 길드의 자존심 싸움이나 하다가 낭비할 시간이 없으니까.'

위드와 마판은 놀란 눈으로 쳐다보는 유저들을 무시하고, 우선 거래소로 마차를 몰았다. 시골 마을이라서 그런지 거래소는 작은 편이었다. 주인은 풍채 좋은 노인이었다.

"물건을 좀 팔러 왔습니다."

마판이 그렇게 운을 떼자, 거래소 주인은 반색을 하며 물었다.

"그래? 요즘에는 상인들이 많이 오는군. 우리로서야 고마운 일이지. 어떤 물건들을 팔아 주겠는가?"

마판은 주섬주섬 마차에서 치즈와 올리브유가 든 병들을 꺼냈다.

"이 물건들을 팔려고 합니다."

"오! 로자임 왕국의 물건들이 아닌가? 먼 곳에서 왔으니 각기 4실버와 8실버를 쳐 주도록 하지."

마판은 잠시 갈등하다가 눈을 질끈 감고 전부 처분해 버렸다. 마차에 싣고 오느라 지금까지 맡아 온 치즈와 올리브유의 냄새가 지긋지긋했기 때문이다. 마차가 덜컹거릴 때마다 속이 메슥거려서, 로열 로드의 뛰어난 사실성이 오히려 고역으로 느껴진 마판이었다.

"고맙네. 우리 마을에서는 사기 힘든 물건들이니 전부 해서 470골드 쳐 주지."

"감사합니다."

마판은 거래를 통해 200골드 정도의 수익과 약간의 명성 그리고 스킬들을 상승시킬 수 있었다. 1달간의 여행 끝에 비로소 찾아온 보람이었다. 상인으로서 가장 큰 행복은 뭐니 뭐니 해도 장거리 운송에 성공해서 큰 부를 얻었을 때 느끼는 뿌듯함일 것이다.

다음은 위드의 차례였다.

마판은 부러움 가득한 눈으로 위드를 보았다.

식료품들이 이 정도의 수익을 거두게 해 주었는데, 보석류들은 과연 얼마나 많은 이득을 안겨 줄 것인가.

'그것도 위드 님이 직접 세공을 하신 저 보석들은……'

마판은 침을 꿀꺽 삼켰다.

위드는 배낭을 열고 브로치와 팔찌를 하나씩 꺼냈다.

"이것들은 얼마에 구입해 주시겠습니까?"

바로 그 순간, 거래소는 유저들이 내뱉는 말로 순식간에 시끌벅적해졌다.

"비춰다!"

"보석들이야. 저건 에메랄드… 그리고 사파이어가 틀림 없어!"

"어디서 나온 보석들이지?"

"너무 아름다워!"

이러한 반응은 어찌 보면 당연한 것이었다. 탐린의 거래소에 오는 상인들은 비교적 레벨이 낮은 이들이라서, 보석을 처음 보는 사람들도 상당수 있었을 테니까.

위드가 내민 보석들을 살펴본 거래소 주인은 난색을 표했다.

"그런 물건들은 이런 작은 마을에서는 처분할 수 없다네! 대도시에 가 보는 것이 어떻겠는가?"

마판도 한마디 거들었다.

"보석들은 사치품으로 분류되니, 작은 마을에서 파는 것보다는 상거래가 발달한 큰 도시에서 판매하는 편이 더 이득일 겁니다. 거래소가 아니라 보석 상점에 직접 파는 편이 가격도 조금이나마 더 쳐 줄 거예요."

"그렇게 할까?"

위드는 보석들을 다시 가방에 넣었다.

어차피 꼭 탐린 마을에서 처분할 생각도 없던 참이었다. 각 마을이나 도시마다 시세가 다르기 때문에, 브리튼 연합 왕국의 보석 시세가 대충 어느 정도나 되는지 알아보기 위해서 꺼낸 것이었다.

마판이 팔아 치운 식료품 대신에 다른 교역품을 구입하는 것으로 탐린 마을의 일은 끝이 났다.

두 사람이 탄 고물 마차가 느릿느릿 서쪽을 향해 사라져 간 후에도, 그들의 방문은 탐린 마을의 상인들에게 큰 화제가 되었다.

"마을의 거래소에서 살 수 없는 가격이면 얼마나 비싸다는 거야?"

"저 정도로 세공이 된 보석들이라면 엄청나게 고가에 팔릴 게 틀림없어!"

"대체 어디서 온 사람들일까?"

"동쪽! 거긴 바르크 산맥밖에 없는데……."

"설마 바르크 산맥을 넘어온 사람들?"

"로자임 왕국이다! 로자임 왕국의 보석들을 가져온 거야. 하지만 저 세공들은 어디서……."

며칠 후, 위드와 마판은 브리튼 연합 왕국의 동맹국 중 하나인 크로인 왕국의 수도 레가스 성에 도착하였다.

성 앞의 넓은 평원에는 토끼나 여우 같은 초보용 몬스터들이 뛰어다니고, 유저들은 몽둥이를 들고 열심히 쫓아다니고 있었다.

마판이 느긋하게 말한다.

"참 평화로운 광경이군요."

"그렇군."

위드도 동감이었다.

바르크 산맥의 살벌하기 이를 데 없는 몬스터들을 보다가 앙증맞은 토끼와 여우들을 보니 참으로 귀여웠다.

흰 구름이 흘러가는 푸른 하늘.

햇볕은 따스하고, 멀리 황금빛으로 곡식이 여물어 가는 들판이 보인다.

붉은 벽돌로 주변의 경관과 잘 어울리게 지어진 레가스 성은 로자임 왕국의 세라보그 성과는 비할 수 없을 정도로 아름다웠다.

평화로운 광경들을 보고 있자니, 시라도 한 편 짓고 싶은 기분이었다.

띠링!

-예술 스탯이 2 상승하셨습니다.

예술 스탯은 작품을 만들 때만이 아니라, 여행을 하면서 새로운 것을 볼 때에도 조금씩 올랐던 것이다.

여행자들이 가장 많은 크로인 왕국!

이곳의 성과 마을들은 무척이나 아름다워서, 많은 방문객들이 찾아온다. 이름난 휴양지이고 연인들의 데이트 장소로 꼽히기도 하는 곳이다.

위드와 마판은 잠시 동안 성과 주변의 여유로움을 즐겼다.

마판은 순수하게 그동안의 고난과 피로를 씻어 내는 것이었다면, 위드의 눈은 날카롭게 성곽을 분석했다.

'저 정도의 성이라면 많이 축소한 모형 조각품으로 만들수 있겠군. 사려는 사람도 제법 있을 것 같아. 숙련도는 얼마나 상승하려나?'

위드는 첨탑의 형상과 성벽의 높이, 내부의 구조들을 대충 그리면서 걷고 있었다.

조각사의 본능.

뭐든 눈에 보이는 족족 조각을 해 버리려는 것이다.

위드와 마판은 어느덧 성문 앞까지 이르렀다. 마판이 마차와 말을 끌고 먼저 앞으로 나섰다.

"제가 먼저 들어가겠습니다."

성에 출입하는 방법에는 크게 두 가지가 있다.

하나는 정문으로 들어가는 것!

물론 마판은 정문으로 들어가는 길을 택했다. 그런데 무장한 경비병들이 앞을 가로막았다.

"여기, 통행세입니다. 그리고 교역 허가도 해 주십시오."

마판은 주저 없이 경비병들에게 2골드를 던져주면서 말했다. 마을간 교역으로 상당한 돈을 벌어들였기에 2골드가 조금도 아깝지 않았다.

　"어서 오십시오, 상인님."

　경비병들은 귀족의 행렬이라도 본 것처럼 넙죽 엎드리면서 정문을 크게 열어 주었다. 어느 성이든 큰 곳은 정문을 평소에 달아 놓다가 골드를 낸 사람에게만 열어 주는 것이었다.

　그 기세! 호쾌함!

　"이야, 대단하다!"

　"저 사람 아무렇지도 않게 2골드를 냈어."

　주변의 유저들이 한마디씩을 내뱉는다. 성 주변에서 사냥을 하는 사람들은 초보들인 만큼 작은 일에도 놀랐다.

　마판은 어깨를 으쓱했다.

　"위드 님, 들어오세요!"

　위드는 잠시 눈치를 보다가 쪽문으로 향했다. 정문 옆에 작게 뚫려 있는 쪽문으로 말이다. 그렇지만 이번에도 바로 무장한 경비병들이 앞을 막았다.

　"멈춰라! 너는 브리튼 연합 왕국 소속의 사람이 아니구나. 레가스 성에는 무슨 일로 온 것이지?"

　경비병들은 단지 사람을 보기만 해도 어느 나라 국가 소속인지를 아는 능력이 있었다.

로자임 왕국 내에서야 자국이었으니 상관이 없었지만, 타국의 수도에서는 간단한 절차와 신고를 해야 했다. 만약에 신고하지 않은 일들을 성내에서 벌였다가는 수배를 당하는 경우도 있다.

　"교역, 그리고 제가 만든 물품을 팔려고 합니다, 경비병 나으리들!"

　"그래? 그렇다면 국법에 따라서 통행세를 내야 한다."

　"통행세요?"

　위드는 금세 곰살맞게 웃으며 경비병들의 노고를 치하했다.

　"이렇게 헌앙하신 경비병님들을 보니 과연 레가스 성의 치안이 철통같음을 알 수 있겠습니다."

　"흠, 흠! 뭐 그런 편이지."

　단순한 경비병들은 히죽 웃었다.

　이미 수련관의 교관을 통해 병사들을 구워삶는 법을 완전히 터득한 위드였다.

　"힘드시지요? 하지만 이런 큰 성을 지키시니 그 자부심이 대단할 것 같습니다. 여러분들이 아니면 누가 이 성을 지킬 수 있단 말입니까?"

　"그야 그렇지. 그래도 교역을 하기 위해 성으로 들어오는 자는 통행세를 내야 한다."

　"통행세가 얼마나 되지요? 제가 가진 돈이 7실버뿐이라서……."

"그 정도면 충분하다. 통행세는 5실버니까."

위드의 얼굴이 잠시 경직되었다. 그리고 호주머니에서 4실버를 꺼냈다.

"헛! 이제 보니 4실버밖에……."

"……."

레가스 성안으로 들어간 위드와 마판은 각자 볼일을 보기로 했다.

"전 잡템들을 구입하고, 거래소를 들러 보겠습니다. 제가 할 수 있는 일도 찾아보구요. 그럼 하루 뒤에 이곳에서 만나죠."

상인들에게는 그들만의 퀘스트가 있다.

흔히들 이야기하는 조달 의뢰.

어떤 물건을 얼마나 가져다 달라거나, 혹은 특정한 물건의 운송을 맡기는 의뢰들인 것이다.

"그럼……."

마판과 헤어진 위드는 우선 번화가를 돌아다니면서 보석 상점을 찾았다. 용건은 당연히 보석들을 팔기 위해서였다.

크로인 왕국의 수도인 레가스 성은 대단히 번화한 도시였기에, 어렵지 않게 보석 상점을 찾을 수 있었다.

1층과 2층.

2개의 층으로 장사를 하는 보석 상점은 귀족들로 붐비고 있었다. 아이템용 소켓 보석을 사러 온 듯한 유저들도 일부 있었다. 보석들을 아이템에 결합했을 경우에는 특수한 기능이 생겨나기도 했던 것이다.

"무엇을 사러 오셨어요?"

위드를 맞이한 것은 상점의 거래인이었다.

여인! 보석 상점의 NPC는 우아한 미녀였다.

"이것을 팔기 위해서 왔습니다."

위드는 배낭에서 보석들을 꺼냈다.

환하게 빛나는 각양각색의 보석들.

취록색의 에메랄드, 짙게 푸른 사파이어 그리고 진주.

"우와! 보석들이다."

"저렇게 많은 보석들은 처음 보는 것 같아."

주변의 반응은 탐린 마을에서와 별로 다를 바가 없었다.

거래인은 보석들을 가늠해 보고 나서 말했다.

"오, 이것이라면 2,900골드를 쳐 줄 수 있겠네요! 하지만 그쪽은 유명한 모험가이고, 우리들의 직업과 관련이 없다고 할 수도 없으니 3,200골드까지 쳐 드리죠. 이 정도라면 적절한 금액일 걸요."

1,700골드의 자본금을 들여서 샀던 보석들이 순식간에 3천 골드가 넘는 물건으로 변한 것이었다. 싼 로자임 왕국의 원석들을 사서 가공한 후에 보석 시세가 비싼 크로인 왕국에 내다 팔기에 가능한 금액이었다.

'1,500골드의 이윤인가? 운송 시간과 세공에 들인 노력을 감안하면 큰 이득을 거두었다고 볼 수만도 없겠군.'

사냥터에서 한 달 동안 사냥을 했을 때 얻을 수 있는 수익과 경험치! 이것을 포기하고 혹시라도 교역품을 잃어버릴 수 있는 위험을 감수한 것이니 그냥 얻는 이윤은 아니었다.

여기서 상인이라면 흥정을 할 수 있다. 거래 기술에 따라서 더 비싼 가격에 물건을 팔 수 있는 것이었다.

그러나 위드는 상인이 아니었다. 그래서 대신 하프를 꺼냈다.

띠리링, 띵, 띵띵.

호감도를 상승시킬 수 있는 비기.

바드나 하피스트의 연주에는 사람들을 매료시키는 힘이 있다. 호의와 선의를 이끌어 내고, 가격에도 이득이 있다. 어느 정도 레벨이 높은 바드는 사람들의 사랑을 받아서 음식점이나 여관을 무료로 이용하기도 한다.

"와! 저 사람 하프를 연주하네."

"괜찮은 솜씨야."

"듣기에 좋은데?"

위드의 연주는 기초적이지만 나쁘지 않은 편이었다.

틈틈이 일부러 배워 둔 것으로, 잡캐의 영역을 한 차원 넓히는 것이었다.

위드의 입가에 미소가 맺혔다.

상점 거래인은 지그시 눈을 감고 있었다. 음악을 음미하는 모습.

소기의 목적 달성.

그런데 상점 거래인이 눈을 뜨더니 말한다.

"좋은 곡이네요. 그런데 노래가 없어서 허전해요."

"노래요?"

"네. 노래를 들려주실 수 있겠죠?"

위드는 차마 거절할 수가 없었다.

포효하는 락커!

한때 현실에서 지향했던 삶이다.

그러나 락커로 불리기에는 여러 가지를 무시하며 살았다.

음정 무시! 박자 무시! 가사 무시!

소위 말하는 지독한 음치였다.

오로지 위드만 이 사실을 인정하지 않았다. 그래서 위드는 하프를 퉁기며 노래하기 시작했다.

"쨍! 하고 해 뜰 날! 돌아온단다! 쨍! 하고! 해! 뜰! 날!"

"꺄아아악!"

"미치겠다."

"도망쳐!"

사자후 스킬과 노래의 차이점이 과연 무엇인가.

위드의 노래 솜씨는 유저들의 경악을 금치 못하게 만들었다. 조금만 들어도 머리가 어질어질해지고 가슴이 답답했다. 무언가 속에 있는 것들이 튀어나올 정도의 거북함마저 준다.

"하루르을! 너의 생각 하면서어! 걷다가! 바라본! 하! 늘! 은!"

위드는 열심히 포효하면서 노래를 불렀다.

선율 따위는 없다. 오로지 고성방가!

큰 소리로 부르는 것이 최고인 것처럼 노래를 하는 것이다.

마침내 위드의 노래가 끝났을 때에는 우르르 몰려 있던 인파들이 빠져나가고, 단 한 명 상점 주인만이 남았다.

그녀의 얼굴은 파리하게 변해 있었다.

"얼마에 사 주실 겁니까?"

위드의 말에 상점 거래인은 고개를 저었다.

"거래 불가."

"······."

"나가요! 그러지 않으면 경비병을 부를 겁니다."

"다시 하프 연주를······."

노래는 포기해야 했다.

위드는 열심히 하프 연주를 해서 상점 거래인의 호감도를 다시 끌어올렸다.

"3,240골드를 드리겠어요."

"그 정도면 좋습니다."

위드는 홀가분한 마음으로 보석들을 처분해 버리고 3,240
골드를 획득했다.

위드의 명성이 다시 한 번 높아졌다.

'이로써 2천을 넘겼군.'

명성이 높아지면 더 높은 난이도의 퀘스트를 받을 수 있
고, 물건 값을 할인받는 것도 가능했다. 그러나 명성은 그
자체로 하나의 자랑거리가 되기도 했다.

— 코로나라고 알지? 그 작자가 엄청난 일을 해냈더군.
화룡의 산맥에 있는 트윈 헤드 오우거를 잡았다지 뭔가.

— 바툰이라는 도둑이 그동안 사미엘 대공의 의뢰를 받아
무사히 완수했다는 소식이야. 사미엘 대공은 그에게 기사의
작위를 주었다는군.

명성의 위력이었다.

가끔 큰 퀘스트를 해결하거나 힘든 몬스터를 잡았을 때에
는 성내의 NPC들이 이야기를 시작한다.

상인들의 무역 이득도 마찬가지다.

NPC들이 이야기를 함으로써 로열 로드 내에서 유명해질 수 있는 것이었다.

— 반센이라는 검사를 본 적이 있나? 그를 만나면 조심하게. 닥치는 대로 살인을 저지르고 다닌다는군. 현상금도 걸렸다고 해.

가끔은 이런 식으로 악명을 떨치기도 했다.

위드의 경우에는 바란 마을에서 프레야 여신상을 만들고 나서, 마을 내의 유명 인사가 된 적이 있었다.

보석 상점에서 일을 마치고 나서, 이번에 위드의 발걸음은 감정소로 향했다.

라비아스에서 얻은 붉은 생명의 목걸이.

위드에게도 감정 스킬은 있었지만, 스킬의 레벨이 낮은 탓인지 아무것도 확인이 되지 않고 있었던 것이다.

처음에 목걸이를 주웠을 때에는 조금 흰빛이 돌았다. 이름은 붉은 생명의 목걸이였지만 말이다. 그 색깔은 마판을 만났을 때에도 변함이 없었다. 그러다가 바르크 산맥을 넘을 때부터 점점 붉게 변하더니 지금은 완전한 진홍빛으로 변했다.

그냥 버리거나 아무한테나 팔아 버리기에는 무언가 찜찜한 아이템이었다.

결국 어느 정도 돈이 들겠지만 위드는 아이템의 정확한 정보를 확인해 보기 위해 감정소에 가 보기로 했다.

'허접한 물건이라면 부숴 버릴 테다.'

감정소는 많은 유저들로 붐비는 와중이었다.

"여기요, 사냥터에서 주운 이 검 확인해 주세요!"

"이 반지에 걸린 속성 확인을……."

시장 통이 따로 없었다.

미확인 아이템을 감정하는 사람들의 마음은 복권을 긁는 심정일지도 모른다. 혹시 누가 알겠는가. 엄청난 유니크 아이템이라도 건졌을지.

위드는 1층은 그냥 지나치고 계단을 통해서 곧바로 2층으로 올라갔다.

1층에서는 간단한 아이템들의 확인이 가능하였는데, 감정 스킬을 가지고 있는 위드도 웬만한 아이템들은 확인할 수 있었기 때문이다.

2층에도 상당한 유저들이 있었다. 위드는 잠시 머뭇거리다가 이곳도 그냥 지나치기로 했다. 지금까지 붉은 생명의 목걸이를 제외하고는 모든 아이템들을 감정할 수 있었으니, 평범한 아이템은 아니라고 확신하고 있는 것이다.

마침내 위드는 감정소의 꼭대기 층인 3층에 올랐다. 완전히 밀폐된 방들이 있었다. 철저히 비밀을 보장해 주는 곳.

위드는 그중 하나의 방으로 들어갔다.

"어서 오세요!"

노란 머리를 찰랑이는 여마법사가 위드를 반겨 주었다.

'유저인가.'

일반적으로 성을 나가지 못하는 4주 동안, 유저들은 다양한 퀘스트들을 경험한다.

물론 위드는 줄기차게 허수아비만 때렸지만 그런 경우는 극히 드문 편이었고, 여관에서 아르바이트를 하기도 하고 서점에서 책을 정리하거나 아니면 특정한 생산 기술을 연마하기도 한다.

하지만 마법사의 길을 선택한 유저들은 감정소에서 많이 일을 하는 편이었다.

마법으로 물품을 감정해 주는 것은 스킬도 향상시킬 수 있었을뿐더러, 운이 좋다면 상당한 액수의 팁도 받을 수 있기 때문이었다.

'우씨! 하필이면 그때 3골드가 부족할 게 뭐람!'

마법사 린델은 레벨을 200까지 올리고 막 2차 전직을 마친 상태였다. 전직을 마친 마법사는 새로운 마법들을 익힐 수 있었다. 전격계 마법에 특화된 린델의 선택은 당연히 라이트닝 샤워였다.

벼락이 하늘에서 내려와서 꽂히는 무척이나 아름다운 효과와 함께 다수의 몬스터에게 큰 데미지를 줄 수 있는 유용한 마법이었던 것이다.

하지만 스킬 북의 가격은 무려 540골드!

2차 전직을 마쳤다고는 해도 가난한 마법사에게 그만한 돈이 있을 리가 없었다. 레벨이 낮을 때에는 각종 마법 촉진제와 시약들을 사야 하고, 조금씩 레벨이 오를 때마다 스킬 북과 로브, 스태프들을 장비해야 한다. 전장에서는 가장 화려하고 빛나는 직업이었지만, 마법사들은 언제나 빈곤을 끼고 살아야 했다.

부족한 3골드를 채우기 위해서 감정소에서 아르바이트를 하기로 한 린델의 선택은 어쩔 수 없는 것이었다.

하지만 첫 손님부터 최악이었다.

린델의 양 미간이 살포시 찌푸려진다.

'근데 이건 또 웬 거지야?'

위드의 모습을 보자마자 떠오른 생각이었다.

'좀 씻고나 다니지.'

린델의 눈길에 어이가 없다는 빛이 떠오른다.

꼬질꼬질하니 때가 탄 망토와, 허름한 갑옷들!

내구력이 줄어들어서 특유의 광택을 잃어버리고 걸레처럼 변한 장비들이 보였던 것이다. 더군다나 복장도 희한하기 짝이 없다. 어깨에는 정체를 알 수 없는 망태기를 두르고 있었는데, 거기서는 역한 냄새가 풀풀 난다.

열심히 주워 모은 약초들의 냄새였다.

하지만 린델은 손님이라는 생각에 억지로 웃으며 입을 열었다. 손님들에게 불친절했다는 이유로 감정소에서도 잘리면 돈을 모을 길이 막막해지는 것이다.

"죄송합니다. 여기는 레어 이상의 고급 아이템 감정소예요. 일반 마법 아이템들을 확인하려면 저쪽의 별이 하나 있는 감정소로 가 보세요."

어디서나 사람의 옷차림을 보고 판단하는 것은 마찬가지다. NPC였다면 위드의 명성치를 보고 다르게 반응했겠지만 린델은 유저였던 것이다. 위드는 별다른 대꾸 없이 품에서 목걸이를 꺼내서 내려놓았다.

"이걸 감정해 주십시오."

"이곳은 가격이 비싸요. 감정을 위해서는 50실버를 내셔야 돼요."

돈이 아깝긴 했지만, 이미 그 정도는 각오하고 찾아온 상태다.

"50실버. 여기 있습니다."

"휴우, 그러면 할 수 없죠. 변변치 않은 아이템이라고 나와도 후회하지 말아요."

린델은 주의 사항을 미리 이야기해 주었다.

감정소에서 확인한 아이템들 가운데에는 기대만큼 좋은

물건도 있었지만, 실제로는 실망스러운 것들이 훨씬 더 많았던 것. 그 때문에 감정을 무효로 돌리거나 아니면 돈을 내지 않겠다고 버티는 사람들도 있었기에, 반드시 미리 말을 해두어야 했다. 린델은 목걸이를 주워 들었다. 그때부터 무언가 심상치 않은 마나의 흐름이 느껴졌다.

마법사인 자신이 파악할 수 없는 흐름!

이것은 최소한 4서클 이상의 마법이 걸려 있다는 뜻이 아닌가. 하지만 그녀의 감정 스킬은 높은 편이라서, 그 이상의 마법도 확인할 수 있었다.

"아이템 감정!"

린델의 손이 환하게 빛나면서 붉은 생명의 목걸이를 어루만졌다. 그러자 드러나는 아이템의 정보들.

데스 나이트의 목걸이 : 내구력 100/100.
어둠의 주술사 바르칸 데모프가 직접 만든 아이템!
이 목걸이에는 데스 나이트 반 호크의 생명이 담겨 있어서, 이 물건을 가진 이는 반 호크를 소환할 수 있다. 다만 바르칸을 향한 충성심을 되돌리기는 쉽지 않을 것이다.
제한 : 주인으로 인정받지 못하면 공격당한다.
옵션 : 데스 나이트를 소환할 수 있다.
　　　　마법 부여 '콜 데스 나이트'.
　　　　흑마법의 효과 50% 강화.
　　　　지력 +20, 지혜 +10.

린델의 눈이 휘둥그렇게 떠졌다.

"이, 이건 아직까지 공개되지 않은 유니크 아이템⋯⋯."

"그만 돌려주십시오."

위드는 목걸이를 가지고 감정소를 나왔다.

레가스 성의 용무를 마치고 나서 소므렌 자유도시를 향해 길을 떠나는 위드와 마판!

위드는 인적이 뜸할 때쯤에 잠시 마차를 멈춰 달라고 부탁했다.

"무슨 일인데요?"

"직접 보시면 알 겁니다."

위드는 마부석에서 뛰어내렸다. 그리고 목걸이를 꺼내 들며 주문을 외웠다.

"콜 데스 나이트!"

검은 연기 같은 것이 뭉실뭉실 모여들더니 이내 데스 나이트 반 호크가 나타났다. 바르칸 지하 묘지의 보스 몬스터였다.

"크어어어!"

그때와 모든 게 똑같았으나, 다만 옷차림이 엄청 변해 있었다.

바르칸 지하 묘지에서는 한눈에 보기에도 멋진 아이템들과 장비를 가지고 있었던 반 호크. 하지만 지금은 데스 나이트들의 기본적인 검과 장비만을 착용하고 있다.

이유는 간단했다. 그 물건들은 이미 위드가 이미 다 빼앗아 버린 후였기 때문이다.

밝은 빛을 접한 데스 나이트의 몸이 휘청거렸지만, 곧 중심을 찾았다. 레벨 200이 넘는 언데드 몬스터였기 때문에 햇빛에도 그다지 큰 반응은 없었다.

데스 나이트의 눈길이 마판을 스쳐 지나가더니 이내 위드에게 고정된다.

"너, 인간!"

엄청난 증오심!

살기가 풍겨져 나왔다.

데스 나이트는 자신을 죽였던 위드를 똑똑하게 기억하고 있는 것이다.

"나를 불러내다니! 내가 바르칸 님을 배신하고 너를 따를 것 같은가? 후후! 그것도 조각사 따위가! 죽여 주마, 인간!"

데스 나이트의 돌격.

위드는 일부러 그 공격들을 살짝살짝 흘리며 맞아 주었다. 그러다가 생명력이 20% 이하로 줄어들었을 때부터 스킬을 사용했다.

"조각 검술!"

위드의 검이 데스 나이트를 난자한다.

데스 나이트가 역소환되고, 목걸이는 다시 흰색으로 변했다. 생명을 가진 몬스터를 잡다 보면 다시 목걸이가 진홍빛으로 변하게 될 것이다.

그때부터였다.

위드는 소므렌 자유도시로 향하면서 목걸이가 붉은빛으로 변할 때마다 데스 나이트를 소환했다.

"조각 검술!"

"칠성보!"

열심히 스킬을 연마하면서 데스 나이트를 잡는다!

손속에 일절 사정을 두지 않았을뿐더러, 하나의 기록도 세웠다.

죽인 놈 살려 내어 다시 죽이기!

데스 나이트로서는 미치고 팔짝 뛸 일이었다. 하지만 위드에게는 매우 바람직한 일이다. 마차를 타고 가면서 조각술을 펼치다 보면, 생명력과 마나가 가득 차 있는 경우가 많았다.

포만감이야 특별히 100%를 유지할 필요가 없었기 때문에 적당히 조절을 한다지만, 시간이 지남에 따라서 알아서 회복이 되는 생명력이나 마나가 가득 차 있는 건 비효율적이며 아깝다.

그런데 언제나 데스 나이트를 불러낼 수 있다니 이보다 더 좋을 수는 없다. 소환했기 때문에 경험치는 받지 못하더라도 스킬의 숙련도를 지속적으로 향상시킬 수 있었으므로!

열 번째로 두들겨 맞고 죽음에 이르렀을 때, 데스 나이트는 처음으로 앓는 소리를 냈다.

"으음, 너는 강하군."

다섯 번 정도 더 죽었을 때, 데스 나이트는 한숨을 쉬었다.

"바르칸 님의 은혜가 조금씩 잊혀 가고 있다."

다시 다섯 번쯤 더 죽고 나자, 더욱 과감한 말을 했다.

"네 통솔력이라면 나를 다스릴 자격이 있는 것 같군. 하지만 아직은 잘 모르겠다."

그 이후에도 스무 번 정도를 더 죽였다.

위드는 일부러 숫자도 헤아릴 필요가 없었다. 마차를 타고 이동하면서 생명력과 마나가 가득 차면 데스 나이트를 불러서 한차례 시원하게 싸워 주면 되는 것이다. 목걸이의 떨어진 생명력은 주변의 간단한 산짐승을 처치하는 것으로 채워서 말이다.

마침내 데스 나이트가 굴복 의사를 밝혔다.

"주인!"

고고한 데스 나이트!

일반 데스 나이트보다도 더 강한 반 호크가 위드를 주인으로 인정한 것이었다.

그러나 위드의 대답은 뜻밖이었다.

"아니야. 나는 너를 믿을 수 없어. 사악한 흑마법사의 부하였으니 무언가 다른 꿍꿍이가 있겠지!"

"그, 그게 아니라…….."

위드는 데스 나이트의 말을 들어 주지 않고 300번 정도를 더 죽였다.

"주인으로 모시겠습니다. 그러니 이제 그만…….."

그 말을 들은 다음에도 500번 정도를 더 죽였다.

그때부터 데스 나이트는 나타나자마자 간절하게 호소했지만 아무런 소용이 없었다.

위드의 목적은 스킬의 숙련도였으니 인정사정이 있을 수가 없었다.

돌아온 성물 그리고……

이현이 올려놓은 데스 나이트의 아이템들은 10~15만 원 정도의 가격에 낙찰됐다.

"생각만큼은 값이 많이 안 오르는군. 아니, 이것도 대단하다고 해야 하나……."

레벨 200대의 무기.

로열 로드에서 무기나 방어구들은 귀하기 짝이 없다. 몬스터를 잡으면 잡템들이나 실버들은 많이 나오지만 병장기는 극히 귀했던 것이다.

이건 다른 게임들에서도 마찬가지다.

레벨이 높은 몬스터가, 다 자신들이 쓸 만한 무기들을 떨어뜨린다면 아이템의 현금 거래 시세는 폭락하고 만다. 아이템들이 잘 나오지 않는다는 점은 이현에게 유리하게 작용하기도 했다. 유니크나 레어 아이템이 아닌 매직 아이템들이었으니, 이만하면 제값을 받았다고 할 수 있다.

퀘스트용 잡템들은 뜻밖에 비싼 가격에 팔려, 3만 원에서 5만 원 사이였다. 아무래도 몬스터도 유저들의 취향을 타기 때문인 것 같았다.

로열 로드에서는 몬스터들의 생김새가 굉장히 사실적이고 구체적이다. 냄새도 그대로 난다. 시체 썩은 냄새를 맡으면서 사냥을 할 사람이 몇이나 될까.

언데드 몬스터!

그중에서도 최고의 기피 대상이었다. 그들이 내놓는 퀘스트 아이템들은 희소가치가 큰 편이었고 그 덕분에 좀 더 비싼 값을 받은 것이다.

"다 합쳐서 296만 원이라……."

그런데 무시하고 넘길 수 없는 별도의 메일이 와 있었다.

다크 게이머들의 초대장!

글을 읽어 보니 소위 선택된 이들에게만 보낸다는 초대장이다. 이현에게 자신들의 모임에 가입을 하라는 권유의 내용이었다.

해골이 들고 있는 돈.

그 그림이 배경으로 그려져 있었다.

"이건……."

다크 게이머들의 연합.

소문으로 이름은 유명하였지만 실체가 불분명한 조직이었다.

"사실이 아닐 테지. 그리고 나와는 관련이 없는……."

이현은 사이트에서 낙찰을 확인했음을 클릭했다. 그리고 구매자들에게 메일을 보냈다. 거래 장소에 거의 다 도착했으니 하루 뒤에 거래를 하자는 내용이다.

소므렌 자유도시.

자유도시라는 특성에 맞게 영주가 없는 곳으로, 그에 따른 관세와 세금도 존재하지 않았다.

그 덕분에 많은 상인 유저들이 이곳을 찾았다. 무기와 병장기를 맞추려는 일반 유저들도 많은 편이다. 다른 곳에서는 상점에서 세금을 포함한 가격으로 구매를 해야 했지만, 자유도시에서는 세금이 없으니 가격이 훨씬 쌌다.

상인들에게는 그야말로 낙원과도 같은 도시.

위드와 마판은 정확히 예정된 날짜에 이곳에 도착했다.

"그러면 저는 교역을 하러 가 보겠습니다."

마판이 물품들을 거래하기 위해 먼저 거래소로 떠났다.

바르크 산맥의 몬스터 숫자는 엄청났다. 1달간 모은 아이템이 마차 안에 가득 찰 정도였으니까. 그렇지만 역시 상인의 묘미는 교역에 있었다. 물가가 저렴한 곳의 물건들을 사서, 물가가 비싼 곳에 대량으로 판매하는 쾌감!

마판은 교역의 맛을 깨닫고 있었던 것이다.

위드는 이제 와서는 거의 호위 무사 정도로 취급받았다. 요리에서부터 못 하는 것이 없는 잡부!

'뭐, 이것도 나쁘지는 않겠지. 아무튼 소므렌 자유도시에 왔으니까.'

위드는 배낭 안에 들어 있는 헤레인의 잔을 다시 한 번 확인했다. 라비아스에서 이곳까지 온 목적이 바로 이번 퀘스트의 달성이었다.

프레야 교단에 성물을 돌려주는 의뢰.

하지만 그보다 먼저 할 일이 있었다.

위드는 중앙 분수대 근처에 가서 주위를 둘러봤다.

엄청나게 발달한 자유도시는 상인들로 붐볐다. 좌판을 열고 판매하는 물건들, 그리고 그토록 찾기 힘들었던 제조직 캐릭터들도 보였다.

"뭐든지 수리해 드립니다! 손상된 아이템을 최대 내구력까지 올려 드립니다."

"포만감 회복용 음식 팔아요."

"실크로 천 만들어 드립니다. 전기 마법 저항 +15짜리 옷 직접 주문 제작합니다."

"제가 직접 만든 각종 무기들, 방어구들 구경하고 가세요."

"각종 속성 보석 가져오시면 1골드만 받고 인챈트해 드립니다."

분수대의 한 자리를 차지하고, 제조 캐릭터들이 물건을 팔고 있는 것이었다.

"얼마죠?"

"어제 주문한 옷 받으러 왔어요."

"빵 100개 주세요."

제조 캐릭터라고 해서 다 같은 취급을 받는 건 아니다. 분수대 근처에서 영업을 하는 이들은 레벨과 스킬도 높고 상당히 인정을 받는 사람들이었다. 낚시꾼이나 광부, 약초꾼, 혹은 그 외의 잡다한 생산 계열의 직업들은 구석에서 조용히 장사를 하고 있다.

'재미있군. 사람들이 이렇게 몰려 있는 것도…….'

대장장이나 인챈터들끼리는 손님들을 상대로 치열한 경쟁을 벌인다.

위드에게는 아주 생소하기 그지없는 광경이었다. 조각품을 판매하는 일을 하면서 경쟁을 한 적은 없었으니까.

광장에서 동쪽, 붉은 이층집 아래의 나무.

위드는 약속 장소로 향했다. 그곳에서는 10명이 넘는 이들이 가만히 앉아서 기다리고 있었다.

"제가 물건을 팔기로 한 사람입니다."

위드의 말에 반응하는 이들. 역시나 아이템 거래 사이트에서 물건을 구매하기로 한 사람들이었다.

이름과 거래 번호를 말하고, 1명씩 아이템을 받아 갔다.

"한참 기다렸습니다. 퀘스트가 어찌나 힘들던지…… 언데드 몬스터는 잘 잡지 않는 건데 용케 구하셨네요."

"팔아 주셔서 고맙습니다. 좋은 물건 구해서 많이 파세요."

사람들은 덕담 한마디씩을 하면서 떠났다.

위드의 배낭 속에 들어 있던 데스 나이트들의 무기가 한 종류만 빼놓고 전부 팔렸다. 퀘스트용 잡템들도 모두 동이 나서 배낭이 가벼워졌다.

'이것으로 로열 로드의 첫 수입을 올린 건가.'

위드는 편안한 마음으로 프레야의 교단으로 향할 수 있었다.

하얀 대리석으로 지어진 프레야 여신의 교단은 아름다움과 번영을 상징한다. 그 때문인지 도시의 중심부에 지어져 있어, 찾기가 쉬웠다.

소므렌 자유도시를 관통하는 소므렌 강.

아치형의 다리 근처에 지어진 백색 건물이 프레야의 교단인 것이다. 신전 주변은 각종 성수와 포션류를 구입하려는 유저들로 붐비고 있었다.

신전으로 들락날락거리는 성직자와 팔라딘들.

그들은 레벨을 올릴 때마다 새 기술을 익히고, 자격을 증명받기 위해서 교단에 오는 것이었다.

위드가 교단 안으로 들어가자, 입구에서부터 여신도들이 작은 함 같은 것을 내밀었다. 함에는 선명한 글자로 이렇게 쓰여 있다.

헌금함. 최소한 10실버 이상 내야 함.

위드는 발길을 돌려서 나가고 싶었지만, 어쩔 수 없이 돈을 냈다.

"프레야 여신님의 은총이 그대에게 있기를."

헌금을 바치자 사제들이 나타나서 축복을 걸어 주었다.

교단의 축복이라고 불리는 이것은 일정 시간 동안 성직자의 성령 방어와 같은 효과를 낸다. 그 외에도 휴식을 취할 때 생명력 회복을 5% 상승시켜 준다.

교단의 주 수입원 중의 하나였다.

"받았으면 빨리 비켜요!"

"뒷사람 생각도 좀 합시다."

위드가 잠시 머뭇거리자, 뒤에서 기다리던 유저들의 불평이 쏟아진다. 교단의 축복은 사제들이 직접 걸어야 하니 차례를 지켜야만 하는 것이다.

위드는 자리를 비켜 주는 대신에 사제를 향해 헤레인의 잔을 내밀었다. 뒤에서 불만이 터지거나 말거나, 이곳까지 온 용무는 달성해야 했기에.

"이것을 돌려 드리려고 왔습니다."

"예?"

사제는 눈을 끔벅이며 헤레인의 잔을 보았다. 그러더니 갑자기 놀란 표정을 지으며 큰 소리로 외치는 것이다.

"오오, 여신의 성물이 다시 돌아오다니! 이런 기적과도 같은 일이! 이럴 게 아니라 안으로 드시지요. 대신관님을 만나 뵙게 해 드리겠습니다."

사제들이 위드를 둘러싸고 신전 안으로 데려갔다. 교단의 축복을 받기 위해 모여든 유저들은 졸지에 멍한 얼굴이 되었다.

사제들이 전부 떠나 버렸으니 도대체 누구에게 축복을 받아야 하는가.

"뭐야, 대체······."

"지금 무슨 일이 일어난 거지?"

교단의 내부.

대신관의 방.

신을 상징하는 벽화들과 조각상으로, 엄숙하며 고결한 분위기가 흐르는 장소였다.

이곳에 이르러서야 위드는 헤레인의 잔을 바칠 수 있었다.

그는 중세의 기사들이 하는 것처럼 조용히 한쪽 무릎을 꿇고 말했다.

"여기, 시굴 님을 대신해서 헤레인의 잔을 가져왔습니다."

"오오, 장하도다! 이렇게 기쁜 일이!"

얼굴에 주름이 가득한 대신관은 격앙된 얼굴로 헤레인의 잔을 받아 든다.

띠링!

헤레인의 잔 운송 의뢰 완료

빼앗겼던 헤레인의 잔이 프레야 교단으로 돌아왔다.

과거 바르칸 데모프가 이끌던 불사의 군단과의 전쟁은 전 대륙을 피폐하게 만들었다. 번영과 아름다움을 가꾸던 프레야 교단은 그 전쟁의 피해를 미처 복구하지 못하였다. 그러나 이제 헤레인의 잔을 통해 성세를 드높이고, 끝나지 않았던 전쟁을 재개할 수 있으리라.

-명성이 400 올랐습니다.

-프레야 교단과의 우호도가 15가 되었습니다.

-프레야 교단의 공적치가 1200 상승했습니다. 교단의 공적치는 종교 상태창을 통해 확인할 수 있습니다.

프레야 교단의 공적치 : 1490

종교 단체와의 공적치는 마물을 퇴치하는 것과, 관련된 퀘스트를 완수하는 것으로 상승한다.

-레벨이 오르셨습니다.

-레벨이 오르셨습니다.

-레벨이 오르셨습니다.

-레벨이 오르셨습니다.

-레벨이 오르셨습니다.

위드는 한쪽 무릎을 꿇은 채로 생각했다.

'엄청나다.'

교단의 3대 성물 중의 하나를 돌려주는 의뢰였기에 보상이 만만치 않을 것임은 짐작하고 있었다. 하지만 이 정도일 줄이야.

그러나 그걸로 끝나는 것이 아니었다. 대신관은 장하다는 듯이 앉아 있는 위드의 어깨를 두들겨 주었다. 그리고 성기사들에게 명했다.

"이 위대한 용사에게 보상을 해 주어야지. 성기사들은 아가사의 검과 장비를 가져오라."

"옛, 대신관님."

성기사들이 잠시 나갔다가, 붉은 천 위에 방어구와 검을 들고 들어왔다.

"이것을 받도록 하게."

성기사들은 붉은 천 위의 물건을 통째로 위드 앞에 내려놓았다.

그러자 대신관은 직접 자신의 손에서 반지를 하나 뽑아서 천 위에 올려놓았다.

－의뢰에 대한 보상으로 아이템을 획득하셨습니다.

위드는 왠지 눈물이 나올 것 같았다.

이토록 행복한 순간이 또 찾아올 수 있는가. 하지만 이런 때일수록 평정심을 유지해야 한다.

'내가 이렇게 운이 좋았던 적이 로열 로드를 하면서 한 번이라도 있었나? 없었다. 그러니 벌써부터 기뻐해서는 안 돼!'

위드는 아이템을 확인하는 일을 구태여 뒤로 미루지 않기로 했다.

오늘 할 일을 내일로 미루지 말라는 말처럼, 곧바로 확인 작업에 들어갔다.

우선은 검집에 고풍스러운 문양이 새겨져 있는 검부터.

'감정.'

아가사의 거룩한 검 : 내구력 130/130. 공격력 55~60.
프레야의 교단에서 드워프 대장장이 로반에게 의뢰하여 만든 검.
다섯 번 이상 재련한 강철과 미스릴을 섞은 것으로, 뛰어난 강도를
자랑한다.
다만 교단의 품위를 지키기 위하여 재질에 비해 공격력은 약한 편.
대신관의 하사품.
제한 : 레벨 130.
옵션 : 힘 +30. 민첩 +20. 신앙 +100.
　　　언데드에 대한 200% 데미지.
　　　부상 상태에서 체력 회복 속도가 200% 증가한다.
　　　하루에 다섯 번 성스러운 가호를 사용할 수 있다.
　　　단, 한 번 사용시 2시간의 여유를 두어야 함.

대신관이나 성기사들이 놀라지 않도록 위드는 조용히 찬
탄했다.

'데스 나이트의 검보다 훨씬 더 좋구나.'

자고로 아이템이란 높은 능력치도 중요하지만, 쓸 수 있
는 자격이 낮은 게 어떨 때에는 더 요긴할 수 있다.

예컨대 클레이 소드의 경우에 그냥 판매할 때에는 큰돈을
벌기 힘들다. 하지만 아무런 자격이 없어서 레벨 1의 무직도
그 검을 쓸 수 있다면 고가에 팔릴 수 있을 것이다. 레벨 1에
게는 신검이나 다름없을 테니 말이다. 클레이 소드도 토끼나
너구리에게는 절대적인 무기가 될 수 있다.

'감정.'

장미 무늬가 새겨진 장갑 : 내구력 90/90. 방어력 20.
프레야 성당 기사단의 공식 장갑.
팔목까지 덮고 있어서 매우 불편해 보이지만, 실제로는 손가락까지
움직일 수 있도록 만들어진 물건.
제한 : 레벨 200.
옵션 : 신앙 +50. 힘 +20. 민첩 +5.
       흑마법에 대한 피해를 50% 감소.

대신관의 반지 : 내구력 100/100.
작은 다이아가 중앙에 박혀 있는 반지!
조악한 디자인이지만 시중에서 쉽게 구할 수 있는 것은 아니다.
제한 : 흑마법사, 어쌔신, 도적 사용 불가능.
       살인자 상태에서 사용 불가능.
옵션 : 하루에 한 번, 대신관의 축복 사용 가능.
       명성 +150. 신앙 +200.

위드는 호흡을 가누기 힘들었다.

'이런 횡재 같은 아이템들이……'

피로 물든 낡은 장갑을 아끼고 아껴서 지금까지 사용해
왔다. 그런데 이제 더 이상 그 낡은 장갑은 필요하지 않을
듯하다.

레벨이 200이 되는 순간, 미리 챙겨 두었던 헬멧에서부터 모든 것을 바꾸리라.

'이곳까지 온 보람이 있다.'

위드는 무릎을 펴고 자리에서 일어났다. 그러고는 한쪽 손을 가슴에 대고 가볍게 허리를 숙였다.

"그러면 저의 소임은 다했으니 이만 물러가 보겠습니다."

한시바삐 아이템 거래 사이트에 가서 정확한 시세를 알아볼 참이었다. 아가사의 검은 우선 필요한 만큼 쓰더라도, 나중에 더 좋은 검을 구하게 되면 팔게 될 테니 말이다.

그런데 대신관이 허공을 올려다보았다. 그의 노안에서 맑은 눈물들이 흘러내린다.

"용사여, 그대는 가슴의 들끓는 용기와 정의의 호소에 따라, 바르칸의 사악한 수하를 물리치고 헤레인의 잔을 구할 수 있었을 것이네."

"……?"

갑자기 너무도 빤한 이야기를 하는 대신관이었다. 바르칸의 수하를 물리쳤으니 프레야 교단의 성물을 가져온 것이 아니겠는가.

하지만 위드가 가만히 지체하고 있자, 주변에 있던 성기사들과 사제들의 눈초리가 매서워졌다. 이대로라면 성물을 가져다 준 것으로 올라간 친밀도가 조금이라도 떨어질지 모른다.

위드는 서둘러서 다시 한쪽 무릎을 꿇고 대답했다.

"그렇습니다."

"그러면 혹시 알고 있는가? 우리 교단에 잃어버린 성물이 하나 더 있는 것을?"

"예?"

위드는 잠시 당황했다.

헤레인의 잔을 구했을 때, 로열 로드의 사이트를 통해 나름대로 정보를 수집했던 적이 있다. 프레야 교단의 세 가지 성물은 성수가 흘러내리는 잔과, 번영을 상징하는 파고의 왕관 그리고 신검 가르고였다.

'그런데……'

위드는 대신관을 보고, 그가 장미목이 그려진 흰 모자를 쓰고 있는 것을 알아차렸다. 성물 중의 하나인 파고의 왕관을 쓰고 있지 않은 것이다.

"무엄한 무리들이 혼돈의 시기에 파고의 왕관을 훔쳐 갔다네. 언데드로서 죽지 못해서 사는 자, 죽음이 두려워서 죽지도 못하는 자, 신의 뜻을 거스르는 자들이 말이네."

대신관이 격노하여서 말한다.

위드는 본능적으로 이에 맞장구쳤다.

"지당하신 말씀입니다."

"잘 알고 있군, 자네! 언데드들이 얼마나 이 땅의 평화를 위태롭게 하는지 말일세."

"저는 부족하나마 대륙의 평화와 발전을 위해 노력을 하고 있었습니다."

언제나 친해질 수 있는 최고의 비법!

함께 욕해 주기, 같이 비난하기.

이만큼 유용한 기술은 찾지 못하였다. 아마도 원만한 인간관계를 위해서 영구히 사라지지 않을 스킬이 되리라.

"베르사 대륙을 위해서 언데드들과 몬스터들은 사라져야 마땅하네. 프레야 여신의 은총이 이 대륙을 뒤덮고 있기에, 번영과 발전의 시대를 위해서는 언데드들을 물리쳐야 해."

"예, 그렇지요. 저도 동감입니다."

위드는 그러면서 바란 마을의 일화를 간추려서 말해 주었다.

바란 마을을 침공한 리자드맨.

그리고 자신이 프레야 여신상을 조각하라는 의뢰를 받았고, 이는 신이 내려 준 사명이라고 여기고 최선을 다해서 조각했음을 말이다.

그 결과 리자드맨들이 다시는 바란 마을에 범접하지 않았고, 마을은 발전했다는 이야기들을 해 주었다.

"오오, 그런 일이 있었다는 이야기는 들었네! 그 조각사가 바로 자네였군!"

프레야 여신상을 조각했다는 이야기에 대신관은 더 깊은 감명을 받았다.

"다행히 파고의 왕관을 훔쳐 간 녀석들의 정체와 은신처는 파악할 수 있었네. 그러나 무려 3개의 성기사단을 파견하였지만 모두 실패하고 말았어. 자네가 이 일을 맡아 주면 좋겠네."

파고의 왕관을 찾아서

프레야 교단에서는 성물을 회수하기 위한 노력을 아끼지 않았다. 그 결과 모라타 지방의 진혈의 뱀파이어 일족들이 파고의 왕관을 가지고 있다는 정보를 입수하였다.

왕관을 회수하기 위하여 대신관과 교단에서는 3개의 성기사단과 100명의 사제를 파견하였다.

하지만 모두 실패하고 돌아오지 않았다.

현재 성기사단과 사제들은 저주에 의해 돌로 변했다고 한다.

이들을 구원하고 파고의 왕관을 되찾으라.

난이도 : B

보상 : 알 수 없음.

퀘스트 제한 : 실패시 프레야 교단의 공적치 0으로 변함.

명성 -1000.

수여한 아이템 몰수.

연계 퀘스트의 보상은 어마어마한 편이었다. 특히 이러한 퀘스트들은 일종의 시나리오를 밟아 나가는 형태라서, 얼마나 막대한 보상을 받을지 알 수 없는 것이다.

기분 좋게 승낙하려던 위드는 퀘스트의 내용을 자세히 읽어 보고 나서 얼굴빛이 파리하게 변했다.

바르칸 데모프의 부하들.

전 왕국과 교단들을 상대로 전쟁을 벌일 정도로 그들의 군대는 막강했다. 그중에서도 진혈의 뱀파이어 일족은 일기당천이라고 할 수 있을 정도다.

최하 레벨 270 이상의 뱀파이어들이 무려 1천이 넘는다. 일족의 수장인 토리도는 레벨 400이 넘는 극강의 보스 몬스터로 알려져 있다. 아직까지 레벨 400의 근처에도 가 본 사람이 없으니 얼마나 강한지는 아무도 알 수 없다.

'진혈의 뱀파이어 족과 싸워서 파고의 왕관을 되찾아 오라고? 그런 터무니없는…….'

그리고 위드의 시선은 난이도를 가리키는 곳에서 멈추었다.

'난이도가 B이다! 성기사단 3개를 파견해도 실패했다는 의뢰… 도저히 이건 안 되겠다.'

난이도가 이쯤 되면 현재 최고 수준의 랭커들이 팀을 결성해서 달려들어도 겨우 해결이 될까 말까 할 정도였다.

아무리 보상이 큰 퀘스트라고 해도 할 수 있는 일과 없는 일이 있는 법이다.

위드는 고개를 저었다.

"죄송합니다. 저의 부족한 능력으로는 이 의뢰를 받아들이기 힘들겠습니다."

그라고 해서 아쉽지 않겠는가마는, 거절하는 것 외에는 다른 수가 없어 보였다.

그런데 대신관이 부드럽게 미소를 짓는 것이었다.

"자네는 너무 겸손하군. 그럴 필요 없네. 이미 이번 의뢰는 자네에게 맡기기로 하였으니 말이야."

"아닙니다. 저는 이 의뢰를 받아들일 수 없습니다."

"겸손도 지나치면 화가 되는 법! 자네처럼 유명한 모험가가 우리의 청을 받아 주지 않는다면 파고의 왕관은 영영 찾지 못하게 될 것이네."

대신관의 말에 위드는 울고 싶었다. 겸손이 지나쳐서 화가 되는 것이 아니라, 오해가 지나쳐서 사람을 죽음의 구렁텅이로 밀어 넣는 것이 아닌가.

'무턱대고 올려놓은 친밀도. 그 높은 신뢰도 때문에 이 대신관이 정신을 못 차리는구나.'

설상가상으로 대신관은 거절의 여지를 주지 않았다.

"우리 교단에 내려오는 전설이 이야기하고 있다! 교단의 명예가 땅에 떨어졌을 때, 그리고 큰 전쟁이 다가오기 전에 1명의 영웅이 나타나서 우리 교단의 보물을 회수해 올 것이라고. 자네가 그 영웅이 틀림없네!"

엉뚱한 전설이 사람 잡는 경우를 바로 이것이리라.

대신관이 말이 떨어지고 나서, 위드의 귓가에는 익숙한 소리가 들렸다.

띠링!

위드가 서둘러서 확인해 보니 정말이었다. 난이도 B급의 의뢰가 떡하니 퀘스트 창에 떠 있는 것이다.

'헤레인의 잔을 구해 온 사람에게 강제적으로 부여되는 퀘스트인가? 거절도 하지 못하니 어쩔 수 없군. 일단은 내버려 두자. 나중에 기회가 생기면 그때 하면 되겠지.'

약삭빠르지만 현실적인 판단이었다. 어쨌든 살고는 봐야 하니까.

그런데 대신관의 이어진 말은 그를 절망에 빠뜨렸다. 도 망칠 여지도 남겨 주지 않는 것이다.

"20년 전에 마지막으로 성기사단과 사제들을 파견했을 때, 모라타 지방으로 가는 텔레포트 게이트를 만들어 두었다네. 멀리 길을 떠날 필요 없이 텔레포트 게이트를 이용하면 한순간에 이동이 가능하지."

"그, 그 말씀은……."

위드의 입가가 파르르 떨렸다.

"한시가 급한 일이니 내일 이 시간에 출발하는 것으로 하겠네. 우리 측에서는 1명의 사제가 자네를 돕기 위해서 동행할 것이야. 그러면 뱀파이어로 변한 우리들의 형제와 자녀들을 구원할 수 있을 것이네. 물론 자네의 역할이 중요하겠지만."

지독한 감기

단 하루.

준비의 시간은 그만큼밖에 없었다.

"방어구와 무기류, 1골드 이하짜리들 삽니다. 잘 듣는 약초들 무제한으로 사고, 좋은 음식 재료들도 구입 원합니다. 저렴하게 팔아 주세요."

위드는 열심히 아이템들을 사 모았다.

마판과도 이야기를 충분히 나누었다. 그가 알아들을 수 있게 말이다.

"퀘스트 때문에 텔레포트 게이트를 통해 먼 곳으로 사냥을 다녀와야겠습니다."

"축하드립니다! 그런데 저도 같이 갈 수는 없을까요?"

"그게, 저 혼자만 가능해서……."

"아쉽네요. 어디든 위드 님과 같이 다니고 싶었는데……."

"난이도가 B급이라……."

"…잘 다녀오세요."

마판은 그날로 교역 전문으로 나서겠다고 했다. 위드가 실패하고 돌아올 때까지 말이다. 교역 스킬을 착실하게 올려놓은 마판이었던 만큼 나쁜 선택은 아니리라.

그렇게 하루를 보내고, 억지로 떨어지지 않는 발걸음을 떼어 위드는 프레야의 교단으로 향했다. 헌금을 하고 교단 내부로 들어가자 대신관과 성기사들이 집합해 있었다.

"어서 오게. 혹시 오지 않으면 찾아가려고 했는데, 다행이군."

대신관의 말에 위드는 치를 떨었다.

어떻게 이런 경우가 다 있단 말인가? 대신관이라고 해서 자비로운 인물일 줄 알았는데 오산이었다. 철두철미하고 치밀한 데다, 빠져나갈 구석을 조금도 주지 않는다.

위드는 최악의 경우에 퀘스트를 포기하기 위하여 돌아오지 않을 작정까지 했었다.

그런데, 어제 대신관이 이렇게 말했던 것이다.

"이 일은 매우 중요하네. 그러나 인간의 삶이란 예측할 수가 없어, 어떤 급박한 사정이 생길지 모르지. 예컨대 내일 오지 못할 수도 있는 사정 말일세."

위드는 고개를 끄덕이고 싶었다.

개인적인 사정!

이 얼마나 좋은 말인가. 교단으로 돌아올 수 없는 아주 시급한 개인적인 사정이 발생할 수도 있는 것이다.

그러나 대신관은 자신의 말에 쐐기를 박았다.

"자네는 프레야 교단에 큰 공을 세웠네. 그리고 전설이 지명한 당사자이니만큼, 우리 교단에서 최대한 편의를 봐주어야 하지 않겠는가."

"그 말씀은?"

"내일 이 시간까지 돌아오지 않으면 교단 내의 모든 성기사들과 사제들에게 자네를 찾도록 지시하지. 자네가 꼭 돌아올 수 있도록 말이네. 자네에게 현상금을 걸어서라도 돕도록 할 테니 아무런 염려 하지 말고 편안하게 내일 다시 보세."

"……."

그런 말까지 들은 판이니 도망을 칠 수 없었다.

소므렌 자유도시는, 자유를 잃어버렸다! 창살 없는 감옥이 이와 같을 것인가.

프레야 교단에서는 파고의 왕관마저 탈취당한 사실을 외부에 알릴 수 없다면서 위드에게 다른 동료들도 구하지 못하게 했다. 오직 위드 혼자만이 대신관이 소개해 주는 사람과 함께 의뢰를 처리해야 했다.

"그러면 자네와 함께 성기사들을 구출하러 갈 사람을 소개하지."

대신관의 옆에는 키 작은 꼬마 사제가 있었다. 흰 모자를 쓰고, 흰 로브를 입은 사제다.

"여기 알베론은 우리 교단의 차기 교황 후보네. 알베론과 함께 수고해 주게."

"반갑습니다, 위드 님."

알베론은 유저가 아닌 NPC였다.

위드와 알베론은 교단의 깊은 곳으로 향했다. 그 자리에는 몇몇 왕국들의 수도에 존재한다는, 복잡한 룬어가 새겨진 텔레포트 게이트가 완성되어 있다.

꼴깍!

위드는 침을 삼켰다.

저 텔레포트 게이트를 타기만 하면 모라타 지방으로 순간 이동된다. 사실 진혈의 뱀파이어들이 너무나도 무섭고 악명이 높아서 잊고 있었을 뿐, 모라타 지방의 몬스터들도 강력하기로 유명했다.

베르사 대륙은 아직 완전한 유저들의 영역이 되지 않았다. 대륙 북부의 몇몇 모험가들이 발견은 하였지만, 몬스터들이 너무나도 강해서 유저들이 접근도 하지 못한 곳이다. 저기에 올라서면 바로 그곳으로 떨어지는 것이다.

"그럼 꼭 우리 기사들을 구해 오길 빌겠네."

대신관과 사제들은 막대한 마나를 모아 텔레포트 게이트

를 작동시켰다.

게이트에서 나온 빛이 위드와 알베론을 감싸고, 곧 둘은
프레야의 교단에서 사라졌다.

150년 전 존재했던 북부의 제국 니플하임은 몬스터에 의
해 몰락하였다. 기사단과 군대는 전멸하였고, 귀족들은 달
아나느라 바빴다. 그 후에 니플하임의 영토는 몬스터들의 땅
이 되었다.

이곳을 다스리는 법칙은 단 하나.

약육강식.

강한 자가 모든 것을 갖는다.

"이곳이 모라타 지방이로군."

산등성이의 동굴에서 위드가 나타났다.

프레야 교단과 이어진 텔레포트 게이트는 동굴 깊숙한 곳
에 연결되어 있었던 것이다.

"으으, 추워!"

위드는 도착하자마자 동굴 밖으로 나왔다가 심한 한기를
느꼈다.

대륙은 위치에 따라 지형이나 기후가 엄청나게 다르다.
모라타 지방이 있는 북부는 추운 지방에 속했다. 사시사철

내린 눈이 녹지 않아 얼음 지대라고도 불렸다.

"이렇게 추울 줄이야……."

위드의 온몸이 덜덜덜 떨려 왔다. 옷깃 사이로 불어 닥치는 바람 때문에 몸이 위축되었다.

-추위를 느끼고 있습니다.
몸이 굳음으로 인해 신체 능력이 5% 저하됩니다.
포만감이 줄어드는 속도가 25% 빨라집니다.
추위를 극복하기 위해서는 두꺼운 옷을 입거나 불을 피우시길 권합니다.
심한 추위를 오랫동안 지속적으로 느끼실 경우 동사하실 수도 있습니다.

오들오들.

살벌한 메시지 내용에 몸이 더욱 떨려 왔다. 그렇지만 할 일을 안 할 수도 없는 노릇! 우선은 주위를 둘러보면서 정찰을 해야 했다.

눈으로 뒤덮인 산등성이에서 주변을 살폈다.

멀리 폐허로 변한 도시.

인적이 사라진 도시가 있었다.

중앙을 가로지르는 대로와, 2층, 3층의 집들. 귀족들의 저택.

지붕에는 눈 덩이들이 묵직하게 쌓여 있고, 무너진 천장들도 보인다. 내부가 그대로 보이기도 했는데, 그 안에는 아무 가치 없어 보이는 잡다한 가구들이 있었다. 집들은 오랫동안 보수하지 않아서 금이 가고, 허름하게 변해 있었다.

'여기가 모라타 마을이겠군.'

위드의 시선은 마을 너머로 향했다.

흑색 거성.

높은 담과 빛이 들어오지 않도록 폐쇄된 창문들.

첨탑 위에 날아다니는 까마귀들.

모라타 성.

검은 벽돌로 지어진 성에 흰 눈이 덮여 있다. 이 기괴한 조화가 묘한 감흥을 불러일으켰다.

아울러서 눈이 내리는 모라타 성 주변을 날아다니는 새까만 까마귀들도.

보통의 새들이라면 얼어 죽기 십상이지만 저 까마귀들은 잘 죽지 않는다. 뱀파이어가 변신한 까마귀. 혹은 뱀파이어의 수족으로 움직이는, 죽지 않는 까마귀들이기 때문이다.

"저곳이 진혈의 뱀파이어들이 있는 장소겠지. 정말로 쉽지 않을 거야."

위드는 정찰을 마치고, 다시 동굴 안으로 들어갔다.

─체온이 조금 상승합니다.

텔레포트 게이트가 있는 동굴 안은 그나마 조금 따뜻했다. 찬바람이 불지 않고 눈을 맞지 않아도 된다는 점이 다행이었다.

"모라타 지방이라……."

모라타 지방은 당시 왕비인 후네타의 숙부, 모라타 대공이 다스리던 영토이다. 뛰어난 품질의 가죽과 천들이 나와 한때는 꽤 번영했던 곳으로 알려져 있지만, 지금은 그저 황폐한 마을이었다.

인적이라고는 찾아볼 수 없는, 폐허로 변한 마을!

니플하임 제국의 수도였던 모드레드에 살던 사람들은 남김없이 죽임을 당했다고 한다.

'이 마을과 성에 있는 진혈의 뱀파이어들을 처치하고, 성기사들을 구하고, 파고의 왕관만 찾으면 되는군. 그래, 그러면 끝나. 너무 쉽군. 너무 간단해서 허탈할 지경이야.'

실상 그렇다고 위드가 좌절을 하지는 않았다.

그는 전설의 달빛 조각사였다. 무언가 대단한 직업을 가질 것이라는 기대를 품고 생고생을 한 끝에 레벨 68에 전직을 했다. 땅을 치고 후회할 만한 경험은 이미 한차례 해 봤다.

"이제 어떻게 하지요?"

위드가 동굴의 아지트로 돌아가니 알베론이 물어 온다. 다행스럽게도 NPC인 알베론은 위드의 말에 절대적으로 따르게 되어 있었다.

알베론이 잔뜩 기대를 담고 물어 오건 말건, 위드는 철퍼덕 자리에 주저앉았다.

"우선 내가 할 일부터 하고. 너는 편히 쉬면서 기다려라.

참, 우리 소개나 하지. 내 이름은 위드라고 한다. 내가 나이가 많으니 반말을 써도 되겠지?"

"예."

위드는 이미 반말을 하면서도 천연덕스럽게 물었다.

사실 알베론의 외모는 아주 곱상한 어린 소년처럼 생겨서, 존대를 하려고 해도 너무 어색해서 도저히 할 수가 없을 지경이다.

'어린애라······.'

위드는 추후의 일을 편하게 하기 위하여 기를 죽여 놓기로 했다.

"이번 일은 아주 어려우니 내 명령을 잘 들어야 할 것이다. 네 레벨이 몇인지 모르겠지만······."

"320입니다."

"······."

차기 교황 후보답게 엄청난 레벨이다.

위드가 지금까지 알아온 어떤 NPC보다도 높다고 할 수 있다. 물론 그렇다고 해도 사제이기 때문에 전투 능력이 뛰어난 건 아니겠지만.

레벨로 안 되니 이번엔 명성이었다. 위드는 퀘스트를 완료하면서 명성이 2천을 넘게 됐다.

"제법 레벨은 높구나. 그러나 사람은 이름값을 하며 사는 것이지. 네 명성이 얼마지?"

"어디 보자, 15만이네요."

"……."

NPC에게 잘난 척을 하려다가 할 말이 없게 된 위드였다.

알베론이 너무 만만하게 보여 차기 교황 후보라는 사실을 잠시 망각한 대가였다.

"왜 그러세요?"

"아니다. 편히 쉬어라."

알베론은 말 잘 듣는 아이처럼 구석에 가서 앉았다. 흰 사제복에 엄청 잘 어울리는, 기도를 올리는 듯한 경건한 자세로 말이다.

"그럼 슬슬 작업을 시작해 볼까."

위드는 일단 모포를 바닥에 깔았다. 한기가 올라오지 않게 하는 효과가 있었기에, 실상 모포는 여행자들에게는 필수적인 아이템이라고 할 수 있다.

'겨울옷은 미처 준비하지 못했어.'

로자임 왕국이나 소므렌 자유도시는 모두 따뜻한 지방에 속해 있어서 별도의 옷을 가지고 다닐 필요가 없다. 기본적인 여행복으로도 얼마든지 돌아다닐 수 있는 장소였기에, 겨울옷이라고는 생각지도 못한 것이다.

위드는 부들부들 몸을 떨면서 배낭을 열고 아이템을 뒤적였다. 인벤토리 창을 불러내서 꺼내는 방법도 있었지만, 어차피 그런 명령을 내리면 손이 제멋대로 움직여서 배낭에서 물건을 찾아낸다.

그럴 바에야 직접 배낭을 여는 편이 자연스럽고 좋다.

배낭 안에는 1골드짜리 무기와 방어구들이 가득 차 있었다. 자유도시에서 사 모은 물건들.

꽈지직!

위드는 흉갑을 주먹으로 힘껏 두들겼다. 몇 차례 내려치지 않아서 흉갑은 여기저기 깨지고 흉물스럽게 변했다. 방어력과 내구력이 약한 싸구려 아이템이라, 깨지는 것도 금방이었다.

"이제 된 건가."

위드는 내구력이 극도로 떨어진 흉갑을 보며 대장간의 망치를 꺼냈다. 대장장이와 관련된 스킬의 위력을 10% 향상시켜 주는 아이템!

소므렌 자유도시에서 구입한 물건이다.

"수리!"

방금 전에 부쉈던 흉갑. 내구력이 떨어져 있던 흉갑을 열심히 고친다. 몇 번 망치를 두들기고, 철판들이 이어져 있던 곳이 파손된 것이 깨끗하게 수리된다.

위드는 알베론은 내버려 두고, 열심히 방어구를 부수고 고치는 일을 반복했다.

약 10분가량이 지나자 메시지 창이 떴다.

-수리 스킬의 숙련도가 1 향상되었습니다.

-빠르고 반복적인 파손으로 인하여 흉갑의 방어력이 2 영구적으로 하락했습니다.

-잦은 파괴로 인해, 아이템이 소실되었습니다.

흉갑은 마침내 위드의 손에서 갈기갈기 찢어져서 파괴되어 버렸다.

수리 스킬은 뭐든 부서진 장비가 있으면 올릴 수 있었으나, 인위적으로 잦은 충격을 주었을 경우에 완전히 못 쓰게 되어 버리는 경우도 있는 것이다. 조잡한 잡철로 만든 흉갑이었기에 미련도 없다.

위드는 다음에는 다리 보호대를 꺼내서 부수고 고치는 것을 반복했다. 그것이 깨진 다음에는 헬멧을 꺼냈다.

장장 8시간 동안!

위드는 수리 스킬의 숙련도를 10% 올릴 수 있었다.

그 대가로 100골드 정도의 아이템을 허공에 그대로 날렸다. 수북하게 쌓인 잔해들.

수리 스킬 : 9레벨 89%.

이제 11%만 더 채우면 중급 수리술이 된다. 그러면 장비의 내구력을 최대치까지 올릴 수 있다.

"에취!"

열심히 수리 스킬을 연마하는 와중에 위드는 쉴 새 없이 기침을 했다. 콧물이 질질 흐르고, 목이 아파 왔다.

> ─감기에 걸리셨습니다.
> 신체 능력이 20% 저하됩니다.
> 스킬의 효과가 30% 감소합니다.
> 감기는 다른 합병증을 유발할 수 있습니다.
> 생명력과 마나의 최대치가 감소합니다.
> 조각술 스킬을 사용할 시, 감기로 인해서 조각품이 망가질 가능성이 있습니다.

"……."

위드는 할 말을 잃고 말았다.

추위를 조금 오래 느낀다 싶었더니 어김없이 감기에 걸린 것이다. 그것도 한자리에 오래 앉아 있었던 만큼 곧바로 찾아온 감기였다.

"젠장!"

자고로 혼자 있을 때에는 세 가지가 가장 서럽다고 할 수 있었다.

배고프고, 춥고, 아프고!

보리 빵으로 굶주림에 허덕거리다가, 이제는 추운 지방에 와서 생고생을 한다. 추위를 느끼면서 스킬 연마를 위해 몸을 움직여야 했으니 말이다. 이걸로도 충분히 서러운데 감기까지 걸리고 말았다.

‘이젠 별게 다 걸리는군.’

위드는 한숨을 쉬었다.

게임 인생이 이렇게 힘들 줄이야. 원치 않던 직업으로 전직하고, 온갖 고생을 하는 걸로 모자라 감기까지 걸린다.

그래도 위드는 혼자가 아니라는 사실에 조금의 위안을 가졌다.

‘알베론도 같이 있으니까.’

알베론이 있는 곳을 바라보자, 그는 흰 사제복을 입고 그림처럼 앉아 있다.

‘저놈이 나보단 더 춥겠지. 사제복 한 벌뿐이니까.’

위드는 약간의 만족감을 가졌다. 사촌이 땅을 사면 배가 아프고, 그 땅값이 폭락하면 기분이 좋은 이치다.

하지만 사실 알베론의 사제복에는 추위를 막아 주는 특수 옵션이 달려 있었다.

캡슐을 빠져나온 이현은 대대적인 집 청소를 시작했다. 창문들을 활짝 연 다음 구석구석 쓸고 닦고, 싱크대와 욕실도 광이 나도록 닦았다.

오늘은 대청소의 날이다.

“할머니가 집에 안 계시니 너무 지저분해졌군.”

이현은 마룻바닥을 걸레로 닦으며 중얼거렸다.

할머니는 병원에 입원하셨다. 뭐, 그다지 큰 병은 아니라고 할 수 있었다.

퇴행성 관절염.

젊어서 너무 많은 일을 한 탓에 관절에 무리가 간 것이다.

병원의 의사는 조금도 걱정하지 말라고 했다.

— 현대 의학은 이 정도의 관절 손상은 아무렇지도 않게 고칠 수 있습니다. 아무 염려도 하지 마십시오.

이현은 병원비를 아끼지 않고 지불했다. 관절 재생에 필요한 비싼 약들도 신청했다.

그러나 관절의 손상 정도로만 알고 있던 할머니의 병은 상상외로 심각했다. 건강검진 한 번 받아 보지 않고 아파도 참고 살았기에 병을 몸속에서 크게 키운 것이다. 검사 결과 암세포가 몸에 퍼져 있었다.

현대에는 더 이상 암으로 죽는 사람은 없다. 수술과 몇 개월의 입원이 필요할 뿐이다.

'돈은 꼭 쓸 곳에 쓰기 위해서 모으는 것이지, 쌓아 두기 위해서 모아 두는 게 아니야.'

축제의 상금도 있었지만, 로열 로드를 통해서 상당한 돈을 벌고 있다. 그 과정이 애초 계획보다 더욱 단축되었다.

로열 로드의 대흥행과, 라비아스의 사냥 덕분이라고 할 수 있었다.

이현이 집 청소를 마쳤을 때, 여동생이 수업을 마치고 집에 왔다.

"이야, 오늘따라 집이 깨끗해 보이는걸. 혼자서 다 청소한 거야?"

"쓸데없는 소리 말고, 어서 가자. 할머니가 기다리고 계시겠다."

이현은 여동생을 데리고 할머니가 있는 병원으로 갔다.

"어서 오너라."

"할머니, 많이 심심하셨죠!"

이현이 캡슐에서 게임을 하는 동안에는 여동생이 학교를 마치고 와서 말벗이 되어 주고 있었다. 간병인을 고용하려고 했지만 할머니가, 오히려 대하기 불편하다고 거부하셨기 때문이다.

이현은 병실을 정리하고, 기타 쓰레기들을 말끔히 치웠다. 모든 일을 마치고 병상에 가까이 가니 할머니가 손을 꼭 잡아 주었다.

"미안하다, 얘야. 너를 보면 자꾸 아비가 떠오르는구나."

"……."

"염치도 없지만 이 못난 할미가 부탁이 하나 있는데 들어주겠느냐?"

"예, 뭐든 말씀하세요."

"배우는 것은 아무리 시간이 지나도 늦었다는 말을 할 수 없단다. 나는 네가 고등학교는 정상적으로 나왔으면 했는데… 지금이라도 검정고시를 보지 않겠느냐?"

할머니가 무슨 말을 하려는지 알 수 있었다.

이현이 고등학교를 그만두었을 때, 여동생은 울었다. 자신도 학교를 그만두겠다면서 말이다. 그리고 할머니는 아무 말도 하지 않았다.

사채업자들에게 괴롭힘을 당하고, 학교에서까지 수모를 당하며 받는 교육은 정상적인 교육이 아닐 테니까. 하지만 배울 수 있을 때 배우지 못한 것을 언제나 아쉬워하셨다.

이현은 대답했다.

"검정고시를 보겠습니다."

여동생을 병원에 남겨 두고, 이현은 혼자서 집으로 향했다. 여동생은 다음 날이 휴일이라서 함께 병실에 있겠다고 했다.

이현도 마음 편하게 쉴 수 있다면 쉬는 쪽을 택했으리라. 그러나 그는 일을 해야 했다.

'검정고시라… 무슨 공부부터 해야 하지?'

학교에 다닐 때에 그렇게 성적이 나쁜 편은 아니었다.

'참고서와 문제집을 서점에서… 아니, 중고 책방에서 사

야겠군.'

시내로 나가는 길에 헌책방이 하나 있던 것이 기억났다. 전에 검술 도장을 가기 위해 늘 지나다니던 길이었다.

검술 도장은 여전히 그곳에 있었다.

"이야합!"

"타핫!"

호쾌한 기합 소리.

이현의 발걸음이 뭔가에 끌리듯 저절로 도장으로 향했다.

"휴우, 정말로 인재가 없구나."

본국검법의 계승자 안현도는 오늘도 푸념 중이었다.

"이래서야 나의 대에서 검술이 끊어지는 건 아닐지……."

안현도는 상심에 잠겨 있을 수밖에 없었다. 아무리 주위를 살펴보아도 검의 정신을 이어 갈 마음가짐이 되어 있지 않았다.

'검이라… 이제 더 이상 나와 검으로 이야기를 할 사람이 사라진 것인가.'

안현도가 벽에 걸린 검을 보며 상심에 빠져 있을 때, 문이 벌컥 열렸다.

벌써 10년째 그 대신 도장에서 아이들을 가르쳐 온 정일훈

사범이었다.

"스승님!"

"무슨 일이더냐. 네가 이렇게 소란을 피우다니 별일이로 구나."

"그 녀석이 왔습니다!"

"그 녀석이라면……."

갑작스럽게 그 녀석이라고 말을 하니 누군지 알아듣기가 난해할 수밖에 없다. 그러나 그 순간, 안현도의 머릿속에 스쳐 가는 인물이 있었다.

'그 독한 녀석! 내 제자로 삼으려고 했던 그놈!'

이현이다.

이현이 왔으리라.

그가 도장에 나오지 않은 이후로 한순간도 아쉽지 않았던 적이 없다.

안현도는 자리에서 용수철이 튕겨 나듯이 일어났다.

"지금 도장에 왔느냐?"

"예, 그렇습니다."

"어서 나가 보자꾸나!"

안현도는 다시 기대를 가져 보았다. 이번에야말로 진정한 후계자가 생길 수도 있을 것이라는 기대!

"그런데 문제가 있습니다."

"무엇이냐?"

"그가 대련을 청하였습니다."

"대련이라면 적당히 아무나하고 맞추어 주면 되었을 게 아니냐? 어디 보자, 못 본 사이에 어찌 변했을지 알아보기도 할 겸 환일이 녀석과 시켜 주었다면 적당했겠군."

"예, 저도 같은 판단을 내렸습니다. 그래서 환일이와 대련을 시켰는데, 이현의 일방적인 승리였습니다."

"호오!"

박환일.

도장에 나온 지 3년이 넘는 수련자다. 다닌 기간은 짧지만 성취마저 낮다고는 볼 수 없는 실력을 갖췄다. 그래서 웬만한 대련은 박환일이 상대를 했다.

초보자들과의 대련에서는 다치지 않도록 배려를 하는 것이 중요한데, 박환일은 노련하게 힘을 조절할 줄 알았던 것이다.

"그런 환일이가 패배를 했다니……."

"예. 2분도 걸리지 않았습니다."

"환일이에게는 미안하지만 이건 쾌거라고 할 수 있는 일이구나. 그런데 그것이 무슨 문제가 되느냐?"

정일훈 사범도 안현도가 이현을 어찌 여기고 있는지 알고 있는 상태였다.

"환일이가 패배한 다음에, 이현이 다른 사람에게 또 대련을 신청했습니다."

"그 녀석, 오랜만에 와서 검에 굶주려 있는 상태였나 보군. 그래서 이번에는 누구와……?"

"창국이입니다."

"걔는 좀 무리이지 않느냐? 6년도 넘게 검술을 익힌 녀석인데 환일이와의 대련에 지친 녀석에게 붙이다니 경솔했다."

"조금 쓴맛도 보라고 일부러 붙여 보았습니다. 그런데……."

"많이 다쳤느냐?"

"아닙니다. 이번에도 그 녀석이 이겼습니다."

"오오!"

안현도는 자신의 눈이 틀리지 않았음을 확인하였다.

'놈에게는 숨길 수 없는 투쟁심이 있지. 자신보다 강한 놈을 밟고 올라서려는… 더 강해지기 위해서는 필요한 마음가짐이다!'

창국이와 싸워서 이겼다면 자질이 있는 것이다.

"그런데 진정한 문제는, 창국이가 지고도 다른 이에게 대련을 신청했다는 겁니다."

"또?"

"예. 벌써 6명째입니다."

"6명과 연속으로 싸우고 있다는 말이냐?"

"말렸지만 본인의 의지가 너무 완강해서 소용이 없었습니다."

"어서 나가 보자!"

도장에서는 사범들과 수련생들이 모여서 대련을 구경하고
있었다. 정확히는 한 사람을 보고 있는 중이다.

"놀라운 체력이군."

"벌써 9명째야."

"슬슬 힘에 부칠 때가 되었는데… 아무리 체력이 강하다
고 해도 9명과 연속으로 겨루는 건 쉽지 않잖아."

"피차 지려는 마음 따위는 없으니까 당연히 어렵지. 우리
수련생들도 호락호락하진 않고."

"그런데 어떻게 저렇게 이길 수 있지?"

"힘과 기술, 그 중간에서 타협점을 찾은 것 같군. 불필요
한 동작을 최대한 줄이고, 하체가 아주 안정감이 있어. 예전
에 훈련을 할 때에도 지독하게 하체를 단련하더니 저런 성과
를 내었나 보군."

"그런데 도무지 이해가 안 가. 무엇이 그를 저렇게 싸우게
만드는 것일까."

수련생들이 이야기를 나누고 있을 때, 관장 안현도와 정
일훈도 도장에 이르렀다.

안현도는 이현을 살피더니 고개를 끄덕였다.

"나는 그가 왜 싸우고 싶어 하는지 알 것 같다."

"왜입니까, 관장님?"

"마음이 아플 때면 뭐든 한번 붙어 보고 싶은 법이지."

안현도의 말에 수련생들은 감히 어이없다는 표정을 지었다.

"그러면 단지 스트레스 해소를 위해서 저렇게 싸운다는 말씀이십니까?"

"너희들은 검을 처음 쥐었을 때의 기분이 어땠느냐. 검을 휘두른다는 것, 상대와 부딪쳐 본다는 것이 좋지 않았느냐?"

"그야 그랬습니다만……."

"나도 가끔은 그러고 싶을 때가 있다. 육체를 단련하는 이유가 무엇이냐. 자신이 바뀌었음을, 강해졌음을 알고 싶어 하는 사내들의 원초적인 본능이 아니더냐. 요즘 시대라고 해서 검을 벽에 걸어 두고 보기만 할 필요는 없겠지. 적어도 무인의 본능을 가진, 투쟁심을 가진 맹수라면 말이야. 저놈에게는 어쩔 수 없는 맹수의 기질이 있다."

콰직!

그때 이현의 앞에서 1명의 수련생이 무릎을 꿇었다. 이현의 몰아쳐 오는 검력에 목검이 부서져 버린 것이다.

"그, 그만! 그만 해. 내가 졌다."

이현의 검은 수련생의 이마 앞에서 딱 멈추었다.

그 상태로 주위를 돌아보는 이현!

"다음은?"

이미 이현의 숨은 턱 끝까지 차올라 있는 상태였다. 가슴이 크게 들썩이고, 도복은 땀으로 흠뻑 젖었다. 쥐고 있는 목검에서 흐른 땀이 한 방울씩 나무 바닥에 떨어진다.

볼 것도 없이 지친 상태다. 그런데도 투지로 눈길이 이글이글 불타오른다.

사람을 잡아먹을 듯한 눈빛!

고독한 늑대가 자신의 지위를 위협하는 경쟁자들을 쓰러뜨리고, 혼자 소리 없는 포효를 하고 있는 것만 같다.

도장 안에 있는 100여 명의 수련생들의 가슴이 뜨거워졌다.

"제가 나서고 싶습니다."

"저를 내보내 주십시오, 사범님!"

수련생의 열띤 도전에, 정일훈은 고개를 저었다.

"너희들은… 안 된다."

"사범님!"

"1명에게 10명이나 졌다는 소문이 퍼지기라도 하면 되겠느냐? 더 이상은 우리 도장의 명예를 떨어뜨릴 수 없지. 내가 직접 나서겠다."

정일훈이 직접 목검을 든다. 세계검술대회에서 두 번 연속 은상을 탄 스페셜리스트가 말이다.

수련생들은 정일훈이 교육의 목적을 제외하고 진지하게 누군가와 검을 겨루는 것을 본 적이 없었다.

'하지만 상대가 사범님이다.'

'과연 싸우려고 들까?'

수련생들은 걱정스럽게 이현을 보았다. 그가 포기라도 한다면 이 승부가 성립될 수가 없었으므로.

그러나 기우였다.

정일훈이 나선다는 말에도 이현은 검을 거두지 않았다. 정일훈을 향해 더욱 꼿꼿하게 세우고 싸울 준비를 갖추었다.

막 정일훈이 목검을 들고 나서려고 할 때, 안현도가 버럭 소리를 질렀다.

"그만!"

"관장님, 관장님께서 이 녀석을 아끼시는 것은 알지만 도장의 자존심이…….."

"알고 있다. 그러나 무려 9명이나 쓰러뜨린 녀석이 아니더냐. 그리고 놈 또한 우리 도장의 출신이니, 이것은 우리의 자존심이 상할 일도 아니다."

"하오나…….."

"지친 상대에게 네가 나선다면, 네 명성에 수치가 되겠지."

안현도는 도장 내에서 절대적인 존재. 검도를 가는 모든 이의 스승과도 같은 사람이다. 안현도가 이렇게까지 말하자, 정일훈은 물러서야 했다. 그런데 정작 안현도가 빙긋 웃으며 말하는 것이었다.

"저렇게 지친 상대에게는 나 같은 허약한 늙은이가 나서야 공평하다는 소리를 들을 수 있지 않겠느냐."

"스승님!"

"관장님께서……!"

도장 안은 또 다른 흥분으로 달아올랐다.

안현도의 나이 때문에 그가 약하다고 생각하는 사람은 아무도 없다.

세계 검술 대회 연속 4회 우승에 빛나는 주인공.

본국검법과 한국 고대 검술의 전인으로, 막대기 하나만 있으면 대적할 자가 없다는 사람.

안현도가 도장의 중심부로 걸어갈 때에, 주변은 고요함 그 자체였다.

'관장님의 검을 볼 수 있다니…….'

'일생에 한 번 올까 말까한 기회로구나!'

수련생들은 바닥에 정좌한 채로, 두 사람의 대결을 기다렸다. 안현도의 검을 볼 수 있다니 이보다 더 영광스러운 자리가 없다. 그렇지만 각 사범들은 꽤나 곤혹스러웠다.

'아무리 눈독을 들이고 있는 녀석이라고 해도, 관장님께서 직접 나서서 사정을 봐주실 참인가?'

'이러다가 개나 소나 도전을 해 오면 귀찮아질 텐데…….'

대한민국의 검도를 이끌어 간다는 자부심 때문에라도, 사범들은 이번의 처사가 그렇게 마음에 들진 않았다.

이현이 9명을 쓰러뜨렸다고는 해도 그들은 전부 수련생들. 수련생들과 사범들의 격차는 크다. 그리고 도장에서 안현도에게 직접 검술을 배우고 있는 수제자들과의 격차는 이루 말할 수 없을 정도였다. 수제자들이나, 사범들이 1명만 나섰더라면 무모한 도전은 금세 끝이 났으리라.

아무리 이현이 수련생들을 패퇴시켰더라도 사범들은 그리 동요하고 있지 않았던 것이다. 단지 체력이 다 소진된 상태에서도 움직이는 놀라운 투지와 투쟁심에, 몸이 뜨거워졌을 뿐이다. 검술 자체에 대한 감탄과는 다른 문제였다.

한편 정일훈은 다른 생각을 하고 있었다.

관장 안현도.

그는 매우 괴짜이다.

'혹시 져 주시는 건 아니겠지?'

정일훈은 고개를 절레절레 저었다. 그는 일주일에 한 번 정도씩 아직도 안현도와 직접 검을 겨루어 오고 있었다.

막막함.

절망.

그리고 경외감.

안현도의 검은 더 높은 경지에 다다랐다. 저 멀고 높은 경지에서 아래에 있는 사람들을 관조하는 것만 같다. 정일훈조차도 옷깃도 건드리지 못할 수준이었던 것이다. 그 정도의 실력자가 일부러 패배를 해 줄 거란 생각은 들지 않는다.

'설마 그러시기야 하겠어. 아끼는 녀석이니 적당히 알아서 물러나게 하시겠지. 운이 좋았군, 이현.'

정일훈의 눈이 차가운 한기를 내뿜는다.

이현의 체력은 이미 한계에 달해 있었다. 근육을 쥐어짜서 내는 힘으로 버텨 오고 있었을 뿐. 누가 나서더라도 곧 무너져 버리고 말 것이다.

정일훈이 나선 이유도 그런 문제 때문이었다.

이미 체력이 사라진 상대에게, 흥분한 상태의 수련생을 붙여 놓는다면 어찌 되겠는가.

수련생들은 이현을 꺾기 위해 전심전력을 다할 것이다. 그것이 어떤 결과를 초래할지조차 모르는 채! 상대에 대한 배려가 없이 휘두르는 검은 이현의 몸을 크게 상하게 만들 수도 있다. 아무리 수련생이라고 해도 연속으로 9명과 싸웠던 만큼, 이현의 육체는 완전히 극한의 상황에 다다라 있었으니까.

정일훈이 나섰던 것도 압도적인 실력으로 가볍게 끝내 주기 위해서였던 것이다.

'관장님도 대충 녀석을 기절시키는 정도로 제압하시겠지.'

그러나 정일훈의 생각은 철저한 오판이었다.

흐뭇한 시선으로 이현을 보고 있던 안현도가 이렇게 말했던 것이다.

"목검이 마음에 드느냐? 나는 아직도 목검이 손에 익지 않더구나. 그래서 말인데, 진검으로 싸워 보지 않겠느냐?"

무식한 초보자들

Moonlight *To Legendary* *Sculptor*

"말도 안 됩니다!"

정일훈이 버럭 소리를 질렀다.

한 번도 안현도의 명령을 거슬러 본 적이 없지만, 이번만큼은 정말로 아니다.

"상대는 초보자입니다. 검을 제대로 쓸 줄도 모르는 초보자와 진검으로 겨루어 보신다니요!"

"어허, 일훈아! 너에게 묻지 않았다. 지금 나와 상대할 당사자에게 묻고 있지 않더냐! 너는 나의 결투를 방해할 셈이냐!"

안현도의 음성이 도장 내에 쩌렁쩌렁 울린다.

이럴 때의 안현도는 누구도 말릴 수가 없었다. 혹시 말리더라도 그 후의 처참한 보복! 그것을 감당할 수가 없었던 것.

사범들은 전부 침묵한 채, 이현에게 어서 거부하라는 눈짓을 보낸다. 필요하다면 도망이라도 치는 게 좋다.

진검 승부.

말 그대로 진검으로 싸우는 것은, 아무리 숙련된 사람이라도 겁이 벌컥 나기 때문이다.

그러나 이현은 그 자리에 그대로 서 있었다.

안현도가 박수를 친다.

"좋구나. 물러설 마음이 없어. 사내라면 응당 그래야지. 일훈아, 내 방에 가서 벽에 걸린 검을 두 자루 가져오도록 해라. 뭘 말하는 건지는 알고 있지?"

"관장님……."

설상가상이었다.

무쇠도 자르는 명검.

그것을 대련에 쓰자고 하다니 정일훈은 기가 차서 말이 안 나올 지경이다.

'진검.'

이현은 검을 잡고 그대로 서 있었다.

혼란에 사로잡혀 있었던 정신이 맑게 깨어나는 느낌이었다.

'내가 왜 이곳에 있지?'

이현은 병원을 나와서 헌책방에 가려고 했다. 그러다가 도장에 찾아왔다.

싸움을 하기 위해서가 아니었다. 그저 답답해진 마음을 조금이라도 풀기 위해서였다. 땀을 흘리면서 훈련을 하면 개운해지리라는 기대에.

그런데 도장에 오니 사람들이 도전을 해 왔다.

한번 검을 겨루어 보자고 한다.

이현은 거부하지 않았다.

목검 대 목검.

승부는 공정하다.

피할 까닭이 없었다.

첫 번째 상대는 조금 약했다.

기교는 있지만 힘이 약하다는 것을 느낄 수 있었다. 훈련을 한다고 힘이 반드시 강해지리란 법은 없다. 근육에 잠재된 힘을 제대로 이끌어 내야 한다. 호흡과 몸의 탄력, 중심을 제대로 활용했을 때에 힘이 나온다.

첫 번째 상대는 그런 면에서 부족했다.

첫 상대가 쓰러진 다음에는 또 다른 도전자가 나타났다.

이번에는 여러모로 완숙함에 이르렀다. 노련하게 이현의 검에서 허점을 찾으려고 든다.

방어 위주의 검술.

그러나 완벽하지는 않았다.

아주 찰나지간에 빈틈을 찾을 수 있었다. 자신의 능력을 완전히 파악했을 때에만 사지로 찔러 넣을 수 있는 허점들이 보였다. 상대의 검의 움직임과, 이현의 속도를 감안한다면 손가락 하나 차이로 아슬아슬하게 공격할 수 있는 허점들.

'로열 로드가 도움이 되었겠지. 나는 수만 번도 넘게 싸웠으니까.'

가상현실 게임.

로열 로드를 한다고 해서 다들 검의 달인이 된다면 이 세상은 강한 사람들로 가득 찼으리라. 게임과 현실의 육체가 다르고, 일반적으로는 스킬에 의존해서 싸우기 마련이다. 이현처럼 본격적으로 검술을 익히고, 게임에서 발전시켜 나가는 경우는 그다지 찾아보기 힘들다.

두 번째 수련자도 그렇게 쓰러뜨렸다.

하지만 도전자들은 계속 나타난다.

'왜 나를 이기고 싶어 하지? 왜 나를 꺾고 싶어 하는 것이냐.'

화가 났다.

사실은 그의 눈빛이 굶주린 늑대와도 같아서 다른 이들을 도발하고 있다는 것도 모르는 채.

거친 맹수처럼!

마지막 힘까지 짜내서 상대를 오히려 몰아붙였다.

그리고 진검을 쥐었다.

'차갑다.'

이현은 진검을 들면서부터 정신을 차렸다.

진검을 받아 들고 나서도 안일하게 있을 수는 없다. 손에 쥐는 바로 그 순간, 세포가 하나하나 곤두서는 느낌이었다.

지금까지 느껴 왔던 감각이 20%라면, 지금은 5배 정도 예민해졌다. 극한에 이른 육체가 주위의 모든 것을 민감하게 받아들인다. 긴장감과 흥분된 마음까지도.

이현은 차분하게 숨을 골랐다.

진검을 쥐었다는 것만으로도 정신이 맑게 깨이는 기분이다.

안현도에게 바로 달려들지 않았다. 그 덕분에 한계에 다다른 육체가 잠시 쉬어 줄 수 있었다.

아주 짧은 여유.

근육과 혈관들은 휴식을 취했다. 심장이 내뿜는 산소들이 육체 전체로 퍼진다. 손에 쥔 검과 세상은 차갑기만 한데, 가슴으로부터 몸이 뜨겁게 달아오르는 기분이었다.

'이것이 진검을 쥔 기분인가.'

아무리 생각해 봐도 자신이 왜 이곳에 와 있는지 알 수 없었다. 그저 땀을 한번 흘려 보고자 했을 따름인데 일이 이 지경이 되다니.

'항복을……'

가치가 없다. 별것도 아닌 일에, 자칫 큰 부상을 당할 수도 있는 진검을 쥐고 싸울 필요가 없다. 사과를 하고, 패배를 인정한 다음에 진검을 내려놓아야 했다.

그때 이현의 눈빛을 살피고 있던 안현도가 말했다.

"겁이 나느냐? 덤벼들 용기가 없느냐? 그것도 좋겠지. 저황야를 달리는 맹수라는 놈들도 자신보다 더 강한 녀석을 만나면 꼬리부터 내리는 법이거든."

이현은 울컥했다. 그리고 아차 싶었다.

가슴에 격동이 찾아오는 순간은, 이미 진검을 휘두른 다음이었다.

아홉 번에 걸친 대련을 통해서, 감정에 따라 자신도 모르게 검을 휘두르게 되어 버린 것이었다.

채애앵.

검이 맞부딪는 소리.

쇠붙이와 쇠붙이가 부딪쳤다고는 믿을 수 없을 만큼 맑은소리가 난다.

안현도는 가볍게 검을 부딪고 한 발자국 물러났다.

"휘둘러 보지도 못할 검이라면 내려놓는 것이 낫다. 그러나 이미 한 번 휘두른 다음이라면 두 번째가 그렇게 어렵지도 않겠지. 어떠냐, 한 번 더 해보겠느냐?"

대답 대신 이현은 정면으로 검을 휘둘렀다. 하지만 본래의 속도가 아니라 60% 정도의, 간단히 막을 수 있는 정직한공격이다.

쨍강.

검이 부딪치고, 손끝에 미세한 진동이 흘렀다.

이현은 귓가로 들리는 청명한 검의 소리가 좋았고, 손에 쥐고 있는 느낌이 좋았다.

'명검이구나.'

어떤 검인지 듣지 않았어도, 완벽하게 한 몸처럼 느껴지는 검이다. 예리함이 어느 정도일지는 몰라도 이런 검이 명검이 아니라면 어떤 검이 명검이겠는가.

이현은 안현도가 너무나도 가볍게 자신의 검을 막아 버리자, 조금씩 공격의 속도를 올렸다. 그러나 여전히 상대를 해칠 수도 있다는 우려 탓에, 얼마든지 막을 수 있는 정직한 공격이었다. 정면을 향해 날리는 검들은 내버려 두더라도 가슴 앞을 충분한 여유를 두고 스치고 지나갈 정도였다.

안현도는 폭군처럼 이현의 검들을 중간에 쳐 버린다. 모조리 튕겨 내고 막아 버리는 검! 맹수처럼 가득 살기를 뿜어내며 이현을 죽이기 위해 덤벼드는 것이었다.

안현도의 검이 이현의 심장을 찔러 왔다.

진검으로!

'죽고 싶지 않다.'

이현은 혼신의 힘을 다해서 안현도의 검을 쳐 냈다. 여유나 상대를 향한 배려 따위는 사라졌다. 어마어마한 살기에 맞서서 몸부림이라도 쳐야 했다.

명쾌한 바람 소리.

진검이 번뜩이면서 공간을 가를 때마다 가슴이 철렁한다.

둘 사이의 공격이 치열해지면서 수련생들의 입이 벌어졌다.

"사, 사범님! 이거 말려야 되지 않을까요?"

수련생들이 못내 불안했던지 물어 온다.

그러지 않아도 정일훈은 왠지 돌아가는 사태가 심상치 않다고 생각했다.

진검으로 이현을 상처 없이 제압하기란 굉장히 어렵다. 그렇지만 안현도는 그게 가능할 정도의 실력자다.

검등으로 손목을 칠 수도 있고, 검자루로 혹은 미간 등의 급소를 눌러서 일시적으로 육체를 통제 불가능한 상태로 몰아넣는 것도 그에게는 간단한 일이다. 하지만 안현도는 조금도 그런 의사가 없이 이현을 공격하고 있는 것이다.

주변에서 보기에도 피부에 소름이 돋을 정도의 살기인데, 감당하는 본인은 어떻겠는가.

'관장님께도 생각이 있으시겠지. 설마 아무 생각도 없이 하는 일은… 아닐 거야. 근데 왜 이렇게 불안하지?'

혹시 모를 사태가 일어날까 두려워, 정일훈도 얼른 진검을 가져와서 대비했다. 위험한 상황이 전개되면 뛰쳐나가서 막을 참이었다.

그러나 곧 그는 편안히 구경만 할 수 있게 되었다. 검과, 검이 변화하고 있었다.

상대가 강하게 밀어붙여 오자, 살기 위해서 이현은 자신의 힘을 이끌어 내야 했다.

좀 더 격렬하게, 힘껏. 그리고 빠르게.

불가능하다고 여겼던 것들이 조금씩 깨어진다.

이현은 자신의 육체를 완전히 제어하고 있었다. 그런데 이 육체가 반란을 일으켰다.

이현의 검이 보다 더 강해지고 있었다.

정일훈이 꿰뚫어 보기에 이현이 가지고 있는 역량 이상으로 검이 능동적으로, 살아 있는 것처럼 변하는 것이었다.

고수의 눈에만 보이는 움직임이지만, 수련생들도 무언가 이상함을 느끼기 시작했다.

"어?"

"조금 달라졌어."

"그런데 뭐가 달라진 거지?"

안현도의 검은 조금씩 막기 힘든 경로로 공격해 들어왔다.

사선으로 베는 검.

도저히 막을 수 없는 검을 피하기 위해서 이현은 몸을 낮추며 동시에 검을 찔렀다. 생각하고 움직이는 것이 아니라, 본능에 의한 것이었다.

안현도의 광폭한 검에 맞서 싸우는 몸부림이 이현이 가지고 있던 머뭇거림을 지웠다.

'왜 즐겁지? 이렇게 위험한 순간인데……'

이현의 입가에 절로 미소가 떠올랐다.

스스로도 이유는 알 수 없었지만, 그는 결투에만 집중하기로 했다.

검을 휘두르는 일. 누군가와 싸우고 쟁취한다는 일이 즐거웠기 때문이다. 싸움 자체가 좋았다.

'나는 그동안 너무 많은 생각을 하고 있었어. 싸울 때만큼은 그런 생각을 할 필요가 없는데…….'

검을 휘두르는 것이 너무나도 좋아서, 아무리 애써도 넘볼 수 없는 안현도를 향해 덤벼드는 이현이었다.

억지스럽게 휘두르는 검이 사라지고, 몸과 맞춰서 놀기 시작한다.

검을 한차례 나눈 이후로 이현은 기진맥진했다. 근육은 지독한 통증에 휩싸이고, 다리는 휘청거려서 제대로 걷지도 못했다.

"이것을 마시게. 그러면 몸이 좀 풀어질 거야."

안현도는 그를 관장실로 안내해서 깊고 그윽한 향이 나는 차를 대접해 주었다.

"좋은 차군요."

"그럼. 백두산에서 나온 산삼을 달여서 만든 차라네."

"가격이 비쌀 텐데……."

"돈이 많이 든다고 해도 몸보다 소중한 건 없지. 그렇지 않나?"

"예, 그렇습니다."

이현은 차를 남김없이 마셨다. 생수를 섞어서 한 방울도 빠짐없이!

몸에 좋은 건 일단 먹고 보는 것이었다.

"잘 마셔서 좋군. 더 들게."

"감사합니다. 갈증이 좀 나는군요."

이현은 연거푸 다섯 잔을 마셨다.

그러면서 안현도와는 자연스럽게 대화의 시간을 가졌다.

"흠흠, 그보다도 궁금한 게 있어. 자네는 검을 쥐어 본 것이 이번이 처음이지?"

"예."

"별로 당황하지 않더군. 그리고 아주 많이 싸워 본 사람의 관록도 보였다. 무식하게 상대만을 제압하려고 한다면 9명을 이길 수는 없지. 도장을 나가고 난 이후로, 다른 곳에서 검을 배웠나?"

"그렇지 않습니다. 제가 검을 익힌 건……."

로열 로드의 이야기가 나왔다.

허수아비를 때리고, 몬스터들을 사냥하면서 검술을 익혔다는 이야기를 해 주었다.

이현은 타인을 쉽게 믿지 않는다.

지금까지 당하면서 살아온 기억 때문에 더더욱 마음을 열지 않았다. 하지만 안현도는 왠지 믿을 수 있을 것 같았다.

검은 때때로, 자신을 숨기지 못하고 모두 드러내 보인다. 안현도와 나누었던 검은, 그를 믿을 수 있는 사람이라고 여기게 해 주었다. 백 마디 말보다, 대련 한 번이 사람을 아는 데에는 더 효과적일 때가 있다.

"그랬군. 싸우면서 검술을 발전시키기란 생각보다 어려웠을 텐데……."

"여기서 쌓은 기본기 덕분에 어느 정도 가능했습니다."

"그런데 몬스터라는 놈들이 정말 있단 말이지? 진짜 살아 있는 것처럼 움직이고, 그놈들을 잡으면 아이템과 돈이 떨어지고… 경험치도 오른다는 말이지? 드래곤도 있고?"

"예? 예, 그렇습니다."

"오늘은 피곤할 테니 들어가서 쉬게. 나중에라도 또 도장에 찾아와서 검을 나누어 보았으면 좋겠군."

"안녕히 계십시오."

휴식을 취하며 몸을 추스른 이현이 도장을 나갔다. 그러자 정일훈은 깜짝 놀랐다.

"스승님, 그를 잡지 않으십니까? 수제자로 삼고 싶다고 하셨는데, 혹 마음이 바뀌신 건 아닌지요."

"아니야. 놈은 마음에 쏙 들어."

"그러면 왜 그냥 보내셨습니까?"

"밥에도 뜸을 들여야지. 그래야 맛있게 익기 마련이야. 스스로 길을 찾아서 가고 있을 때에는 당분간 지켜봐 주는 것도 좋겠지. 그런데 로열 로드라……."

안현도가 어릴 때에는 판타지 소설이 크게 유행을 했다. 차원을 이동한 현대인이 그곳을 개척하며 왕국을 세우는 이야기! 혹은 재능 있는 소년이 왕국의 기사를 만난다. 그의 종자가 되어 검술을 익히고, 세상에 나가서 기사도를 실천한다.

"그리고 몬스터라… 와이번이나 드래곤! 그래, 드래곤도 있단 말이지?"

"예? 예, 그렇다고 들었습니다. 아직까지 잡은 사람은 1명도 없지만요."

정일훈은 떨떠름하게 대답했다. 대체 안현도가 무슨 생각을 하고 있는지를 알 수 없었다.

"판타지 세상으로 가서 드래곤 슬레이어가 된다. 혹은 오크들을 무찌르고 인간들의 영웅이 된다. 황제? 황제도 될 수 있고… 흐음!"

안현도의 가슴이 벅차올랐다.

검을 익히고 어느새 최고의 자리에 올랐다. 하지만 그 검을 실제로 얼마나 유용하게 써 왔는지는 의문이다. 부와 명예는 얻었지만 검에 대한 욕망은 충족시키지 못했다.

"몬스터와 싸운다. 인간들을 위협하는 몬스터와… 일훈아!"

"예, 스승님."

"그걸 하기 위해서는 캡슐이 필요하다지?"

"그렇습니다."

"주문해라!"

"옛!"

　

보통 캡슐의 주문과 설치까지는 이틀에서 사흘 정도의 시간이 걸린다. 하지만 정일훈은 엄청나게 독촉 전화를 해 대어 당일 설치를 가능하게 만들었다. 캡슐 설치 기사들의 항의를 받으면서 말이다.

그런데 주문한 캡슐은 1개가 아닌 5개였다.

"이게 웬일이지?"

묻는 안현도의 날카로운 시선에, 정일훈은 사실대로 털어놓았다.

"스승님이 어딜 가시든 따르는 것이 제자의 의무 아니겠습니까?"

"너와 다른 녀석들도 로열 로드를 하겠단 말이냐?"

"예."

사범들이 씩씩하게 대답을 한다.

"도장은 어떻게 하고?"

"보조 사범들이 있지 않습니까? 저희들이 어디 외국으로 멀리 떠나는 것도 아닌데요."

안현도는 호탕하게 껄껄 웃었다.

"그것 좋구나. 그런데 그 게임이란 걸 하려면 이름을 정해야 한다지?"

"스승님께서 저희들 것을 정해 주시죠!"

"나는 검치로 할 것이다. 그러니 일훈이 너는 검둘치로 해라."

"알겠습니다."

"그리고 종범이 너는 검셋치. 아니, 검셋치는 좀 이상한가? 그러면 검삼치로 하자."

"예."

대한민국에서 검술로 다섯 손가락 안에 든다는 최종범의 닉네임은 검삼치가 됐다.

"큭큭."

"검삼치라니……."

마상범과 이인도는 터져 나오는 웃음을 감추지 못했지만, 그들도 운명을 피해 갈 순 없었다.

"그다음은 검사치, 검오치."

"…이름을 정해 주셔서 감사합니다, 스승님!"

"검오치, 스승님께 인사 올립니다!"

마상범과 이인도는 허리를 숙이며 감사하다고 말했다. 그러나 그들의 등줄기에서는 식은땀이 흘렀다.

'이런 유치한 이름을…….'

‘어디 가서 창피해 말도 못 하겠다!’

캡슐에 들어가 로열 로드에 접속한 안현도는 계정과 캐릭터를 설정했다. 이름은 제자들에게 말했던 대로 검치라고 정하고, 시작하는 국가는 로자임 왕국을 선택했다.

안현도의 캐릭터는 세라보그 성의 시작점에 나타났다.

"오오, 놀랍구나."

검치는 접속해 보고 나서 한동안 멍하니 그 자리에만 서 있었다.

"이런 감각을 구현할 수 있단 말인가."

모든 것이 느껴졌다. 눈으로 보이는 세상은 완전한 중세풍의 도시였고, 귀로는 사람들의 웃고 떠드는 소리가 들린다.

"같이 레벨 업할 사람 구해요."

"강철 도끼 저렴하게 팝니다!"

"같이 남부 마을로 떠나실 분! 남부 마을에서 함께 교역하실 상인 분 구합니다."

쿵쿵.

검치는 코를 벌름거렸다. 어디선가 맛있는 향기가 난다.

고개를 돌려 보니 누군가 음식을 만들고 있다.

"여기 맛있는 전을 팝니다. 초급 요리 스킬 7로 만든, 맛있는 녹두전!"

검치는 침을 꿀꺽 삼켰다. 먹고 싶었지만 가진 돈이 얼마

없다.

그때에 다른 이들도 접속했다.

검둘치, 검삼치, 검사치, 검오치!

"스승님, 먼저 접속하셨습니까!"

"오, 그래! 너희들이 왔구나."

검치는 제자들과 함께 즐거움을 나눴다.

늘 보던 얼굴들이지만 로열 로드를 통해서 만나니 색다른 느낌이 난다.

그런데 검사치가 호주머니를 뒤져 보더니 깜짝 놀라는 것이었다.

"앗, 스승님!"

"무어냐?"

"주머니에 빵 10개와 수통이 하나 있습니다. 손을 집어넣으니 꺼낼 수도 있는데요!"

"그래? 정말 신기하군. 그러면 이곳의 빵은 맛이 어떤가 한번 볼까?"

검치와 검둘치 들은 주머니에서 빵을 꺼내서 한입 베어 물었다. 너무 굳어 돌을 씹은 듯 딱딱했다.

"퉤, 퉤! 그렇게 맛있지는 않군. 다들 이런 음식을 먹으면서 사냥을 하나?"

"제가 인터넷으로 좀 찾아봤는데, 음식도 가짓수가 굉장히 많다고 합니다. 이건 최하급 음식이고, 고급 음식들은 입에서 살살 녹는다는군요. 천하일미라고 합니다."

"종범이, 아니 여기서는 닉네임을 불러야지. 검삼치! 너 제법 똑똑하구나."

"헤헤, 제가 좀 하는 편입니다."

스승의 칭찬에 검삼치는 이를 드러내며 씨익 웃었다.

도장에서는 사범이라며 수련생들로부터 추앙을 받고 있는 존재다. 다소 무뚝뚝하고 맡은 일에 열심인 편이었다. 그런데 로열 로드에 접속하고 나니, 스승과 함께 여행을 다니는 기분이 났다.

즐겁고 가벼운 마음에, 평소답지 않게 자주 웃는 것이었다.

"그래도 계속 씹으니 나름대로 먹을 만한데요? 딱딱한 것이, 꼭 건빵을 씹어 먹는 것 같습니다."

"이거 재료가 보리 같군. 그러면 보리 빵인가?"

검치와 검둘치 들은 이야기를 나누면서 수통의 물을 마시고 8개씩의 빵을 해치워 버렸다.

"이제 슬슬 움직여 볼까?"

"수련관으로 가는 것이 어떻겠습니까?"

"이현, 아니 위드가 그랬는데 4주 동안은 밖에 나가지 못한다고 했습니다."

"그래. 우리에게는 역시 수련관이 제격이지. 일단 가 보자꾸나!"

검치와 4명의 사범들은 일단 수련관을 찾았다. 세라보그

성은 엄청나게 넓어서, 몇 번을 헤매고 사람들에게 물어서야
수련관을 찾았다.

넓은 장소에 천 개의 허수아비들이 세워져 있다.

소수의 유저들이 허수아비를 두들기며 익힌 스킬을 실험
중이었다.

"오오! 이런 식으로 구현되어 있구나."

"우리 도장보다 훨씬 낙후된 구조로군요. 체력 측정기나
체계적인 트레이닝 시스템도 갖춰져 있지 않구요."

"검둘치야, 시설이 중요하겠느냐? 검을 든 사람의 마음이
중요한 것이지."

검치와 검둘치 등은 목검으로 허수아비를 때리기 시작하
였다. 위드에게 들었던 이야기대로 시작을 하려는 것이다.

"이야합!"

"얍!"

검둘치, 검삼치 들은 오랜만에 옛날로 돌아온 듯한 느낌
을 받았다. 고정되어 있는 물체를 때리면서 검력을 키우는
이 과정은 십 년도 전에 다 졸업을 했으니 말이다.

"어허! 기합 소리가 작다! 더 크게!"

"옛! 백만 스물 하나! 백만 스물 둘!"

검치 들은 열심히 허수아비를 두들겨 팼다.

―힘이 1 상승하셨습니다.

가끔씩 기분 좋은 메시지를 보면서!

어떤 의미에서는 검에 미친 이들만 모였으니, 이들은 쉬지도 않았다.

검을 쓰는 일이 즐거웠다.

그리고 나중에 몬스터를 호쾌하게 검으로 때려잡는다.

이때를 기약하며 힘과 능력을 기르는 것이었다.

'로열 로드의 몬스터들은 내 검을 받아야 할 것이다.'

검치의 눈이 유난히 반짝였다.

"그나저나 몸을 움직이니 배가 좀 고프군."

"빵이 2개 남아 있습니다, 스승님!"

"나도 있다. 그러면 먹고 할까?"

"옛."

검치 들은 가지고 있는 빵을 전부 먹어 치워 버렸다. 그래 봐야 남아 있는 빵 2개였다.

"빵을 먹으니 포만감이 차는군요!"

"오, 그래! 검삼치, 네가 제법 능숙해 보이는구나."

"포만감이 떨어지면 허기를 느끼는 것 같습니다, 스승님!"

"검사치, 너도 제법이다."

"그런데 스승님, 그리고 얘들아. 우리 이제 빵을 다 먹어 버렸는데 앞으로 포만감이 떨어지면 어떻게 하죠?"

"……."

검오치의 말에 정적이 흘렀다.

누구도 함부로 말을 내뱉을 수 없는 분위기였다.

검치가 제자들을 보며 물었다.

"심각한 사태다. 무슨 의견을 가지고 있는 사람이 없느냐?"

"제가 말해 보겠습니다."

"검둘치, 말해 봐라."

"예. 사냥을 하면 되지 않을까요? 사냥을 해서 돈을 벌고 아이템을 줍는 겁니다. 그러면 보리 빵이 아니라 더 맛있는 것도 먹을 수 있을 것입니다."

"오, 그런 방법이……."

검치가 활짝 웃을 때, 검삼치가 고개를 절레절레 저었다.

"안 됩니다, 사형. 우리들은 4주 동안 성 밖으로 나갈 수 없잖습니까."

"……."

검치 들이 고개를 숙였다. 이 무시무시한 사태를 해결할 방도가 떠오르지 않는다.

보통 게임 경험이 많은 이들이라면 퀘스트를 할 생각을 했을 것이다. 그렇지만 이들은 NPC의 심부름을 한다는 건 상상조차 못 했다. 오직 사냥만이 해결법인데, 성 밖으로 나가지 못한다니 아득할 뿐이다.

한참 만에 검치가 목검을 들고 외쳤다.

"우리는 검사다. 우리는 검만 휘둘러도 배가 부르다!"

"그렇습니다, 스승님! 우리는 검만 있으면 됩니다."

"우와아! 역시 스승님이십니다."

검둘치, 검삼치, 검사치, 검오치가 박수를 쳤다.

그때부터 다섯은 열심히, 주구장창 허수아비를 목검으로 두들겨 팼다. 배가 고프면 더더욱 손아귀에 힘을 주어서.

"헛허허!"

수련관의 교관은 흐뭇한 미소를 지었다.

교관으로서는 오랜만에 수련관에 찾아온 수련생들이 이토록 열의를 보이니 기쁠 수밖에 없다.

"어이, 자네들. 나와 밥이나 한 끼 같이하겠는가?"

교관이 도시락을 싸 와서 나누어 주려고 했다. 그러나 검치 들은 침을 꼴깍 삼키면서도 나서지 못했다.

"안 된다! 체면과 자존심이 있지, 어떻게 NPC에게 빌붙는단 말이냐?"

"여, 역시 그렇겠죠, 스승님?"

"그, 그렇다! 우리는 검만 있으면 된다."

꼬르륵.

검치 들은 배에서 나는 소리를 무시한 채로 열심히 허수아비만 두들겼다.

이내 이들은 세라보그 성의 명물이 됐다.

"저 사람들 좀 봐! 밥도 안 먹고 허수아비만 친대."

"몇 시간 동안 살펴본 사람이 있었는데, 진짜 안 먹는다던데."

"허수아비만 쳐도 배가 부른가 봐."

말도 안 되는 소리였다.

배가 고팠지만 가지고 있던 보리 빵들이 다 떨어지자 억지로 참고 있을 뿐이었다.

포만감은 3% 미만! 체력이 다 떨어져서 몸을 움직이기 힘들 정도가 되어서도 허수아비만 때리는 것이었다.

―굶어서 사망하셨습니다. 24시간 동안 로그인이 불가능합니다. 단 초보 상태이기 때문에, 아이템이나 레벨 하락은 없습니다.

개도 안 죽는다는 허기로 인한 죽음.

4주 동안 성 밖으로 나가지 못하는 초보들 중에 죽는 경우는 극히 드물었는데, 자존심 강한 검치 들이 그러한 죽음을 당한 것이다.

그것도 수많은 유저들이 보는 앞에서의 굴욕적인 죽음이었다.

안현도와 정일훈 등은 도장 회의를 열었다.

"로열 로드… 우리가 그동안 문명의 이기에 대해서 너무 무관심했다는 생각이 들지 않느냐, 일훈아."

"그렇습니다."

"도장의 수련생들에게 로열 로드를 시키면 어떨까? 그곳에서는 더 많은 시간 동안 수련을 시킬 수 있고 몬스터들과 싸울 수도 있으니 나름대로 의욕도 고취시키고 말이다."

"그것 참 괜찮은 생각, 아니 아주 훌륭하신 생각입니다. 몬스터들과 싸우면서 자신의 실력을 검증한다면 나태해지지도 않을 겁니다."

안현도와 정일훈은 죽이 척척 맞았다. 다른 사범들도 다를 바 없었다.

"직접 실전을 보이면서 검의 위력을 깨닫게 해 줄 좋은 기회가 되겠군요!"

"우리들이 먼저 나서서 보여 준다면, 제자들도 검에 대한 깨달음을 얻기가 한층 쉬울 것입니다."

"검이란 세상 밖의 물건이 아니라, 세상과 하나로 어울리는 것, 세상과 나를 이어 주는 것입니다. 그 검을 벗 삼아 함께 미지의 대륙을 여행한다! 참으로 좋은 의견이십니다, 관장님."

그런데 그 자리에는 유일한 여성이자 비서이며, 안현도의 조카도 1명 있었다. 그녀는 양손을 허리에 갖다 대고 씩씩거리며 말했다.

"작은아버지! 검은 마음을 닦는 수행의 도구이며, 반드시 상대가 필요한 것은 아니다, 적과 싸우기 위해서 배우는 검은 잔기술에 불과하다! 평소에 하시던 말씀이잖아요!"

"어허! 네가 나와 대련이라도 하고 싶은 게냐? 오랜만에 한판 붙어 볼까? 봐주기 없기다?"

"그런······!"

"자, 그럼 구체적인 계획을 세워 보자. 숙식을 함께하는 우리 도장의 정식 수련생들이 총 몇 명이지?"

"500명입니다."

"그러면 캡슐을 500개 추가 주문하고··· 단체 가입이니 할인 되겠지?"

"될 겁니다. 늦어도 내일까지 바로 설치할 수 있도록 손을 써 보겠습니다."

정일훈이 자신 있게 대답했다.

제자들로부터 받는 입관비로 캡슐 500개를 산다는 건 무리이리라. 하지만 안현도의 도장의 명성은 대한민국만이 아니라 전 세계에 퍼져 있다. 세계검도연맹으로부터의 지원금과 체육협회의 지원금 그리고 수련을 받고 퍼져 나간 제자들을 통해서 막대한 금액이 들어오고 있었다. 입관비는 그중의 일부일 따름이다.

검삼치인 최종범이 조용히 미소를 지으며 중얼거렸다.

"보리 빵이 5천 개나 늘어나겠군요."

"······."

"······."

"크흠!"

진혈의 뱀파이어

위드가 다시 접속했을 때, 알베론은 조용히 자리에 앉아서 수도를 하고 있었다. NPC들이라고 해도 레벨과 스킬을 향상시키기 위해서는 일정한 행동을 해야 했다.

'별일은 없었군.'

사실 텔레포트 게이트가 있는 이 동굴은 시작점으로 설정된 만큼, 안전한 곳이다. 몬스터의 침입으로부터 완전히 보호받는 것이다.

위드가 동굴 밖으로 나가려고 하자, 알베론이 슬그머니 일어나서 따라 나온다.

차기 교황 후보답게 조신한 움직임.

"어디 가십니까?"

"정찰이다. 너는 그대로 대기하고 있어."

"예, 이곳에서 기다리고 있겠습니다."

알베론은 다시 자리에 앉아 수도를 한다.

위드는 혼자서 동굴 밖으로 나왔다. 알베론이 있을 때만 해도 동굴 밖을 향해 걸어가던 당당한 발걸음이, 밖으로 나오면서 살얼음판을 걷는 듯 새 걸음으로 변했다.

'몬스터는……'

일단 동굴의 주변을 충분히 살핀다.

흑색 거성과, 인적이 사라진 마을.

지금은 대낮이라서 훤히 내려다보인다.

눈 덮인 마을과 산에는 몬스터들은 보이지 않았고 안전했다.

'이 근처는 그다지 몬스터들이 없는 편이군. 하지만 나타나는 몬스터들은 모두 강하겠지.'

위드는 조심조심 산을 내려갔다. 중간 중간 혈광을 뿜어내고 있는 늑대들이 나타나면 멀리 돌아가기도 했다.

'너희들과 싸울 때는 아직 아니야.'

살금살금 기어서, 때로는 한참 동안이나 바위 뒤에 숨어가며, 마침내 마을에 도착했다.

마을에는 상점들과, 흉가로 변한 집들이 있었다. 상점들에는 주인도 없고 물건도 없다. 버려지고 부서진 마을.

'보급도 불가능하다고 봐야겠군.'

모라타 지방으로 온다고 했을 때부터 기초적인 대비는 했다. 음식 재료와 약초를 최대한 사서 시작점에 남겨 두었다. 실로 엄청난 양이었으니 한동안 떨어질 걱정은 하지 않아도 되리라.

위드는 마을을 한차례 둘러보고 싶었지만 그럴 여유가 별로 없었다.

> ―한기가 피부를 파고듭니다.
> 신체 능력이 14% 저하됩니다.

보온에 있어서는 별다른 효과가 없는 방어구들.

추위를 물리치기 위해서는 불이라도 피워야 했지만, 이곳에서 불을 피운다는 건 자살 행위나 다름이 없는 일이었다.

조금만 더 시간이 지나면 감기에 걸리게 되기 때문에 위드는 조심스럽게 주변만을 정찰했다.

몇 마리의 뱀파이어들이 지나간다.

진혈의 뱀파이어족.

그들을 그대로 지나쳐 보낸 후에 한참의 시간이 지나자, 마침내 무리에서 떨어져서 혼자서 돌아다니는 뱀파이어가 나타났다.

몸에 착 달라붙는 시커먼 망토에, 창백한 얼굴.

손에는 보석 반지들을 끼고 있었다.

"축복."

위드가 조용히 뇌까리자, 착용하고 있는 대신관의 반지에서 빛이 뿜어져 나와 몸을 덮었다.

-대신관의 축복을 사용하셨습니다. 20분 동안 육체적인 능력이 강화됩니다.

정보창을 확인해 보니 그 결과는 놀라울 정도였다. 힘과 민첩, 체력, 지구력, 인내력 등의 스탯들이 무려 150%로 늘어 있었다. 생명력과 마나의 최대치도 30%씩 상승해서, 생명력은 7천이 넘고, 마나는 6천이 넘는다.

위드는 레벨을 올릴 때마다 받는 스탯을 거의 대부분 민첩과 힘에 투자했다. 지식이나 체력은 거의 올리지 않았다. 낮은 체력만큼 그 대신에 전투를 통해 인내 스탯을 올려 보완했던 것이다.

그런 만큼 7천이 넘는 생명력은 엄청난 것이다. 마나의 양도 늘어난 만큼, 스킬을 보다 여러 번 사용할 수 있게 되었다.

'대단하군.'

20분의 제약이 있었지만, 이 정도라면 환상적인 아이템이라고 할 수 있다.

"붕대 감기!"

다만 일단은 생명력과 마나의 최대치가 상승했을 뿐이었다.

현재의 생명력까지 동반해서 늘어나진 않았기에 열심히 붕대질을 하며 생명력을 최상으로 끌어올렸다.

이미 중급을 넘어서 고급을 넘보고 있는 붕대 감기 스킬.

현재 가장 높은 스킬이었기에 엄청난 속도로 붕대질을 하며 생명력을 보충할 수 있었다.

마나도 회복 속도를 10% 늘려 주는 패로트의 링 7개의 효과로 인해서 제법 차올랐다.

하지만 만반의 준비를 갖추기 위해서는 아직도 조금 부족한 면이 없지 않아 있었다.

'드디어 먹게 되는군.'

위드는 눈을 질끈 감고 음식도 먹었다.

웰빙 로열 버드 더 데이!

조인족의 알을 가지고 만든 음식.

생명력과 마나가 추가로 500 상승했다.

전투 준비는 여기서 그치는 것이 아니다. 위드는 이어서 들고 있는 검이 발휘할 수 있는 스킬도 활성화했다.

"성스러운 가호."

성직자들이 사용하는 성령 방어.

그다음 등급의 스킬!

위드의 몸에 은은한 빛이 어렸다.

방어력을 40 정도나 올려 주는데, 미안한 말이지만 이리엔이 써 주는 스킬보다도 훨씬 더 좋았다.

이때에는 이미 뱀파이어가 저 멀리 떠나가고 있었다. 하지만 무슨 생각에서인지, 위드가 숨어 있는 집의 담벼락을 향해 다시 돌아오는 뱀파이어였다.

"여기서 불쾌한 느낌이 있었는데……."

뱀파이어의 말로 보아서는 성스러운 가호에 이끌려서 돌아온 것 같았다.

"조각 검술!"

준비를 마친 위드는 근처까지 다가온 뱀파이어를 기습했다. 숨어 있던 집에서 뛰쳐나와서 스킬을 펼치며 달려들었다.

"적! 인간인가!"

뱀파이어는 단단한 팔뚝으로 위드의 검을 막았다. 하지만 조각 검술의 특징은 무시무시한 공격력에 있었다.

상대방의 방어력을 송두리째 무시해 버리는 공격!

적의 레벨이 낮을 때에는 별로 상관이 없었다. 토끼 따위에게는 조각 검술을 쓰나 안 쓰나 거의 차이가 없는 것이다. 하지만 뱀파이어처럼 강력한 방어력을 가진 몬스터들에게는 거의 그대로의 데미지가 들어갔다.

"캬아아!"

공격당한 뱀파이어의 생명력이 하락한다.

하지만 높은 레벨답게 한 번의 공격으로는 꿈쩍도 안 했다. 모기에라도 물린 것처럼 멀쩡한 것이다.

"인간! 피를 빨아 주마!"

뱀파이어가 두 손을 앞으로 쭉 내밀며 덤벼든다.

단순하고 무식한 공격이었지만 잡히는 날에는 목덜미에 2

개의 구멍이 뚫려야 했다. 그러고는 불쾌한 경험을 해야 할 테지.

위드는 머리를 숙인 채로 뱀파이어의 가슴을 길게 베면서 옆으로 빠져나왔다. 눈 덮인 땅에 구르면서 뱀파이어를 보니, 이번의 타격도 제대로 들어간 것 같다.

'좋아. 데미지가 꽤 큰 편이군. 하지만 이제부터는 다 잊겠다.'

데스 나이트들과 싸울 때와는 다르다. 스킬과 스탯의 향상을 위해서 일부러 맞아 주는 전투는 할 수 없다.

위드는 자신의 생명력을 보여 주는 창을 꺼 버렸다. 마나를 보여 주는 창도 닫았다. 눈으로 상대를 살피고, 몸으로 상대를 느낀다.

적에 더욱 집중하였다.

마법의 대륙을 할 때의 그는 지금보다 훨씬 단순했다. 게임에 대해서도 별로 잘 알지 못했다. 지도도 찾지 못할 정도였고, 지명들도 다 외우지 못했다. 단순히 스트레스를 풀기 위하여, 몬스터를 잡을 때마다 강해지는 캐릭터가 좋았기 때문에 싸웠다.

도전하는 게 즐거워서 조금씩 더 강한 적을 찾았다.

남의 말을 듣기보다는 하나씩 직접 겪어 보면서 해결을 해야 했다.

시행착오도 있었고, 좌절도 겪었다.

죽기도 다른 이들보다 훨씬 자주 죽었다.

그럼에도 위드가 최고가 될 수 있었던 것! 그건 끊임없는 도전 속에서 자신만의 노하우를 하나씩 만들어 간 덕분이다.

남들이 찾아가지 않는 길을 걸었고, 남들이 지겨워할 때 위드는 사냥을 했다.

지금보다 훨씬 단순하게 전투를 즐겼다. 마우스 클릭과 키보드로만 하는 전투였는데도 즐겁기 짝이 없었다. 그런데 직업이 되면서 부담감에 시달리게 되었음을 부인하지 못한다.

더 많이 가질수록, 스킬이 올라갈수록 잃는 것들이 많아진다. 도전을 하고, 죽을 때마다 스킬의 숙련도와 레벨이 떨어지는 것에 초조해하고 두려워한다.

몬스터와 싸울 때에, 스탯의 상승을 위하여 잡다한 생각을 품고 있는 것도 문제다. 전투 그 자체를 별로 즐기지 못하고 있었던 것이다.

더 강한 놈과 싸우고, 퀘스트를 정복해 나가는 것이야말로 게임의 재미였는데 위드는 직업이라는 생각에 진심으로 즐기지 못하였다.

"쿠와와악!"

뱀파이어의 얼굴이 흉하게 변했다.

그때부터 더욱 빠르고 강하게 돌격한다.

"칠성보!"

위드는 적절한 시기에 스킬을 발휘했다.

미리 머리로 생각하는 것이 아니라, 가슴 속에서 저절로 터져 나오는 것 같은 스킬!

'잡히지만 않으면 승산은 있다.'

뱀파이어의 주변을 빙빙 돌면서 조각 검술을 펼쳤다.

"박쥐 소환!"

이리저리 피하는 위드가 마음에 들지 않았던지, 뱀파이어가 두 팔을 활짝 폈다.

그러자 그 사이에 검은 원이 형성되더니 흡혈박쥐들이 우르르 소환되었다.

"놈을 죽여라!"

소환된 흡혈박쥐들은 날갯짓을 하며 허공을 날아다녔다. 그러다가 위드의 머리와 등에 내려앉아 피를 빨아 먹으려고 했다.

몬스터들의 귀족, 뱀파이어!

이들은 마법까지 쓸 수 있었던 것이다.

"쉴드. 스트랭스. 큐어."

뱀파이어는 자기 자신의 능력치를 강화시키고, 부상당한 생명력을 자체 회복했다.

애써 공격한 것이 허무할 정도로 뱀파이어의 생명력들이 다시 가득 찼다. 상처가 난 팔뚝도 원상태로 복원이 되었다.

"젠장."

위드는 박쥐들을 칼로 베면서 뱀파이어를 공격했다.

흡혈박쥐들이 등에 달라붙어서 피를 쪽쪽 빨아 먹기에, 땅을 구르면서 싸워야 했다.

호각! 혹은 그 이상으로 뱀파이어를 움직임에서도 압도하는 위드였다.

그러나 엄청난 마나를 소모하는 스킬들을 계속 써 가며 오래 전투를 지속할 수도 없다.

위드는 마나가 이어지지 않자 직접 검을 들고 싸웠지만, 뱀파이어에게 치명적인 공격은 주지 못하였다. 웬만한 공격들은 마법으로 치유를 해 버리니 역부족이었다. 그러다가 뱀파이어가 더 이상 치료 마법을 쓰지 않기 시작했다.

'됐다! 놈의 마나도 떨어졌구나.'

드디어 조금씩 피를 흘리는 뱀파이어.

창백한 얼굴은 더더욱 창백해졌고, 극심한 피로로 움직임이 조금씩 느려진다.

그러나 위드에게 하나의 메시지가 떴다.

-축복의 효과가 사라졌습니다.

급속도로 약해지는 힘.

들고 있는 검이 무거워지고, 발걸음이 느려졌다.

-성스러운 가호의 효과가 사라졌습니다.

방어력까지 줄어든 이후에는 흡혈박쥐의 공격에도 생명력이 쭉쭉 줄어든다. 출혈이 심해지고, 생명력이 급감하면서 위드의 움직임도 점점 느려졌다.

"인간!"

마침내 뱀파이어가 위드를 붙잡았다. 그러나 그때에는 뱀파이어의 생명력도 10% 이하로 떨어진 상태였다.

뱀파이어가 막 피를 빨아 먹으려고 할 때, 위드는 힘차게 박치기를 했다.

"아직 끝난 게 아니다!"

떨어져 나간 뱀파이어를 보면서 위드가 씨익 웃는다.

뱀파이어도 거의 생명력이 남아 있지 않았다. 마나는 다 고갈된 후다.

그렇지만 위드가 훨씬 심각한 상태였다. 부상 부위에서 쏟아져 나오는 출혈을 이기지 못하고 조용히 눈을 감았다.

죽음!

그리고 로그아웃.

이현은 캡슐 밖으로 나와서 주먹을 불끈 쥐었다.

뱀파이어와 싸워 봤다. 레벨 270의 몬스터? 강하다. 확실히 강하다.

검을 바꾸고, 성스러운 가호와 축복까지 쓰고도 패배했다. 싸구려 무기와 장비들로 사냥했던 데스 나이트들과는 천양지차였다.

본격적인 고레벨 몬스터의 위용을 보여 주는 것.

그렇지만 절대로 이길 수 없는 몬스터라는 느낌은 들지 않았다.

이현은 주먹을 불끈 쥔 채로 소리 질렀다.

"진혈의 뱀파이어족들! 다 죽었어!"

페일과 이리엔, 로뮤나, 수르카 들은 세라보그 성내에서 부모님들과 게임을 하고 있었다. 부모님들을 놔두고 원정을 떠나지는 못해도, 주변의 마굴들에서 사냥을 했다.

그러다가 위드의 연락을 받게 되었다.

"위드 님이 아는 분들이 게임에 접속하셨다니 인사라도 할 겸 좀 가 보도록 하죠."

"그럴까요? 말 나온 김에 지금 가 봐요."

"그런데 참 위드 님과 아는 사이답네요."

"예. 벌써 2주째 수련관에서 목검을 휘두르고 있다니 대단하군요."

페일과 수르카 들은 살포시 미소를 지었다. 몬스터만 보면 미치도록 싸우던 위드의 강한 모습을 떠올리는 것이었다.

조각사이지만, 검술도 누구에게도 지지 않을 것처럼 강했다. 도저히 잡을 수 없을 거라 믿은 몬스터들도 뛰어난 검술과 임기응변으로 해치우는 것을 볼 때마다 얼마나 놀랐던가.

위드의 지인이라고 하니 기대가 됐다.

"지금은 시작한 지 얼마 안 되어서 초보들이지만, 게임에 대한 이해도는 뛰어나겠죠."

"위드 님과 친한 분들이니까요."

그들이 수련관에 갔을 때에는 많은 인파가 몰려 있었다.

"뭡니까? 안에 무슨 일이라도 벌어졌습니까?"

"직접 보십쇼. 그리고 보고 놀라지 마십쇼."

페일과 동료들이 힘겹게 구경꾼들을 헤치고 앞으로 갔을 때, 그들의 눈이 동그랗게 떠졌다. 무려 500명의 수련생들이 허수아비를 향해 목검을 휘두르고 있다.

"하나, 둘, 셋!"

구령과 기합에 맞춰서.

500명이 정확한 타이밍에 동시에 허수아비를 목검으로 내려친다. 동일한 동작, 같은 속도로 모두가 한 몸처럼 움직이고 있었다.

하지만 페일 들을 더욱 놀라게 만든 건 그들의 눈빛이었다.

'독기가 어려 있어.'

비장함이 감도는 눈매.

웬만한 이라면 심장이 떨려 올 정도의 압박감.

1~2명도 아니고 500명이 동시에 그러자 공포감이 물씬 풍겨 왔다.

'왜 사람들이 이렇게 모여 있는지를 알 것 같군.'

저런 이들이 수련관에 있으니 자연히 구경거리가 되었으리라.

"어, 어쩌죠?"

심약한 이리엔은 벌써 걱정으로 울 듯한 기색이었다. 위드의 지인들이 저런 두려운 무리와 섞여 있는 것이다.

"괜찮습니다. 그래 봐야 레벨은 높지 않아 보여요. 그러니 우리를 어쩐진 못할 겁니다. 제가 알아서 하겠습니다."

페일은 용기를 가지고 외쳤다.

"여기 위드 님과 아시는 분이 계십니까?"

그랬더니 500명이 한꺼번에 고개를 돌린다.

딜컹!

페일의 가슴이 공포로 까마득히 내려앉는 것만 같다. 하지만 곧 그들은 다시 허수아비를 보며 목검을 휘두른다.

"괜찮습니다. 저희들은 돕기 위해서 왔습니다. 무슨 사연이 있는지는 몰라도 뭐든 도와 드릴 테니 걱정 마시고 이쪽으로 오세요."

틱.

허수아비를 가격하던 목검이 멈추었다. 그리고 거의 동시에 일사분란하게 500명이 뛰어왔다. 그러더니 페일에게 매달리며 외쳤다.

"제, 제발 보리 빵을……."

"밥 좀 먹여 주세요."

현실 시간으로 하루가 지난 뒤에 다시 접속했을 때, 위드는 텔레포트 게이트 앞에 서 있었다.

'숙련도는… 좀 떨어졌군.'

각종 숙련도가 5~7%정도씩 떨어졌다.

조각술이 7%. 요리는 6%.

기타 스킬들과 검술, 손재주, 수리들이 5% 정도씩 하락했다.

가슴이 아팠지만 다행히도 드랍한 아이템들은 별 볼일 없는 1골드짜리 무기 몇 개였다.

'진혈의 뱀파이어는 아직 무리였어.'

위드는 다시 열심히 병장기를 부수고 고쳤다.

"수리!"

배낭에 있던 모든 병장기들을 박살 낸 끝에 원하던 목표를 달성할 수 있었다.

　-수리 스킬의 레벨이 10이 되어 중급 수리 스킬로 변화됩니다.
　스킬 레벨에 따라 수리 능력이 향상됩니다.
　파손 부위의 완전한 수리가 가능해져서 떨어진 최대 내구력을 원상태로 복구할 수 있습니다.
　마을에서 대장장이 스킬을 배울 수 있습니다.

　"됐다."
　위드는 이제 자신의 장비들을 수리했다.
　기존에 가지고 있던, 내구력이 극한까지 떨어져서 모양마저 형편없게 변했던 장비들이 새것처럼 말끔히 고쳐진다.
　망토에 윤기가 좌르르 흐르고, 찌그러진 갑옷들이 평평하게 펴졌다. 금이 가고 녹슬었던 검은 무쇠라도 자를 듯이 예기를 뿜어낸다.
　"좋아. 이제부터 시작이지."
　위드가 동굴 밖으로 나가려고 하자, 알베론이 자리에서 일어났다.
　"뱀파이어와 싸우는 일을 저도 돕겠습니다."
　"아니야. 아직은 준비 단계이니 더 기다리도록 해."
　"예."
　위드는 혼자서 돌아다니며 모라타 지방을 정탐했다. 몬스터들이 멀찌감치 보이면 숨어서 지나가기를 기다리면서 동태만 살피는 정탐이다.

그 결과 많은 것들을 알 수 있었다.

우선 모라타 지방에는 잡을 만한 몬스터들이 꽤 있는 편이다.

마을과 흑색 거성의 반대편으로 가면 악에 물든 늑대나, 이리들을 볼 수 있었다. 놈들의 레벨은 170 정도였지만 대신 여러 마리가 한꺼번에 돌아다니는 편이다. 심한 경우에는 100마리가 넘는 악에 물든 늑대들도 있다.

위험한 순간에는 검에 부여된 스킬인 성스러운 가호를 사용했고, 대신관의 축복까지 써서 늑대들을 소탕할 수 있었다.

위드는 놈들을 잡으며 잃어버린 경험치를 복구하고, 레벨을 182까지 올렸다.

"여기도 괜찮은 사냥터군."

사냥이라는 것은 대체로 마을의 주변이나 대도시의 인근에서 이루어지기 마련이다. 보급이 원활하고, 또 다른 동료들을 구하기 쉽다는 점이 그 이유가 된다.

하지만 위드처럼 혼자 돌아다니는 처지에서는 어디든 몬스터가 많은 곳이 사냥터다.

지형과 몬스터들의 이동 경로, 레벨 등을 분석한 이후부터 위드는 알베론을 데리고 다녔다.

"날 치료해 줘."

"예."

신성력에 위드의 상처가 씻은 듯이 낫는다.

따로 붕대질을 할 필요가 없을 정도.

차기 교황 후보답게 알베론의 레벨은 무려 320이 넘는다고 했다. 다만 이렇게 이름을 가진 NPC의 경우에는, 한 번 죽으면 다시 살아나지 못했다. 즉, 알베론은 죽으면 끝장이라는 이야기다.

그가 죽으면 이 퀘스트에 실패하고, 차기 교황 후보를 죽였다는 이유로 프레야 교단과의 우호도도 엄청나게 떨어질 것이다. 그걸 생각하면 쉽게 아무 데나 데리고 다닐 수가 없다. 하지만……

"보호 마법."

"예. 악의 무리로부터 그를 해하는 힘이 약하게 하라. 성스러운 가호."

"내 힘도 키워 줘."

"사악한 악에 맞서 싸우는 그의 힘이 최고조로 이르도록 해 주십시오. 블레스!"

알베론은 지금까지 위드가 만나 본 NPC 중 최고였다. 레벨이 높다는 뜻이 아니라, 성격이 좋았다.

왜 NPC들은 유저들에게 유익한 이야기를 해 주고, 퀘스트들을 내주어야 하는가? 이 전제 자체에 심각한 의문을 던지고, 유저들을 농락하던 현자 로드리아스!

하지만 알베론은 시키는 일은 척척 알아서 하고, 별달리

반항도 하지 않았다. 데리고 다니기에는 최고였다.

순진하고 선량한 NPC.

위드는 알베론을 이리저리 끌고 다니면서 모라타 지방에서 사냥에 열중했다. 본래의 목적이 뒤바뀐 것처럼 말이다.

-레벨이 오르셨습니다.

혼을 잃어버린 오크!

알베론의 지원을 받아 가며 놈을 잡는 순간 마침내 위드는 레벨 200을 달성했다.

'드디어!'

로열 로드에서 레벨 200은 하나의 기준점의 되어 있는 상태였다.

서버가 열린 지도 1년 4개월 이상 지났다. 이젠 레벨 100은 넘어야 초보를 벗어났다고 말할 수 있는 편이다.

상인이나 혹은 생산 계열의 직업들은 일반적인 레벨 제도를 따르지는 않았지만, 보통 레벨 100 이하는 초보들로 분류가 됐다.

하지만 여전히 로열 로드에서 압도적인 숫자를 차지하는 이들은 초보들이다. 그만큼 전 세계적으로 많은 유저들이 새롭게 유입되고 있기 때문이다.

각 성이나 마을마다 어마어마하게 많은 초보들이 모험가

의 꿈을 키워 나가는 중이었다.

이 과정을 넘어서 레벨 130정도가 되면 비로소 어느 정도 인정을 받는다. 길드에 가입하고, 게임을 시작한 성과 마을을 떠나 여행을 다니기도 했다.

음유시인이나 바드들은 레벨 50도 되기 전에 세상을 유랑하였지만, 보통은 이 정도 레벨은 되어야 필드의 몬스터들과 싸우며 다른 마을에도 안전하게 갈 수 있었다.

레벨 150이 넘으면 사람들에게 제법 이름이 알려진다.

그리고 레벨 200이 넘으면 중수의 반열에 오르는 것이었다.

2차 전직 가능!

검사의 경우에는 기사가 될 수 있고, 궁수는 취향에 따라 저격수나 석궁병 등으로 직업을 바꿀 수 있다.

마법사의 경우에는 한 가지 종류로 특화하는 것이 가능했고, 성직자나 워리어, 도둑, 상인과 같은 클래스들 역시 전직을 할 수 있다.

그리고 검기의 사용 가능!

공격 스킬의 범위가 대폭 넓어지고, 그에 따라서 스킬들이 저절로 변환된다.

이렇기 때문에 레벨 200부터 중수라고 불리는 것이었다.

로열 로드를 하는 사람들이 많다고는 해도, 중수 이상으로 불릴 만한 이들은 전체의 20%도 되지 않는다.

물론 위드의 경우에는 레벨로는 따지기 힘든 특수한 생산직 캐릭터인 데다 사기적인 강함마저 자랑하고 있기에, 일반적인 비교는 곤란하다 할 수 있다.

2차 전직 또한, 특별한 직업을 가지고 있는 위드의 경우에는 어찌 될지 몰랐다.

아무튼 위드의 레벨이 오르고 나서 옷차림이 한 번 전체적으로 바뀌었다. 머리에는 반 호크의 마법 헬름을 착용하고, 손에는 장미 무늬가 새겨진 장갑도 착용했다. 갑옷들도 데스나이트의 물건들로 차려입었다.

이제 위드의 차림새는 암흑의 기사! 그렇지만 장갑과 검은 새하얀 기사였다.

외관상 조합이 좋다고는 할 수 없는 차림새였으나, 남들의 시선보다는 능력치가 더욱 중요했다.

"알베론, 천천히 따라와."

"예."

위드는 알베론과 함께 흑색 거성의 앞마을로 향했다. 뱀파이어에게 죽었던 바로 그곳으로.

숨어드는 것 자체는 그리 어렵지 않았다.

마을 내에는 약 300여 마리 정도의 뱀파이어들만이 돌아다니고 있었기에 그들의 눈만 피한다면 쉽게 들어갈 수 있었다.

위드는 그곳에서 외따로 떨어져서 돌아다니는 뱀파이어를 기다렸다. 그리고 놈이 나타나는 순간 공격을 개시했다.

"조각 검술!"

위드의 검이 희뿌연 빛을 뿜으며 뱀파이어를 공격했다. 그런데 놀랍게도 그 뱀파이어는 팔뚝으로 쉽게 검을 막았다.

그러더니 위드를 향해 송곳니를 드러내며 말했다.

"또 너냐?"

공교롭게도 저번에 위드를 죽인 바로 그 뱀파이어!

같은 장소에서 매복을 하고 기다리고 있었으니 같은 놈을 만난 것이었다.

"잘됐다!"

위드는 조각 검술을 펼치며 공격했다. 현란한 검이 뱀파이어의 몸을 이리저리 가른다.

"그때 죽고 나서 아직도 정신을 못 차렸나 보군. 캬아앗!"

뱀파이어는 자신의 몸을 치유하면서 공격했다.

위드는 전투를 장기전으로 이끌었다. 한두 번에 적을 죽이기에는 공격력이 모자란 이상, 부득이한 선택이었다.

엄청난 마나를 소모하는 스킬들이 있었지만, 놈의 레벨은 270대!

뱀파이어족의 특성으로는 흑마법과 소환술, 변신, 여자 유저들을 상대로만 사용할 수 있는 매혹 그리고 동급 최강의 생명력이 있었다. 생명력 자체만 놓고 본다면 다른 비슷한 레벨의 몬스터들과 비할 바가 아닌 것이다.

진혈의 뱀파이어족 자체가 특수한 종족이었던 만큼, 일반적인 뱀파이어들보다도 훨씬 더 강하다.

이윽고 축복과 성스러운 가호가 사라지고, 마나마저 고갈됐다. 뱀파이어도 비슷한 상황이었기에 킬킬거리며 웃는다.

"이번에도 내게 죽겠구나! 멍청한 녀석!"

그러자 위드는 벽을 향해 말했다.

"치료, 보호 마법, 버핑!"

"옛, 알겠습니다."

숨어 있던 알베론이 일어나서 위드의 체력을 채워 주고, 각종 보호 마법을 부여해 주었다.

이제는 상황이 역전되었다.

당혹함으로 일그러진 뱀파이어의 얼굴을 앞에 두고, 위드는 미소를 지었다. 자신을 한 번 죽인 몬스터는 잊지 않는다.

"다음에 두고 보자! 안개화!"

뱀파이어는 자신이 불리함을 깨닫고 스킬을 시전했다.

안개로 모습을 변환하여 도망치는 기술!

벽이나 물체도 그대로 지나갈 수 있고, 잡을 수도 없는 뱀파이어 고유의 스킬이었다.

뱀파이어의 몸이 뿌연 연기로 변했다. 다른 곳으로 흩어지지는 않고 한군데에 몰려 있는 연기!

그 연기가 꿈틀거리며 도주를 하려고 한다.

하지만 위드가 그대로 보고만 있을 리가 없었다.

"조각 검술!"

조각 검술은 눈에 보이지 않는 그 존재 자체에 직접 타격을 하는 기술.

"크아아악!"

안개로 변한 뱀파이어는 조각 검술에 의해 최후를 맞이했다.

위드는 알베론을 끌고 가서 통쾌한 복수를 마무리 지을 수 있었다.

그날 이후로 위드는 밤에는 산과 평원 지역에서 사냥을 하고, 낮에는 마을로 옮겨왔다.

밤에는 달빛 조각사라는 직업적인 특성 덕분에 30%의 능력치가 향상된다. 힘과 민첩, 전투에 관한 스탯들 외에도 조각술과 관련된 예술 스탯도 좋아진다. 남들은 잘 때 열심히 일하고 사냥하라는 뜻이 아니고 무엇이겠는가!

그러나 위드만 강해지는 게 아니라, 달이 떠오르는 밤에 음기를 받은 몬스터들은 더욱 강해진다. 무려 1.5배나 세졌던 것이다. 물론 그만큼 아이템을 드랍할 확률이나 경험치 또한 상승한다.

본래 군집 생활을 하는 늑대를 비롯한 몇몇 몬스터들을 제외하고는 개별적으로 다니는 경우가 많다. 그러니 몬스터들이 강해진 밤에도 사냥을 할 수 있었다.

하지만 이제는 레벨도 오르고, 알베론의 도움 덕분에 제법 여유 있게 뱀파이어 1마리를 처치할 수 있다고 해도, 밤에는 아무래도 부담스러웠다.

안전을 보장할 수 없는 이상, 위드는 최대한 조심스럽게 가기로 했다.

"콜 데스 나이트!"

데스 나이트 반 호크.

그를 소환해서 싸울 때에 동참시킨다.

수백 차례 위드에 의해 죽임을 당한 데스 나이트는 자존심이고 뭐고 없이, 명령을 제대로 따랐다. 이것도 나름대로 친밀도가 높아진 하나의 방식이리라.

일대일의 공정한 승부.

그런 거 없다.

위드는 반 호크와 함께 뱀파이어나 악에 물든 늑대들을 때려잡으며 레벨을 올렸다.

위험하면 알베론의 지원도 받으면서 말이다.

"주인님, 제 레벨이 올랐습니다."

간간이 반 호크가 공손하게 소식을 알려왔다.

위드에게 종속된 반 호크는 새로운 운명을 갖게 되었다. 그는 사냥을 통해 성장하고 있었다.

"그래."

위드는 까칠한 얼굴로 반 호크를 째려봤다.

데스 나이트는 자신이 전투를 하는 몫만큼 경험치를 가져 갔다. 하지만 위드 혼자서 사냥을 하더라도 20%의 경험치는 꼬박꼬박 반 호크에게로 흘러 들어간다. 종속의 계약을 하였으니, 계약을 해지하기 전까지는 이는 계속된다.

'기생충 같은 놈.'

하지만 전투에 큰 도움이 되는 것도 부인할 수 없었다.

반 호크 덕분에 뱀파이어를 상대하기가 훨씬 쉬워졌다. 일대일과, 일 대 이는 실제 전투에서 큰 차이가 있었으니 말이다.

공격력은 2배가 되고, 방어도 2배만큼 강해진 셈이다.

위드가 위험할 때에는 데스 나이트를 앞으로 내세울 수 있었던 만큼 훨씬 안전해졌다. 뱀파이어를 잡는 시간이 절반으로 줄어들고, 피해는 사분의 일 정도밖에 입지 않게 되었다.

마을에서 돌아다니는 뱀파이어들은 약 300여 마리.

진혈의 뱀파이어족은 총 1천 마리다. 나머지들은 흑색 거성에 있을 것이다.

위드는 개별적으로 돌아다니는 뱀파이어들을 처리했다.

그 숫자가 정확히 49마리.

그다음부터는 최소한 둘씩 짝을 지어서 움직이고 있었다.

이미 한 번씩 죽은 진혈의 뱀파이어들은 레벨 250 정도의 일반 뱀파이어로 다시 태어났다.

> –검술 스킬의 레벨이 10이 되어 중급 검술 스킬로 변화됩니다.
> 검을 이용한 공격력이 50% 상승합니다.
> 중급 검술에서는 스킬이 1 올라갈 때마다 7%의 공격력이 추가로 상승
> 합니다.
> 마나를 이용한 공격 스킬의 마나 소비량이 절반으로 줄어듭니다.
> 전 스탯에 +2의 추가 포인트가 주어집니다.

조각사의 서러움!

검술은 직업 스킬이 아니었기에 검사에 비해서 스킬의 효과가 낮고 성장도 더딘 편이었다. 그러나 조각사로서 검술 스킬을 중급으로 만들었다.

그야말로 눈물이 없이는 이루어지지 않을 노가다의 결과!

그리고 며칠 뒤.

나머지 스킬까지 하나 더 중급에 올랐다.

> –조각 검술 스킬의 레벨이 10이 되어 중급 조각 검술 스킬로 변화됩니다.
> 검기의 형상이 푸르게 변합니다.
> 조각 검술을 이용하여 거대한 조각상을 완성할 수 있습니다.
> 상대방의 방어력 무시!

뱀파이어들은 일정한 간격을 두고 배치되어 있었다. 그나마 다행이라고 할 수 있다.

위드는 석상 근처에서 휴식을 취하던 2마리를 급습했다.

메인 너트 온 더 버드.

조인족의 알과 천상의 열매를 먹고 말이다.

위드 혼자서도 뱀파이어 1마리는 상대할 수 있었고, 데스나이트가 다른 1마리를 맡았다.

"캬아오!"

"배신자, 반 호크!"

"나는 주인님의 명령에 따를 뿐이다."

치열한 전투 끝에, 몇 번의 위기를 넘기고 나서야 위드는 뱀파이어 2마리를 처치했다.

위드는 바닥에 주저앉아 말했다.

"저주 풀어."

알베론은 임무를 받고, 뱀파이어들이 지키는 석상에 다가가서 주문을 외웠다.

"신성한 빛이여, 여기 왜곡되고 변형된, 자유를 구속한 힘을 해제해 주십시오."

하늘에서 빛이 내려와서 석상을 덮었다. 시커먼 석상의 표면은 먹물이 흐르듯이 아래로 씻겨 내려가고, 그 안에서는 프레야 교단의 문양을 달고 있는 성기사가 나타났다.

"배, 뱀파이어들!"

성기사들은 검을 휘두르려다가 알베론을 보고 반가운 빛을 띤다.

"당신에게는 악한 기운이 조금도 느껴지지 않는군요. 혹시 교단에서 나오셨습니까?"

"오오, 성기사님들! 여러분들을 구출하기 위해 저희들이 왔습니다. 이제 여러분들의 고생은 끝입니다."

알베론과 성기사들의 일장 신파극이 벌어졌다.

와구와구!

동굴로 돌아온 성기사들은 걸신들린 듯이 음식을 먹었다. 하기야 배가 고프기도 하였을 것이다.

위드는 처음에는 작은 그릇에 음식을 담아 주었다. 그것을 다 먹고 난 이후에 성기사들은 미안한 얼굴로 그릇을 내밀었다.

"잘 먹었습니다."

"대신관님의 부탁을 받고 저희들을 구해 주러 오신 분인데, 여러모로 신세를 지는군요."

"아닙니다. 여기 음식이 또 있으니 조금 더 드시지요."

위드는 그릇을 성기사들에게 내밀었다.

자신의 몫으로 퍼 놓은 그릇. 그것을 성기사들에게 내주는 것이었다.

성기사들은 침을 꿀꺽 삼켰다. 허기는 그 어떤 조미료보다도 입맛을 돋운다. 그런데 위드가 해 준 음식은 그들이 먹어 본 어떠한 음식보다도 맛이 있었다.

중급 요리 스킬에 중급 손재주!

미각과 후각을 은은하게 자극하는 유혹이다.

"저희들이 이걸 먹으면 위드 님께서는 굶게 되시지 않습니까? 그럴 수는 없습니다."

"음식이란 맛있게 먹어 주면 되는 것입니다. 마침 저는 배가 불러서 먹고 싶지 않으니 기사님들이 드시지요."

위드는 전혀 거짓말을 하지 않았다. 실제로 방금 전에 식사를 해서 포만감 수치가 최고에 가까웠다. 그런데 음식을 자신의 몫까지 만들어서, 일부러 작은 그릇으로 나누어 준 것이다.

이 치사하고 야비한 행동의 의미를 상상조차 못 한 성기사들은 감사한 마음으로 그릇을 받아 들었다. 하지만 그릇을 잡는 순간 와구와구 입 안으로 퍼 넣으면서 먹는다.

알베론은 명상에 잠겨 있었고, 위드는 조각칼을 꺼냈다.

사각사각.

조각품을 깎는 소리.

성기사들이 배를 채우고 보았을 때, 위드의 손에서는 아름다운 조각품이 완성되고 있었다.

그것도 마물과 싸우는 성기사의 형상이다.

"대단한 재능입니다. 아주 아름답군요."

"제 취미 생활입니다."

프레야 여신은 풍요와 아름다움을 주관한다. 교단의 성기사들도 그러한 이유로 위드와의 친밀도가 처음부터 아주 높은 상태였다.

조각사! 아름다움과 예술을 사랑하는 직업.

요리사! 맛있는 음식들은 곧 풍요로움을 상징한다.

위드는 다른 사람들의 인정은 받지 못하였지만, 교단 성기사들의 열렬한 추앙을 받을 수 있었다.

"그러면 다들 기도합시다."

위드는 사냥을 하고 음식을 먹기 전후로, 고개를 숙여서 프레야 여신을 향해 기도했다.

"이렇게 풍성한 음식과 생명을 주어서 고맙습니다. 사악함으로부터 대륙의 평화를 지키고……."

알베론과 함께하면서부터 생겨난 버릇이다. 사제와 성기사들의 친밀도를 상승시키기 위하여 하는 기도였다.

로자임 왕국의 병사들을 데리고 다녔던 것처럼 성기사들을 끌고 다니기 위한 사전 포석!

마을 안에서 돌로 변한 성기사들은 159명, 사제들은 38명이다. 하지만 돌로 변한 성기사들이 있는 곳에는 어김없이 뱀파이어들이 지키고 있다.

"우선은 우리들의 힘을 더욱 키울 필요가 있습니다."

위드는 그러한 논리로 성기사들을 설득하며 사냥을 했다.

늑대나 여러 마물들이 넘쳐 나는 모라타 지방. 잡을 만한 몬스터들은 넘쳐 났다.

하지만 구출한 성기사들은 때때로 반항을 했다.

"지금 우리가 이럴 때가 아닙니다! 동료들이 고통받고 있거늘, 그들을 구하지 않고 이게 무슨 행동입니까!"

성기사들은 검을 꼬나 쥐고 마을로 돌격하려 했다. 성직에 있는 기사답게 조금도 마물을 무서워하지 않는 태도였다.

진혈의 뱀파이어족!

성기사들과는 그야말로 원수나 다름없는 사이다.

그러나 위드는 그들을 결사적으로 막았다. 다 된 밥에 코를 빠뜨려도 유분수이지, 어떻게 구한 이들인데 다시 뱀파이어의 희생양이 되려고 한단 말인가.

"우리가 건재해야 그들도 구할 수 있습니다. 희망이 남아 있는 한 우리는 패배한 것이 아닙니다. 그러나 우리들까지 실패한다면, 여러분들의 동료는 영원히 뱀파이어들의 놀림거리가 되어서 고통받게 될 것입니다. 여러분들은 그러한 결과를 진정으로 바라십니까?"

성기사들을 어르고 달래서, 위드는 사냥을 했다.

하지만 초조한 것은 성기사들보다는 위드 쪽이었다.

그는 돈이 필요했다. 로열 로드에서 사용하는 골드가 아닌 현실에서 쓰는 현금 말이다.

좋은 장비를 구해서 판매하려고 해도, 모라타 지방에서는 팔 사람이 없다. 여기서 아이템 거래를 하자고 한다면 아무도 입찰조차 하지 않으리라. 이곳까지 오는 것이 더 힘든데, 누가 그런 아이템을 구입하겠는가?

혼자서는 언제 퀘스트를 완수할 수 있을지 미지수다.

그래서 내린 결론이 성기사들과 같이 힘을 키우는 것이었다. 그러면서 조각술을 펼치는 것도 잊지 않았다.

"나무로는 안 돼. 바위에 조각술을 펼쳐야 스킬이 잘 오르지."

위드는 산에서 큼지막한 바위를 찾으려고 했다. 그렇지만 눈 덮인 산에서 적당한 바위를 찾는 건 쉽지 않은 일이다.

더군다나 조금만 활동을 해도 찬바람이 씽씽 불어와서 감기에 걸리거나 했으니, 더더욱 바위에 조각술을 펼치기에는 무리다. 바위를 깎는 데에는 많은 시간이 필요했던 것이다.

"바위는 무리. 그러면 조각술은 이대로 봉인해 두어야 하나?"

위드의 공격력은 조각술과 깊은 연관이 있었다.

"바위에는 안 된다. 다른 단단한 물체가 있으면 좋을 텐데……."

위드의 눈길이 마을과 산을 쓱 훑고 지나갔다.

눈 덮인 세상.

얼음 덩어리가 천지에 널려 있었다.

"얼음! 얼음에 조각을 하는 것이다!"

얼음이라면 조각술을 펼치기에 최고의 재료가 될 수 있었다. 간단히 깎을 수 있고 쉽게 구할 수 있다. 추운 북부에서는 녹지도 않을 테니 그야말로 안성맞춤이었다.

그때부터 성기사들이 휴식을 취할 때면 위드는 얼음을 깎았다. 조각칼을 가지고 큰 얼음 덩어리를 슥슥 깎아 내면, 금방 하나의 조각품이 만들어졌다.

뱀파이어와 싸우는 용감한 성기사들과 위드.

그들의 형상이 모라타 지방에 새겨진다.

그리고 위드는 기억을 더듬어서 사람의 조각상도 만들었다. 물론 모델은 여전히 서윤이었다. 그녀보다 예쁜 사람을 본 적이 없었기에 위드에게는 다른 선택이 없었다.

예술 스탯이 올라가고 조각술 스킬이 깊어지면서 어떤 사물을 조각하느냐에 따라서 성과도 다르다는 점을 알게 되었다.

일반적으로 마을이나 성, 큰 물체를 조각하는 것보다는 여인을 조각하는 편이 보상이 더 컸다. 세상에 존재하는 숱한 명작들이 여인을 대상으로 했던 것처럼, 여인을 조각하는 일은 가장 힘들고 아름다운 일이었다.

바란 마을에 만든 여신상이 은은한 미소를 짓고 있었다면, 모라타 지방에 만든 여인상은 묘하게 분위기가 다르다.

차갑고 오연한 모습.

얼음으로 이루어진 형체처럼 차가운 외면을 가지고 있다. 위드가 보았던 서윤의 얼굴 그대로였다.

복제품을 만들 수는 없었기에 원래의 모습을 그냥 조각하기로 마음을 먹었다.

하지만 완성해 가면서 묘하게 다른 느낌을 받았다.

'재료 탓인가?'

얼음으로 만들어지기 때문인지는 몰라도, 어딘가 상처받기 쉽고 여린 느낌이 난다.

'이러면 제대로 된 작품이 안 나올 텐데…….'

위드는 실패작이라는 생각이 강하게 들었다.

실패작!

조각사의 실패란 고통스럽기 짝이 없다. 올려놓은 명성이 하락하면서 평판마저 줄어드는 것이다.

모든 작품에 열정을 가지고 만들어야 했기에 조각사라는 직업은 더더욱 힘들었다.

'차라리 포기할까?'

하지만 지금 포기하더라도 약간의 명성 손해는 감수해야만 했다.

중도 포기란 잊을 수 없는 일.

위드는 혼신의 힘을 다해서 그가 본 서윤의 모습을 그대로 조각하기 위해서 애썼다.

'더 차갑고 강한 느낌으로… 살인자! 그래. 다른 사람들을 불신하고 미워하는 눈빛까지 그대로 살려 보자.'

기억을 더듬고 더듬었다.

그러면서 위드는 아예 옷차림도 바꾸어서 갑옷을 입고 있는 서윤을 조각했다.

풀 플레이트 아머!

전신을 철판이 뒤덮고 있는 강렬한 모습으로 조각을 하는 것이었다. 갑옷에 대해서는 성기사들이 있었던 만큼 그들이 모델이 되어 주었다.

혹시 어색하지 않을까 걱정도 했지만, 갑옷을 입고 있는 서윤은 너무나도 잘 어울렸다.

마지막으로 눈을 조각하면서 위드는 최대한 차가운 이미지를 살리려고 애썼다.

'눈은 마음의 창이라고 하지. 눈만 잘 완성하면 실패작이 나올 일은 없을 거야.'

오연함과 냉정함.

혹은 살인자다운 잔인함까지.

위드는 그녀에 대한 느낌을 한껏 살려서 눈을 조각했다.

그러나 만들어진 조각상의 눈은 그 자체로 아름답기만 했다. 사슴의 눈처럼 맑고 순진무구하기만 한 것이다.

'재료야. 재료 때문에 이런 일이 벌어진 거야. 멍청한 위드야! 얼음으로 만드니까 이렇게 되어 버리지.'

위드는 탄식했다.

조각상이 완성된 것은 정오가 지날 무렵이었다. 태양광을 반사해서 환하게 빛이 났다.

미녀상의 전신에서 흐르는 맑은 빛깔들.

수많은 색으로 빛나는 광채 속에 미녀상이 있었다. 그 빛들이 사람들을 감싸 주는 것만 같았다.

따스함이 조각상을 변화시키는 것이었다.

걸작! 얼음 미녀 상을 완성하셨습니다!

춥고 황량한 북부의 대지.

인간의 정이라곤 찾아보기 힘든 땅에 미녀의 상이 탄생하였다. 고난과 시름에 빠진 여행자들에게는 사막의 오아시스를 방문한 것처럼 행운이 아닐 수 없다. 이곳에서 여행자들에게 험난한 여정을 지속할 수 있도록 달콤한 휴식을 줄 것이다. 놀라울 정도의 완성도와 아름다움! 얼음으로 만들어져 신비한 분위기를 가진 미녀상은 예술가의 찬사를 받을 만한 작품이다.

예술적 가치 : 750.

특수 옵션 : 얼음 미녀상을 바라본 이들은 생명력과 마나 회복 속도가 하루 동안 17% 증가한다.

추위에 대한 내성 40% 상승.

빙계 마법에 대한 특별 저항력.

적의 공격을 3% 확률로 반사한다.

매력 스탯 +30.

다른 조각품과 중복 적용되지 않음.

지금까지 완성한 걸작의 숫자 : 3

-중급 조각술 스킬의 레벨이 5로 상승했습니다. 조각술이 한층 더 섬세하고 세밀해집니다.

-중급 손재주 스킬의 레벨이 7이 되었습니다. 도구나 손을 이용하는 능력이 추가로 5% 증가하며, 다양한 분야에 걸쳐서 영향을 주게 됩니다.

-명성이 320 올랐습니다.

-예술 스탯이 45 상승하셨습니다.

-인내가 4 상승하셨습니다.

-지구력이 3 상승하셨습니다.

-행운이 40 상승하셨습니다.

와들와들.

추위를 타는 성기사들.

그리고 위드!

황량한 대지에 낙오된 것만 같은 그들은, 밤에도 동굴 안에서 몸을 떨어 댔다. 모라타 지방에 빙설의 폭풍이 찾아온 것이다.

극점에 가깝게 낮아진 온도와 강풍.

짙은 눈보라와 얼음 조각들이 떨어진다는 빙설 폭풍.

수많은 얼음 조각들이 땅을 향해 내꽂히는 그 광경은, 하늘에서 보자면 아름답기 짝이 없었다. 이 베르사 대륙의 신비로운 부분 중 손꼽히는 하나일 것이다.

로열 로드의 환상적인 대자연이라는 이름의 동영상이 올라와서 수많은 사람들을 설레게 만들었던 적이 있었다.

한없이 펼쳐진 북부의 눈 덮인 대지.

그 위로 몰아치는 빙설의 폭풍.

그러나 그것은 어디까지나 구경하는 사람들의 몫!

그 빙설 폭풍의 한가운데에 있는 사람은 죽을 맛이다. 엄청난 추위에 손발이 꽁꽁 얼어붙고, 얼음 조각들이 사정없이 몸으로 파고드는 것이다.

제아무리 위드가 고통을 즐기면서 인내 수치를 향상시키길 좋아한다고 해도, 이건 정말 사람이 할 짓이 아니었다. 금방 몸이 얼어 버리고, 그다음에는 얼음 조각에 난자당하여 처참하게 죽는 것이다. 북부 대지에는 1년에 서른 번씩 찾아온다는 그 빙설 폭풍이었다.

위드는 이것을 신의 저주라고 부르고 싶었다.

살갖을 저미는 추위와 감기!

밤이면 더욱 기온이 낮아지고, 추워진다. 동굴 밖에는 눈발이 거세게 날린다. 얼음도 떨어지니 위험하기 짝이 없어서, 밤의 사냥은 당분간 중단할 수밖에 없게 됐다.

기껏 구해 낸 성기사들은 독감까지 앓았다.

"으으, 이럴 줄 알았으면 재봉을 배워 둘 것을······."

동굴 안에서 위드는 추위에 몸을 떨면서 몇 번이나 후회했다.

주변에는 잡템들이 수도 없이 많이 쌓여 있었다. 이 근방에서 사냥을 하며 모아 둔 것이었다. 그중에는 늑대 가죽들도 있었으니, 제봉 스킬이 있으면 두꺼운 옷을 만들어 입어서 추위를 물리칠 수 있을 것이다. 하지만 위드에게는 그런 스킬이 없었고, 결국에는 추위와 싸우는 수밖에 없었다.

타닥타닥.

모닥불을 피웠다.

낮에 산에서 미리 주워 온 나무로 밤새도록 불을 피워야 한다. 그렇지만 그래도 동굴 입구에서 차가운 공기가 유입되어 그다지 훈훈해지진 않았다. 그저 간신히 얼어 죽지 않을 정도였다.

"에취!"

이제는 위드조차도 감기를 달고 살았다.

그나마 도움이 되는 건 요리 스킬이었다. 뜨거운 스튜를 만들어 먹으면 몸이 따뜻해지고 추위에 대한 내성이 길러졌다.

그렇게 빙설 폭풍이 지나가고 위드와 성기사들은 다시금 동굴 밖으로 나섰다.

폭풍이 지나간 다음에도 미녀상은 건재했다.

거친 눈보라와 싸워서 이겨 낸 조각상.

상처투성이였지만 완전히 부서지지는 않았다.

- 얼음 미녀상의 효과가 발동됩니다.

덕분에 추위를 조금 더 이겨 낼 수 있었다. 그런데 훼손이 되어서인지, 추위에 대한 내성이 20%밖에 상승하지 않았다.

위드는 조각칼을 가지고 얼음 미녀상에 다가갔다.

"혹시 이것도 가능할까? 수리!"

박힌 얼음 조각을 빼내고, 자잘한 얼음 조각들을 그 안에 채워 넣었다. 그리고 부서진 곳에는 새 얼음 조각들을 붙였다. 그러자 거짓말처럼 곧 본래의 모습으로 돌아오는 것이 아닌가.

"조각상도 수리가 가능하구나."

위드는 새로운 사실을 하나 더 알게 되었다. 웹사이트에 공개되지 않은, 직업 스스로 개척하고 알아내야 하는 생생한 정보였다.

그때 위드의 머릿속을 스치고 지나가는 생각이 있었다.

"혹시… 어쩌면 이곳이니까 그것도 가능할지도 모른다!"

위드는 그대로 로그아웃을 했다.

이현은 웹사이트들을 돌아다녔다. 주로 북극의 전설에 대한 자료들, 혹은 추운 지방에 사는 몬스터들에 대한 자료를 찾으면서.

이들을 조각하면 숙련도가 잘 오르리라.

몬스터 조각은 그대로 복제를 하는 수준이었기 때문에 그리 어렵지 않았다. 대신에 성취도 높지 않은 편이었지만.

'아냐. 언제까지 일반적인 몬스터나 복제하고 살 수는 없

어. 별로 가치 없는 것들은 이제 스킬 숙련도를 2%도 올려
주지 않아.'

조각술이나 손재주 스킬들은 레벨이 1단계 오를 때마다,
대략 20%씩 더 많은 추가 숙련도를 요구하였다. 그러므로
실제 스킬의 레벨 업 자체가 굉장히 힘들어진다.

초급 과정을 넘어가는 건 노가다로 어느 정도 가능하였지
만, 중급 과정에서는 영감이 필요했다. 웬만한 조각품들을
만들어서는 숙련도 상승이 엄두가 안 날 정도였다.

중급에서 고급 과정에 올라갈 때부터는 추가적으로 50%
의 더 많은 숙련도가 필요하다고 하니, 생산 스킬이라고 얕
잡아 봐서는 안 되었다. 전투 계열 직업들 이상으로, 생산직
은 더 험난한 길을 가야 했다.

'예술적인 가치가 큰 무언가를 만들어야 한다. 한 번에 스
킬을 상승시켜 줄 수 있는 만한 물건으로…….'

그러다가 이현은 곧 마법의 대륙과 관련된 사이트에 접속
했다.

판타지 대륙의 최강으로 분류되는 몬스터가 드래곤이다.
이현은 마법의 대륙을 하면서 혼자서도 몇 마리의 드래곤을
잡았던 적이 있다.

광범위하고, 다채로운 마법 공격.

어마어마한 방어력과 브레스 공격.

마법의 대륙의 최고 레벨에 올랐지만, 몇 가지 꼼수를 부

리고 아이템을 과감히 써 버리지 않았다면 절대로 혼자서 잡을 수 없는 몬스터가 드래곤이다.

그중에서도 빙룡 카이데스!

몸집이 150미터가 넘고, 얼음의 브레스를 내뿜는 드래곤이었다.

무척이나 고전을 하면서 잡았던 기억이 있다.

"꼬리는… 그래, 머리는 나중에 붙여야겠군. 우선 발에서부터 시작해서 몸통으로 올라가면서 해야겠어."

다시 접속한 위드는 얼음 덩어리들을 모으기 시작했다.

빙설의 폭풍이 지나간 직후였기 때문에 주변에 얼음은 얼마든지 널려 있었다. 웬만한 집보다 큰 얼음 덩어리들이 땅에 깊이 박혀 있어, 가슴이 철렁 내려앉을 정도였다.

"숨을 곳이 없는 곳에서 빙설의 폭풍을 만나면 영락없이 죽겠군!"

추위로 얼어 죽든지, 얼음 덩어리에 맞아 죽든지! 어쨌거나 둘 중의 하나로 인해서 죽을 것만 같다.

북부의 도시나 마을들은 큰 산의 인근에만 있었다. 빙설의 폭풍을 막아 줄 수 있는 산이 없다면 도시나 마을도 존재하지 못한다.

그만큼 무서운 동네가 북부였다.

"과거에는 북부 왕국의 군사력이 가장 강했다고 하지. 이런 환경에서 살아야 한다면 강해질 수밖에 없을 거야."

위드는 주변의 얼음 덩어리들을 이용해서 조각을 개시했다. 처음에는 윤곽만 만들어 놓고, 다른 얼음 덩어리들을 구해 와서 그 위에 쌓아 올렸다.

얼음 덩어리 위에 층층이 쌓인 얼음 덩어리.

"이대로 시간이 조금 지나면……."

위드는 성기사들과 한차례 주변의 늑대들을 사냥하고 돌아왔다.

쌓아 두었던 얼음 덩어리들이 단단하게 굳어 있었다. 따로 재료도 필요 없이, 추위가 얼음 덩어리들을 연결해 준 것이다.

위드는 성기사들을 조종해서 거대한 얼음의 산을 만들었다. 얼음 덩어리들로 가득 채운 산!

콜로세움처럼 큰 얼음 덩어리들을 모아, 몇 층 건물의 높이를 넘도록 계속해서 쌓아 올렸다.

휘이이잉 — 쿠르르릉!

빙설의 폭풍들이 또다시 찾아왔다.

둥글게 쌓아 놓은 얼음 덩어리들은, 빙설의 폭풍을 통해 더욱 몸집을 불렸다.

두 번의 빙설의 폭풍이 지나가자, 그때에는 위드도 한참이나 고개를 쳐들어 바라봐야 할 정도로 거대한 얼음의 산이 만들어졌다.

인간의 노가다와, 대자연의 힘!

이 두 가지가 합쳐지니 불가능은 없었다.

"이제부터 나의 일이 시작이군."

위드는 자하브의 조각칼을 꺼냈다.

얼음 조각술.

미녀상을 만들 때에 한 번은 겪어 봤기에 손놀림은 가차없었다.

어차피 아주 세밀한 조각은 포기했다. 규모가 커도 너무 컸기 때문이다. 세세한 조각을 펼치자면 1년을 투자해도 모자랄 정도이다.

위드는 과감하게 잘라 내고, 때로는 얼음들을 이어서 덧붙여 가며 작업을 계속했다.

조각술은 이제 자유자재로 펼쳐졌다.

마음먹은 대로 조각을 하는 것이 가능했다.

조각술의 성취가 아직 중급이라서 원하는 만큼의 특수 효과들은 붙지 않았지만 말이다.

위드가 더욱 신경을 쓰는 부분은 얼음의 산에서 떨어지지 않는 것이었다. 얼음 덩어리들을 조각하기 위해서는 꼭대기에서부터 밧줄로 몸을 연결해 매달려야 했다. 암벽을 등산하는 사람처럼.

탁탁탁!

정으로, 혹은 조각칼로 얼음덩이를 부술 때마다 얼음 조각들이 아래로 떨어진다. 아래로 떨어진 얼음 조각들이 산산조각이 나서 부서진다.

높은 곳에서 조각술을 펼치는 위드가 밑을 내려다보면 까마득할 정도였다.

"으으……."

떨어지면 죽는다.

그 공포심 정도는 조각술 작업을 위한 마음으로 억누를 수 있다. 그러나 높은 곳에서 매달려서 하는 작업이기에 추위가 장난이 아니다. 바람도 강하게 불어서, 밧줄째로 대롱대롱 매달려서 꼼짝도 못 하는 경우가 많다.

위드는 우선 목표로 한 얼음산의 몸통 조각을 마쳤다. 산의 중앙부 대부분을 차지할 정도로 큰 몸통이었다.

둘레만 따져도 100미터가 훨씬 넘을 정도로 거대한 몸통.

그다음은 꼬리와 다리의 차례였다.

다리는 상당히 기형적으로 작게 조각을 했다. 하지만 얼음산의 하중을 이길 수 있도록 충분히 두꺼워야 했다.

작지만 굵은 다리.

꼬리는 몸통에서부터 쭉 이어져 나와 길게 늘어져 있다. 꼬리의 길이만 또 수십 미터에 이르렀다.

마지막은 머리였다. 역시 몸통에서부터 이어진 굵은 목과 길쭉하고 좌우로 크게 벌려진 입.

악어를 닮은 광폭한 입.

가닥가닥 나 있는 긴 수염.

그리고 사납고 힘으로 넘치는 눈매.

위드가 조각술을 마치는 순간, 주위는 빛으로 휩싸였다.

명작! 빙룡 조각상을 완성하셨습니다

열정 어린 예술은 사람을 감동시키지만, 때로는 그 위대한 업적으로
사람들을 경악시키기도 한다.

대자연의 힘을 빌어서 만든 업적!

북부의 균형자. 악을 미워하고, 순수한 마음을 가진 드래곤.

질서가 사라진 땅을 지키는 수호신이 될 것이다.

예술적 가치 : 2500.

특수 옵션 : 빙룡상을 본 이들은 생명력과 마나 회복 속도가 하루 동
　　　　　안 30% 증가한다.

　　　　　추위에 대한 내성 70% 상승.

　　　　　마법 저항력 40% 상승.

　　　　　생명력 최대치 35% 상승.

　　　　　전 스탯 12 상승.

　　　　　드래곤의 가호 발동.

　　　　　빙룡상이 보이는 영역에서 모든 공중 몬스터들의 능력치
　　　　　저하.

　　　　　빙룡상 인근에는 몬스터들이 접근할 수 없음.

　　　　　다른 조각품과 중복 적용되지 않음.

지금까지 완성한 명작의 숫자 : 1.

－중급 조각술 스킬의 레벨이 6으로 상승했습니다. 조각술이 한층 더 섬
세하고 세밀해집니다.

-중급 손재주 스킬의 레벨이 8이 되었습니다. 도구나 손을 이용하는 능력이 추가로 5% 증가하며, 다양한 분야에 걸쳐서 영향을 주게 됩니다.

-명성이 850 올랐습니다.

-예술 스탯이 64 상승하셨습니다.

-인내가 49 상승하셨습니다.

-지구력이 16 상승하셨습니다.

-북부의 불가사의에 빙룡 조각상이 포함됩니다.
빙룡 조각상의 소유권은 위드 님에게 있습니다. 향후 빙룡 조각상에 생명을 부여할 수 있다면, 그는 위드 님에게 충성을 바치게 될 것입니다.
명작 조각품을 만든 대가로 전 스탯이 1씩 추가로 상승합니다.

얼음 덩어리들을 이용하여 상상도 할 수 없는 괴물을 만들어 냈다.

빙룡 조각상.

실제 빙룡의 크기에, 빙룡의 모습을 완벽하게 재현한.

얼음이라는 재료를 통해 가장 빙룡에 걸맞은 조각품을 만들어 낸 것이다.

웬만한 조각품들 따위는 감히 견줄 수도 없는 구조물! 혹은 예술품이라고 해도 좋았다.

생명력과 마나 회복 속도의 30% 증가.

이것은 사냥 속도를 30% 더 늘려 주는 효과가 있다.

추위에 대한 내성이 상승하니, 북부의 가장 큰 장애 거리가 줄어든 셈이다.

마법 저항력과 생명력 최대치.

전 스탯 상승.

이것은 전투 능력과 더불어서 생존 확률을 크게 상승시킨다. 한 번 죽으면 끝인 알베론과 성기사들을 지휘하는 위드에게는 든든한 후원자였다.

위드는 성기사들을 구출하여 함께 평원을 떠돌면서 사냥을 했다. 데스 나이트 반 호크도 함께.

"하지만 이놈만은 뭐라 말씀하셔도 마음에 들지 않습니다!"

성기사들은 데스 나이트에 대해 노골적인 불만을 드러냈다. 바르칸의 수하였던 반 호크를 동료로 받아들이기에는 너무 큰 진통이 따르는 것이다.

위드는 이럴 때 데스 나이트의 편을 들어 주는 것이 무의미함을 알았다.

"이 데스 나이트요? 이런 용도로 쓰는 것입니다."

위드는 힘껏 데스 나이트를 패 버렸다. 다른 성기사들이 보기에 불쌍할 정도로, 수시로 소환을 해서 갈궜다. 데스 나이트는 죽더라도, 붉은 생명의 목걸이가 다시 진홍빛으로 변하면 소환이 가능하니까.

"블러드 하운드군요."

"저희들이 해결하겠습니다."

몬스터가 나타나면 성기사들이 우르르 달려들어서 순식간에 몬스터를 초죽음으로 만든다.

'과연 강하군.'

위드는 고개를 끄덕였다.

로자임 왕국의 신병들을 데리고 사냥을 했을 때에는 활을 쏘고, 검을 휘두르고, 때로는 함정까지 팠다. 고블린들을 상대로는 그 정도도 잘 먹혔다.

하지만 성기사들의 합공은 무시무시할 정도였다. 신성력을 기반으로 한 공격에, 몬스터들은 뼈도 추리지 못했다. 위드도 언데드들에게 치명적인 공격을 선사하는 아가사의 검을 휘두르면서 경험치를 모았다. 20% 정도는 데스 나이트에게 넘겨주고서도 라비아스에서 했던 사냥만큼이나 경험치를 습득할 수 있었다.

알베론의 조력이 있었기 때문에 더욱 안전하고 지속적인 사냥이 가능했다.

1달 정도가 지나고 위드의 레벨이 220이 됐다.

성기사들의 레벨은 270이 되어 진혈의 뱀파이어들과 동등해졌다. 눈물 어린 성과였다.

빙룡 조각상이 없었더라면 더 많은 시간이 걸렸을 것이다. 어쩌면 성기사들 중에 한둘은 죽었을지도 모른다.

"이제 다른 동료들도 조금씩 구해 보죠."

🔥

검치 들과 500명의 도장 수련생들.

수련생들 역시 비슷한 부류들만 모였다. 육체를 단련하고, 검을 익히느라 게임은 처음이었다. 미숙하기 짝이 없다.

"신기하네. 빵을 먹으니 포만감이 차고 말이야."

"물을 마시면 갈증도 해소가 돼."

"정보창이라고 외치면 창도 뜬다니까!"

그렇게 헤맸던 수련생들!

그들도 검치 들과 다를 바 없이 시작과 동시에 빵들을 먹어 버리고 굶주림에 헤매었다.

검치와, 검둘치는 이들을 보며 얼굴을 굳혔다.

"어떻게 이 많은 녀석들 중에 게임을 해 본 놈이 하나도 없을 수가 있냐!"

"이걸 보고 기적이라고 해야 하나요?"

"……."

검치 들은 수련생들로부터 몇 개씩의 보리 빵을 상납받아서 더 이상 굶주림으로 고생을 하진 않아도 됐다. 수련생들만 굶주리면서 죽으나 사나 허수아비를 때려야 했다.

그러다가 페일 들이 찾아왔다.

"빵 좀 사 주세요."

"부탁드립니다."

검치 들은 수련생들의 구걸을 눈 딱 감고 용납했다.

"타인에게 구걸하는 짓은 사내답지 못한 일이다. 그러나 위드라면 앞으로 나의 수제자가 될 녀석이고, 그 녀석에게 신세를 진 사람들이 와서 도움을 주겠다는데 어찌 말릴 수 있겠는가?"

하지만 페일과 수르카 들에게 있어 그 일은 완전히 다른 의미로 받아들여졌다.

500명의 건장한 사내들.

기골이 장대하고, 굶주려 눈빛이 살벌한 그들이 몰려들어서 빵을 사 달라고 하자 겁에 질릴 수밖에 없다.

페일 들은 괜히 찾아와서 보리 빵 5만 개만 뜯기고 갔다.

5만 개라고 해도, 보리 빵 1개의 가격이 3쿠퍼였다. 1실버에 33개의 보리 빵을 살 수 있었고, 1골드면 3,300개나 살 수 있다.

금액으로 치자면 그렇게 많은 돈은 아니지만, 500명의 사내에게 둘러싸인 경험이란 수르카와 이리엔, 로뮤나에게는 다시는 겪어 보기 힘든 일이다.

아무튼 그러한 시행착오를 겪으며, 검치와 수련생들은 수련관에서 허수아비를 때렸다.

4주 동안!

인간으로서 4주 동안, 잠도 최소한으로 자고 허수아비만 때리는 건 정말 못 할 짓이었다.

위드나 가능하던 일을, 여기서는 505명이 함께한다.

'으으, 지겨워!'

솔직히 혼자였더라면 절대로 하지 못하였으리라.

검치나, 검둘치 등 사범들이야 했겠지만 수련생들 중에는 지긋지긋해서 때려치우고 싶었던 이도 있다. 하지만 모두가 여길 통과하기 전까지는 수련관을 나가지 않는다는 검치의 선언이 있었다. 만약에 혼자만 통과하지 못한다면, 자신 때문에 504명이 기다리는 것이다.

'그런 끔찍한 일은…….'

양심의 가책은 둘째 치고! 후환이 두려워서 쉬고 싶어도 쉴 수 없다.

악바리처럼 허수아비를 때리는 수련생들.

"백육십구만 칠천이백삼십구!"

"백육십구만 칠천이백사십!"

"백육십구만 칠천이백사십일!"

먼저 수련관의 훈련을 마친 검치와, 검둘치 들이 1명의 수련생을 보고 있었다. 검치와 4명의 사범들을 제외하고, 499명의 수련생들도 말이다.

–민첩이 1 상승하셨습니다.

마침내 마지막 한 사람까지 수련관의 수행을 마쳤다.

"제 수련이 끝났습니다, 관장님."

"수고 많았다."

"고생했다."

검치 들과 수련생들은, 숫자는 많아도 한마음으로 뭉쳤다. 마지막 1명이 수련관을 통과할 때까지 기다려 준 것이다.

교관이 흐뭇한 얼굴로 다가왔다. 그러고는 검 한 자루를 내밀었다.

"기초 수련을 마친 자에게 주는 검이네. 이것을 자네가 쓰도록 하게."

"알고 있소. 고맙소."

검사오구치라는 이름을 가진 수련생은 교관이 내미는 검을 받았다.

그들의 닉네임은 단 하나의 기준으로 정해졌다.

단순 무식하게 도장에 입문한 순서!

검치에서부터 순서대로 쭉쭉 나간 닉네임이다.

교관은 흐뭇한 미소를 지었다.

"혹시 궁금한 게 없는가? 참고로 말하자면 여긴 기초 수련관이고 자네는 여길 522번째로……."

"없소. 설명은 됐소. 어서 가시오!"

무려 504번이나 이미 교관은 수련생들에게 다가와 똑같은 말을 읊어 댔다. 그 때문에 교관이 하는 이야기가 귀에 못이

박힐 정도였다.

　검치나 검둘치, 검삼치 등, 검오공오치까지 모두가 자신을 기다리고 있었으니 빨리 끝내 주기만을 바랄 뿐이다.

　그런데 교관도 이번에는 조금 다른 이야기를 한다.

　"이렇게 자네들이 수련관을 대거 통과해 주어, 나는 왕국에 큰 공을 세우게 되었군. 내게도 공적이 쌓여서 앞으로 다시 기사가 되어 볼 참이네."

　"그러거나 말거나. 내 알 바 아니오. 그럼 수고하시오."

　검치 들은 이제 수련관을 나섰다.

　게임에는 초보였지만 지금까지 보고 들은 것이 있다.

　"그럼 직업을 가져야지. 우리 검사 길드로 가자."

　"스승님, 우리들 모두 검사가 되는 것입니까?"

　"암! 그래야 하지 않겠느냐?"

　"스승님의 이름에 잘 어울리실 겁니다."

　"저희들이 검사가 되다니 정말 흥분됩니다, 스승님."

　검치 들 505명이 대로를 활보한다.

　일제히 초보용 복장을 하고서는 말이다.

　"저 사람들 대체 누구야?"

　"무슨 쇼라도 하는 건가?"

　"저것 봐. 들고 있는 검까지 똑같아."

　"와, 수련관의 그들이다!"

　"그들?"

"왜 있잖아, 그 이상한 사람들……."

이미 명물이 되어 있었던 검치 들은 주변의 시선은 아랑곳 하지 않았다. 처음 게임을 한다는 흥분, 그리고 전직을 한다 는 기쁨에 휩싸여서 검사 길드로 들어갔다.

잠시 후에 들어갔던 검치 들은 1명씩 웃으며 길드 밖으로 나왔다.

"여우를 잡으라고?"

"여우 300마리라……."

"겨우 여우를 잡아서 가죽을 모아 오는 정도로 전직이 끝 난단 말이지."

"도장에 정식 수련생이 되기 위해서 2년이 넘도록 걸레질 부터 했는데, 이건 뭐야? 너무 쉽잖아."

"하하하, 여우들 따위!"

수련생들은 큰 소리로 웃었다.

검치 들은 더욱 크게 웃었다.

"껄껄껄! 이거 우릴 너무 무시하는군."

"스승님께서 나설 필요도 없을 것 같습니다. 저희들끼리 알아서 해결하고 가죽을 모아 오죠."

"아니다, 검오치야. 여기서는 사냥을 하면서 경험치를 쌓 아야 레벨이 오른다는구나. 그리고 첫 번째 퀘스트인데 나도 구경만 할 수는 없지 않겠느냐?"

"과연 그렇습니다. 그럼 어서 여우를 잡으러 가시지요."

"허허허! 내가 여우 따위를 향해 검을 빼 들게 될 줄은 몰랐구나!"

"여우에게 영광일 것입니다."

검치 들과 수련생들의 대화를 듣고 있던 사람들은 어처구니가 없었다. 완전히 다른 세계에서 들어온 이들 같았다.

"대체 저들이 여우가 얼마나 센지 알고나 있을까?"

"막 직업을 가진 초보자들로 보이는데……."

"너구리도 제대로 못 잡을걸."

특히 레벨이 낮은 이들은 더욱 더 수련생들을 무시하고 있었다. 자신들도 여우를 무시했었다. 그러나 현실은 어떠했던가! 너구리나 토끼도 잡기 힘들다.

"저러다가 한번 죽어 봐야 정신을 차리지."

"보나마나 검사 길드의 기본 퀘스트를 하나도 진행 안 한 것 같아. 전직 퀘스트로 여우 가죽을 모아 오라는 조금 힘든 의뢰가 뜬 걸 보니까 말이야."

"성 앞에 시체들이 쌓이겠구나."

하지만 그런 와중에 소란이 벌어지자 구경을 나온 페일과 수르카 들이 멀리서 보고 있었다.

"불쌍하네요."

"정말이에요."

"여우가……."

"......."

위드에 대해서 잘 알고 있고, 수련생들에 대해서도 모르지는 않았던 페일과 그녀들로서는, 앞으로 일어날 일이 머릿속에 훤히 그려진다.

시체가 쌓일 것이다. 여기까지는 다른 유저들의 짐작과 같았다. 그러나 그 시체는 수련생들의 것이 아니라…….

"앗! 저들이 성을 나가려고 한다."

"따라가서 구경해 보자."

검치와 수련생들이 동쪽 성문 밖으로 나갔다.

성문 밖에는 여우나 토끼, 너구리, 고슴도치 등 기본적인 동물들이 뛰어놀고 있었다. 열심히 뛰어다니면서 사냥을 하는 초보 유저들도.

그리고 여우 1마리가 놀고 있는 것이 그들의 눈에 띄었다.

"우와아아!"

"우리가 간다!"

우르르 달려가는 검치와 수련생들!

여우는 털을 세우고, 꼬리를 바짝 들며 할퀴려 했다. 하지만 불행히도 상대는 검치였다. 여우와 싸워 본 건 처음이었지만, 진검을 들고 세계의 수많은 무사들과 생사결을 나눴던 검치!

그는 물이 흐르는 듯한 움직임으로 공격을 피하고, 여우의 텅 빈 복부를 향해 가볍게 검을 찔러 넣었다.

-치명적인 일격이 터졌습니다!

여우는 회색빛으로 변하고 말았다.

"뭐야, 왜 이렇게 쉬워?"

검치가 허탈함에 중얼거렸다. 그것은 가슴을 졸이며 지켜
보던 관중들도 마찬가지다.

"누가 잡던 여우인가?"

"상처 입은 여우였을 거야. 그러니 저런 눈먼 검에 죽었
겠지."

"곧 죽을 것처럼 비실거리지는 않던데. 멀쩡해 보였어."

"그럴 리가! 네가 잘못 본 걸 테지."

"역시 그렇겠지?"

그러나 다른 여우들도 마찬가지였다.

물론 나름대로 반항을 하긴 했지만, 수련생들은 우습다는
듯이 쉽사리 그 공격을 피하고 검을 휘둘렀다.

퍼버벅!

거의 한두 방!

검사로 전직하며 검의 공격력이 50%나 강화된 그들이었
기에 소위 하는 말로 검에 사정이 없었다.

"오오, 이거 재밌는데!"

"그러게. 그런데 여우는 왜 이렇게 약한 거야?"

수련생들은 무지막지하게 여우를 때려잡았다.

여우뿐만이 아니라 다람쥐에서부터 토끼, 너구리 가리지 않았다. 종국에는 늑대까지 건드린다.

크르릉!

날카롭게 튀어나온 이빨로 살기를 드러내는 거친 늑대.

수련생들은 세라보그 성의 앞마당을 완전히 장악한 채로 몹들을 휩쓸어 버렸다.

관중들은 턱이 빠져라 입을 벌리고 그들을 보고 있을 뿐이다.

"믿을 수 없어!"

"어떻게 저런 일이……!"

오로지 페일 등만이 당연한 결과라는 듯이 고개를 끄덕이고 있었다.

"역시…….."

"과연 그렇군요."

"그런데 좀 무서워요."

"이리엔 님, 뭐가요?"

"위드 님 같은 분이 500명이 넘게…….."

"…….."

늑대나 토끼 할 것 없이 몹들의 수난 시대였다.

수련생들은 평소에 휘두르던 검을, 직접 움직이는 몬스터를 향해 마음껏 휘두를 수 있다는 데에 도취되어 마구 사냥을 했다. 그러다 보니 아주 드물게 모습을 드러내는 대장 늑대까지 나타났다.

아우우우!

은빛 늑대가 포효한다.

바람에 부드럽게 물결치듯이 움직이는 은빛 털.

우아하게 뻗은 다리와, 튼실한 허벅지.

그리고 검치와 검둘치 들은 견적을 뽑았다.

"저놈 잡으면 꽤 나오겠는걸."

"스승님, 여기서는 잡는다고 해도 다 구워 먹진 못합니다."

"그래? 그러면 괜찮은 아이템이라도 주겠지?"

"그럼요!"

검치가 달려들었다.

캐애앵!

한 방에 비명횡사해 버린 늑대!

검치와 수련생들은 세라보그 성 앞에서 광란의 살육을 벌였다.

검을 익힌 보람!

경험치!

아이템!

수련생들은 몇 년씩이나 검 하나만을 바라보면서 정진해 왔다. 답답한 마음이 어찌 없었겠는가. 그 검을 여기서는 마음껏 펼쳐 보일 수가 있었다.

몬스터를 잡으면 경험치를 먹고, 레벨이 오르면서 좀 더 강해진다.

수련생들은 강해지는 것이 좋았다.

이유는 간단했다.

'폼 나잖아!'

약한 것이 싫은 그들!

열심히 몹을 잡아야만 했다.

그리고 아이템. 더불어 돈.

보리 빵이 없어 굶었던 그들에게 늑대나 토끼들이 드랍하는 쿠퍼들은 그야말로 환상적이다. 도저히 멈출 수 없을 만큼!

"크하하하하!"

"다 죽여 버리겠다!"

그들의 살풀이 광경을 보며, 처음에는 흥미진진하게 이를 구경하던 관중들은 언제부턴가 몸이 떨려 오는 것을 느꼈다.

레벨이 올라간 2명의 성기사와 알베론의 조합 덕분에 뱀파이어들 4~5마리를 상대하는 데에는 무리가 없었다.

석상을 지키는 뱀파이어들.

낮에 힘이 약화되었을 때만 야금야금 공격했다.

그런 식으로 구출한 성기사들이 30여 명으로 늘었을 때에는, 그들이 먹는 음식의 양도 이만저만이 아니다. 요리 스킬을 올릴 수 있기에 음식을 하는 자체는 환영이었지만 문제는 요리 재료!

사냥을 하는 외에도 먹을 수 있는 음식들을 구해야 했다. 수십 명의 음식 재료를 구하고, 설거지를 한다. 성기사들의 갑옷도 수리해 주고, 좋은 사냥터로 안내하는 역할도 맡았다.

할 일이 크게 늘어난 탓에 정작 자신의 사냥에는 소홀해지게 되었다. 조각사에, 여러 잡종 기술들까지 익혔기 때문에 벌어진 일이다.

본신의 전투 능력이 뛰어난 편이지만, 남들만큼 강해지기 위해서는 시간을 들여 손재주를 높여야 했다.

조각술과 각종 스킬들도 최대한 상승시켰다. 그래서 전투 능력이 뛰어나지만, 정작 위드의 숨은 장점은 후방 지원에 있었다.

각종 못 하는 일이 없다 보니 성기사들의 전투를 옆에서 지원해 주는 건 최고였던 것.

'그나마 다행이군. 시간제한이 없다는 점 하나만은…….'

파고의 왕관을 되찾고, 석상이 되어 버린 성기사들을 구출하는 의뢰였기에 딱히 제한된 시간은 없다. 그러나 아마도 다른 이들이 같은 퀘스트를 받았더라면 사냥을 할 시간이 없었을 것이다.

식량 때문이었다.

수십이 넘는 성기사들을 언제까지 먹여 살릴 수도 없는 노릇. 음식이 떨어지기 전에는 승부를 봐야 한다.

그러니 어쩔 수 없이 싸우는 길을 택해야겠지만, 위드의 경우에는 늘 가지고 다니는 조미료와 요리 스킬이 있었다.

요리 스킬이 중급에 오른 이후부터는 숲에서, 산에서 보이는 모든 것들이 음식이 됐다. 길을 가다가 뽑는 풀들은 좋은 스프의 재료가 되었고, 짐승들의 고기나 나무 열매는 말할 것도 없다. 심지어는 약초들까지 캐내면서 보급의 역할을 톡톡히 맡았다.

완전한 잡캐!

이것저것 배워 놓은 스킬들이 이럴 때 위력을 발휘하는 것이다.

성기사들의 숫자가 계속 늘어나면서 동굴은 사람들로 붐볐다.

빙룡의 조각상도 갈수록 큰 효과를 발휘했다.

데리고 있던 성기사가 2명이었을 때보다, 성기사들 30명에게 고르게 능력치를 상승시켜 주니 숫자가 늘어나면 더 좋다.

위드는 성기사들이 최대한 많은 몬스터들을 잡을 수 있도록 지휘했다.

-통솔력이 3 상승하셨습니다.

-카리스마가 2 상승하셨습니다.

성기사들을 이끌고 다니면서 카리스마와 통솔력이 무시무시하게 늘어 가고 있었다.

레벨보다도 훨씬 빠르게 늘어나는 두 스탯 덕분에, 불만은 조금도 없었다. 원한다고 키울 수 있는 스탯들인 것도 아니니, 나름대로의 투자라고 보면 되었다.

요리 스킬도 성장이 매우 빠른 편이었다.

음식 재료들을 아끼기 위하여 이것저것 산과 숲에서 구한 잡다한 것들을 넣다 보니 가끔은 먹기 힘든 것도 나왔지만, 실험을 통해 새로운 요리들을 개발하며 숙련도가 상승하고 있었다.

새로운 레시피로 풀죽과 나무껍질 요리까지 개발할 정도였다. 물론 맛은 죽지 못해 먹을 정도로, 위드의 요리 솜씨에도 불구하고 최악이었다.

'그래도 성과는 있어.'

잡다한 재료들을 섞어서 만들어 본 요리들. 그러던 와중에 충격적인 일이 벌어졌다.

요리 스킬의 비밀!

위드는 그중의 하나를 해결한 것이다.

실상 알고 보면 무척이나 단순하여 비밀이라고 할 수도 없는 것이지만, 효과는 만점이었다.

친밀도를 상승시키기 위해 프레야 여신을 향해서 함께 기도하기도 하던 중…….

－스탯 신앙이 생성되었습니다.
신을 향한 찬미와 헌신으로, 신은 그 대가로 특별한 능력을 부여한다.

성직자나 성기사들에게나 생성되는 스탯이 위드에게도 생긴 것이다.

신앙은 신성 마법의 위력을 좌우하는 것으로 알려져 있다. 그렇다면 신성 마법 자체를 쓸 수 없는 위드에게는 아무짝에도 쓸모가 없는 스탯.

"스탯 창."

캐릭터 이름 : 위드	성향 : 무
레벨 : 205	직업 : 전설의 달빛 조각사!
칭호 : 없음.	명성 : 3845
생명력 : 7760	마나 : 6471
힘 : 465+118	민첩 : 405+53
체력 134+53	지혜 : 136+38
지력 : 154+48	투지 : 323+38
지구력 : 162+38	인내력 : 379+38
예술 : 714+118	카리스마 : 133+38
통솔력 : 368+38	행운 : 91+38
신앙 : 1+388	공격력 : 1069
방어력 : 133	마법 저항 불 : 10%
물 : 10%	대지 : 20%
흑마법 : 65%	

위드의 스탯들은 난잡하기 짝이 없었다.

사냥을 하면서, 경험치의 손실을 보더라도 의도적으로 스탯을 키우기 위해 애썼다. 그 때문에 같은 레벨보다 훨씬 다양하고 많은 스탯 포인트를 가지고 있다.

웬만큼 해서는 절대 오르지 않는다는, 정말 사람의 피를 말린다는 인내력과 투지가 300포인트를 넘는 것만 봐도 알 수 있었다.

그러나 거기서 그치는 것이 아니다.

이것저것 스킬이 중급에 오르면서 전체 스탯이 추가된 경우가 꽤 되고, 각종 장비들로 인해서 거기에 다시 한 번 변화가 생겼다. 힘과 민첩, 체력에 추가 포인트가 더 높은 건 그러한 이유에서였다.

신앙 스탯의 경우는 지금 막 생성됐다.

그러나 달빛 조각사의 직업과, 중급 검술, 요리술, 조각술들이 주는 추가 스탯! 장비하고 있는 아가사의 거룩한 검과, 장미 무늬가 새겨진 장갑, 대신관의 반지의 추가 스탯 효과. 그로 인해서 나오자마자 400에 가까운 스탯 포인트를 지니게 된 것이다.

이 정도의 스탯 포인트라면 웬만한 성기사들을 압도할 정도였다. 물론 대부분 아이템의 효과였지만 말이다.

스탯 자체가 존재하지 않을 때에는 아예 영향이 없었지만, 이제 스탯이 생성되었으므로 신앙 스탯에 따른 효과가 위드에게 부여되게 되었다.

'아무리 봐도 쓸데없는 스탯으로 보이는데. 하지만 이런 경우가 어디 하루 이틀 일도 아니고… 언젠가 써먹을 날이 있겠지.'

뜻밖에 신앙 스탯이 생성되고 난 이후부터는 사제들이나 성기사들이 위드를 보는 눈이 달라졌다. 지시한 명령을 곧바로 따르고, 가끔은 존경심마저 표현할 정도였다.

"조각사님, 처음에는 당신의 지휘에 대해 의문을 가졌지만 이제부터는 믿고 따르겠습니다."

"저희 동료들을 위하여 교단에서 보내 주신 분!"

"굳건한 신앙의 힘으로 저희들을 인도해 주소서."

성기사들보다도 위드의 신앙 스탯이 더욱 높으니 이런 일도 벌어진다.

NPC 성기사들도 레벨에 따라 5개씩의 스탯이 주어지는 건 마찬가지였다.

그들은 직업적으로 검을 다루는 기사였기 때문에 힘과 민첩, 체력에 많은 분배가 되었고 추가로 마법을 써야 하기 때문에 지혜와 지식에도 분배가 됐다. 그런 상태에서 신앙까지 올려야 했으니, 성기사들의 신앙 스탯은 많아야 200에서 300 사이이다.

한데 위드의 신앙 스탯이 400을 육박하자 성기사들은 존경심을 표시한다.

사제들 역시 조금 더 위드를 잘 따르게 된 것은 두말할 나위도 없는 일.

그렇게 시간이 흘렀다.

남들은 성기사들과 함께 사냥을 한다면 기연이라고 하겠지만, 그들의 뒤치다꺼리에 정작 조금도 쉴 틈이 없었다. 부서진 장비들을 수리하고 음식들을 챙기느라, 개인 사냥을 할 여유조차 없을 정도다.

그야말로 지독한 노가다였다.

그렇게 시간이 지나자, 흑색 거성의 앞마을은 위드와 성기사들의 영역이 됐다.

마지막 뱀파이어들을 처치하고, 알베론은 성기사들의 저주를 풀었다.

"신성한 빛이여, 여기 왜곡되고 변형된, 자유를 구속한 힘을 해제해 주십시오."

빛이 내려와 석상의 저주를 푼다.

"대신관님의 명령을 받고 저희들을 구하러 와 주신 분이로군요."

이때부터는 성기사들이 바로 위드의 앞에 복명했다.

"파고의 왕관을 되찾고, 평화를 위협하는 진혈의 뱀파이어족을 처치하기 위함입니다."

"알겠습니다. 숭고한 뜻을 따르고 싶습니다. 저는 이제부터 대장님의 명령을 받듭니다."

부쩍 증가한 통솔력과 신앙 스탯 덕분에 성기사들은 바로 위드의 명령을 듣는다.

완전히 마을을 장악했을 때에는 무리의 규모가 부쩍 늘어나 있었다.

성기사 159명. 사제 38명.

위드와 알베론까지 합쳐 무려 199명의 대인원이었다.

흑색 거성에서는 엄청난 위압감이 느껴졌다.

음유한 마기를 흘려내는 폐쇄적인 성!

불길하게 우는 까마귀들과 음유한 마기에, 성기사들은 몸을 떨었다.

"총 5층인가."

위드는 거성을 올려다봤다.

짙은 커튼이 내려와 있고, 밖에는 나무로 막혀 있는 창문들로 어림짐작을 한 것이다.

"좋아. 도전해 주지."

위드는 성기사들과 사제들을 데리고 거성으로 성큼 발길을 내딛었다.

쿠르르릉!

문이 양쪽으로 밀려나며 저절로 열린다.

"……."

위드는 슬그머니 한 발자국 뒤로 갔다.

"모두들 진격하자! 진혈의 뱀파이어들을 해치우고 프레야 여신의 이름으로 모라타 지방을 해방하는 것이다!"

"우와아!"

위드와 성기사들이 그 안으로 들어가자, 문은 저절로 닫혔다. 아무 일도 없었던 것처럼.

흑색 거성의 전투

"살아 있는 인간들."

"성기사들!"

"마을에 돌상이 되어 있던 성기사들이 저주를 풀고 나왔구나!"

흑색 거성 안으로 들어가자마자 맞이하는 것은 50여 마리의 뱀파이어들이었다. 그들의 눈에서 혈광이 드러났다. 손톱을 길게 뽑아 들고 망토를 펄럭이며, 성 내부의 공간을 날아 성기사들과의 거리를 단축한다.

일부는 신체 변환 마법을 이용해 박쥐로 변하기도 했다. 몸집은 작아졌어도 공격력만큼은 그대로인 흡혈박쥐!

"빛이여, 어둠을 물리치소서! 홀리 라이트!"

알베론과 사제들이 거의 동시에 신성 마법을 썼다.

"크악!"

"너무 밝아!"

밝은 빛이 뿌려지자 뱀파이어들은 아우성을 치며 눈을 가렸다. 흡혈박쥐들도 허공에서 피를 토하며 나가떨어진다.

성직자들은 일반적으로 저주 마법을 쓰지 못하지만, 언데드나 어둠의 무리들의 능력을 약화시키는 마법은 쓸 수 있었다. 일반적인 치료 마법도 언데드나 뱀파이어들에게는 역으로 작용해서 강력한 공격 마법이 되는 것이다.

성직자들의 마법이 작렬한 틈을 타서 성기사들은 용감무쌍하게 달려들며 검을 휘둘렀다.

추카악!

여기저기에서 뱀파이어들이 피를 뿌렸다.

숫제 싸움이 되지 않고 있었다.

성기사들과 사제들은 지금까지 1명도 죽지 않았다. 숫자 상으로 압도하고 있었으니 50마리의 뱀파이어들은 그리 까다로운 상대는 아니었다.

사제들의 마법 지원을 받으며 성기사들은 뱀파이어들을 공격했다. 조금이라도 위험에 빠진 성기사들이 있으면 사제들의 집중 치료와 저주 해제 마법이 뒤따랐다.

위드도 1마리의 뱀파이어를 맡았다.

"소드 댄스!"

황제무상검법의 제 4초식!

위드는 현란한 춤을 추며 검을 휘둘렀다.

실제로는 그저 평상시처럼 단조롭게 움직이며 적의 급소들을 노렸을 뿐이지만, 스킬이 만들어 낸 잔상들이 움직였다.

그 때문에 적은 그 환영들을 공격하며 자멸해 간다. 엉뚱한 곳을 공격하느라 빈틈을 노출시키고, 피한다면서 오히려 더욱 가까운 곳으로 다가왔다.

―레벨이 오르셨습니다.

위드는 오랜만에 뱀파이어 1마리를 맡아서 싸움으로 레벨을 하나 올렸다.

레벨 업을 위해서는 경험치가 56%나 남아 있었는데, 226으로 오르고도 30%정도나 더 차올랐다.

'으으… 이렇게 아까운 것들을!'

지금까지 성기사들에게 양보했던 것을 떠올리니 억울할 정도다. 평원과 마을에서는 성기사들의 전력이 워낙에 강해서 빠른 이동을 위해 사냥을 하지 않았는데, 더 이상은 그럴 필요가 없어졌다.

그 때문에 위드도 사냥을 하는 것이다.

뱀파이어가 죽은 곳에는 약간의 아이템이 떨어졌다.

뱀파이어의 송곳니 : 내구력 50/50.
상대의 육체를 꿰뚫고 피를 흡수할 수 있는 이빨이다. 특이한 종류의
물건을 만드는 재료로 쓰이거나, 아니면 연금술에 이용된다.
제한 : 레벨 300.
옵션 : 무기를 만들 경우 상대의 생명력을 흡수할 수 있음!

뱀파이어의 망토 : 내구력 80/80.
어둠의 귀족들이 착용한 망토이다. 그들은 자신과 가장 적합한 생명
체로 변신하여 하늘을 날 수 있다.
제한 : 레벨 250.
옵션 : 박쥐 변신이 가능.
하늘을 날 수 있고, 전투를 치를 수도 있다.
단 변신 상태에서는 장비의 방어력이 적용되지 않음.
신앙 −50. 여성에 대한 매력 +25. 그 외 모든 스탯 −25.

그리고 3골드 29실버까지.

뱀파이어는 갑부 몬스터였다.

아이템들을 챙긴 위드는 주위를 둘러봤다. 어느덧 전투가
종료되어, 성기사들이 그를 기다리고 있었다. 성기사들의 레
벨이 훨씬 더 높았으니 더욱 빨리 뱀파이어들을 잡은 것이다.

"그럼 1층을 돌아보자. 알베론, 너는 석상의 저주들을 해
제해."

1층에는 성기사들의 석상이 총 50개 있었다.

알베론이 저주를 해제하는 사이에, 위드는 성기사들을 이끌고 수색을 실시했다.

"캬아악!"

뱀파이어들 몇몇이 방과 계단 근처에서 습격을 해 왔지만, 중무장한 성기사들에게는 역부족이었다. 그들의 산발적인 저항을 무시한 채로 1층의 탐색을 마쳤다.

1층의 각 방들!

그곳에도 수많은 석상들이 존재했다. 농민들과, 마을 주민들.

"알베론, 이들도 저주를 풀어 줘."

"예."

그들은 알베론의 신성 마법에 저주에서 풀려나자 바닥에 쓰러졌다. 그리고는 수염을 기른 노인 1명이 간신히 말한다.

"오오, 구원자님께서 오셨습니까?"

"구원자?"

"저희들은 모라타 지방의 주민들입니다. 어둠의 무리들의 대침공이 있기 전에 예언자가 찾아왔습니다. 움직이지 못하고, 생명이 있는지조차 의심스러울 것이나 견뎌라. 견디면 구원자가 찾아올 것이라고……."

"……."

"저희들은 오랜 시간동안 오늘만을 기다려 왔습니다. 여기 모라타 성에는 마을의 주민들이 전부 돌로 변해 있습니다. 저희에게는 가족들이고 형제들입니다. 구원자님, 제발 저희들을 불쌍히 여기시고 도와주세요. 드릴 수 있는 건 뭐든 드리겠습니다."

띠링.

모라타 지방의 저주
진혈의 뱀파이어들은 악취미를 가지고 있었다. 영토를 차지한 그들은 무고한 주민들을 돌로 만들어 장식했다. 주민들은 고통의 시간을 보내 왔다. 이들을 구원하라.
난이도 : B
보상 : 장인의 무지개 천.
퀘스트 제한 : 2등급 신성 마법의 저주 해제 소유.

위드는 그다지 고민하지도 않았다.

이 퀘스트는 석상의 저주를 풀어 줄 수 있는 성직자가 있는 파티가 이 성안에 들어와야 발동이 가능할 것이다. 그렇지만 파고의 왕관을 찾아야 하는 위드가 알베론을 데려온 덕분에 퀘스트가 발동되었다.

난이도 B?

이미 기호지세였다. 어차피 흑색 거성의 뱀파이어들을 물리쳐야 하는 의뢰를 받고 있던 터였다.

"저의 의무로 받아들이겠습니다."

위드와 성기사들은 2층으로 올라갔다.

150마리에 달하는 진혈의 뱀파이어들!

그들은 다른 뱀파이어 부하들까지 거느리고 있었다. 그 숫자가 100정도.

다 합치면 250마리나 되는 뱀파이어들이었다.

1층에서 성기사들을 구했으니 이제 숫자상으로는 거의 호각이다.

"공격해라."

"우와와!"

"악의 무리들을 척결하자!"

성기사들은 사제들의 축복과 보호 마법들을 받고 뱀파이어들을 습격했다. 선기는 성기사들에 있었으나, 곧 뱀파이어들도 조직적인 반항을 시작했다.

"다크 배리어!"

"다크 에로우!"

"치료의 손길!"

마법이 무섭게 교차된다.

흑마법이 작렬한 곳에는 사제들의 치료 마법들이 흰빛을

내뿜으며 퍼져 나갔다.

위드는 직접 전투에 끼어들지 않았다. 이렇게 대규모 혈전에서는 어떤 눈먼 공격에 죽게 될지 모르는 법이니.

"알베론, 게으름 피우지 말고 열심히 싸워라."

"예, 위드 님."

"모두들 힘을 내! 왼쪽을 좀 더 지원! 생명력이 줄어든 성기사들은 뒤로 빠져!"

위드는 후방에서 열심히 병력을 지휘했다. 뱀파이어들이 밀집한 곳에는 성기사들을 일렬로 보냈다. 그들은 특별히 사제들의 보호 마법을 겹겹이 걸어 둔 최고의 방어용 탱커들이었다. 레벨도 가장 높은 이들만 추려 놓고, 사제들에게 집중 치료를 하도록 지시했다.

그리고 나머지들은 외곽에서부터 뱀파이어들을 공격한다.

위드는 전선을 따로 분리했다. 적의 주력을 방어하는 쪽과 공격하는 쪽으로. 이와 같은 방식의 장점은 아무래도 사제들을 운용하는 데의 편리함에 있다.

집중적으로 사제들을 활용하면서 중복 치료를 막고, 소리 없이 소외당하여 죽는 성기사들이 생기는 것을 방지했다.

그러다가 방어 측이 위험에 빠지면 공격 측에 무모한 돌격을 지시하여 시간을 벌기도 하고, 여유가 생기면 사제들을 공격으로 전환하여 한 방을 터트릴 수도 있다.

전투에서 성기사들과 사제들이 연합해서 싸우는 연습을

숱하게 하면서 나름대로 최적의 전투법을 찾은 것이었다.

"공격하자!"

"대장님으로부터 공격 명령이 떨어졌다!"

전투는 쉽지 않았지만, 결국 성기사들이 승리를 거뒀다.

사냥을 통해 레벨을 높여 놔서 뱀파이어들보다 성기사들이 더 강했던 것이다. 더군다나 사제들의 지원과 축복까지 있었으니, 개개인이 진혈의 뱀파이어들을 압도할 정도였던 것이다.

2층에서는 성기사들 30명과 사제들 40명의 저주를 풀 수 있었다. 마을 주민들도 구출한 후, 위드는 잠시 휴식의 시간을 가졌다.

'슬슬 배가 고플 테니 뭐라도 먹여야지.'

위드는 솥단지를 꺼내 요리를 시작했다.

평상시라면 기대에 가득 찬 눈길을 보내오던 성기사들과 사제들이었지만, 지금만큼은 모두가 슬금슬금 뒤로 물러난다. 보고만 있어도 눈이 아파 왔던 것이다.

위드도 눈물을 줄줄 흘리며 스튜를 만들었다.

"꼭 그것을 먹어야만 합니까?"

"제발……."

"신앙의 힘으로 극복하십시오."

위드는 성기사들에게 각자 한 그릇씩 스튜를 퍼 주었다. 음식의 재료는 조인족의 알과, 천상의 열매!

퀘스트 해결을 위하여 상당한 출혈을 감수하기로 했다. 지력과 행운을 많이 늘려 주는 천상의 열매 같은 경우는 몬스터를 잡기 전에 먹으면 좋다. 높아진 행운 수치 덕에 몬스터들이 아이템이나 실버들을 드랍할 확률이 상승하기 때문.

그러니 지금은 요리 재료를 아낄 때가 아니었다. 천상의 열매와 조인족의 알을 팍팍 넣고 스튜를 만들었다. 그 외에 이 스튜에는 한 가지 재료가 추가로 더 들어가 있었으니, 그것은 바로 마늘이었다.

요리 스킬이 중급에 오르면서 요리 재료들의 특성이 음식에 배어나게 됐다.

마늘을 듬뿍 넣은 스튜는 뱀파이어들의 공격에 저항력을 형성하고, 덤으로 어느 정도 접근을 막아 주는 효과도 지닌다.

"우욱."

"누, 눈이 너무 매워."

성기사들은 눈물을 줄줄 흘리며 스튜를 먹었다.

그러나 힘든 전투를 앞두고 있는데 부실하게 스튜 한 그릇이 음식의 전부는 아니었다. 위드는 눈물을 머금고 마늘장아찌와, 마늘 샐러드, 마늘 샌드위치들을 연속으로 만들었다. 비교적 말 잘 듣고 온순한 사제들은, 눈물 콧물을 흘리며 한쪽에서 열심히 마늘을 까느라 여념이 없다.

흑색 거성의 3층에서는 진혈의 뱀파이어 200마리가 기다리고 있었다.

"깔깔깔! 세상의 낮은 곳을 돌보는 음차원의 마나여, 저 어리석은 자들에게 진정한 적을 알려 줘요. 현혹!"

"그대들 기사들아, 우리들에게 다가와요. 우리들의 종이 되어 함께 이 땅을 지배해 봐요. 매혹!"

뱀파이어 퀸들이 등장했다.

그녀들이 정신계 마법을 펼치자, 성기사들은 자중지란에 빠져 든다.

"가증스러운 놈! 너는 뱀파이어의 부하가 아니더냐!"

"너야말로!"

옆에 있는 성기사들을 공격하고, 심지어는 자신들을 치료해 주는 사제들을 향해 칼부림을 하기도 한다. 사제들조차 정신계 마법에 빠져서 엉뚱하게 치료를 거부하는 사태까지 벌어졌다.

한 번 들어온 흑색 거성은 되돌아나가지 못하는 공간이었다.

빙룡 조각상을 본 성기사나 사제들은 평정심을 찾고 있었지만, 방금 구해 낸 성기사들은 자중지란을 일으켰다. 사제들도 마찬가지다.

"더러운 놈들! 야비한 놈들! 뱀파이어님들을 거역한 너희들은 그대로 죽는 것이 좋다."

"암! 이 세상을 어둠으로 물들여야 해!"

"프레야 여신이여, 당신의 뜻을 믿는 이들을 올바른 길로 이끌어 주소서. 정화!"

알베론이 제정신인 사제들과 함께 열심히 정신계 마법 해제를 펼쳤다.

위드는 냉철하게 상황을 분석했다.

'먼저 뱀파이어 퀸들을 죽여야 이 사태가 끝난다.'

하지만 뱀파이어 퀸들은 적들의 한가운데에서 보호받고 있었다. 저들을 죽이려다가는 위드가 먼저 죽임을 당하리라.

"알베론, 성기사들은 일단 내버려 두고 사제들을 먼저 치료해."

"옛. 알겠습니다."

알베론의 정화 마법들이 사제들을 향했다. 정신착란에 빠졌던 사제들은 그때야 비로소 제정신을 찾고 성기사들을 치유했다. 다른 멀쩡한 사제들도 움직였지만, 뱀파이어 퀸들이 지속적으로 방해를 했다.

본래 위드는 사제들과 성기사들을 재편하여 아무리 많은 숫자의 뱀파이어들이라고 해도 싸울 수 있도록 훈련시켜 놓았다. 진형만 잘 갖춘다면 사제들의 후방 지원이 있으므로 무너지지 않는다. 그러나 정작 내부에서 성기사들이 동료를 향해 검을 휘두르고 사제들이 치료를 거부하자 걷잡을 수 없이 무너질 기미가 보였다.

역한 마늘 냄새를 내는 성기사들 때문에 뱀파이어들의 공격이 어느 정도 억제되어 있을 뿐, 자중지란에 빠진 성기사들이 무너지는 건 시간문제로 보인다.

하지만 위급한 그때!

위드는 마나를 모아서 힘껏 발산했다.

"너! 희! 들! 의! 적! 뱀! 파! 이! 어! 들! 을! 공! 격! 하! 라!"

스킬 : 사자후를 사용하셨습니다.
사자후 스킬의 영향 범위에 있는 모든 아군의 사기가 200% 상승합니다.
존재하는 모든 혼란 상태가 해제됩니다.
5분간 통솔력이 170% 추가 적용됩니다.

바르크 산맥을 넘으면서 목이 찢어져라 외쳐 대었던 그 사자후!

광량한 울부짖음이 터져 나왔다.

그 순간 모든 뱀파이어 퀸들의 조작은 무용지물이 됐다.

이미 위드의 통솔력은 성기사들과 사제들에게 명령을 내리기에는 충분한 상태였다. 만약 통솔력 스탯이 부족하면 명령을 거부당하거나, 일부의 성기사들과 사제들만 지휘를 할 수 있는 경우도 있었다. 아예 통솔력 자체가 없다면 레벨이 낮은 하급 병사들밖에 명령을 듣지 않는다.

그런데 더 높아진 통솔력의 영향을 받아, 성기사들은 위드의 명령을 절대적으로 따른다. 좀 더 기민하게 반응을 하고, 정확하게 명령을 수행했다.

아울러 사자후 스킬의 반경에 들어간 모든 뱀파이어들의 몸이 휘청거린다.

스킬이 고급에 오르면서 상대의 움직임을 일시 억제하는 부가 효과가 생성된 탓이었다.

"죽어라!"

성기사들의 매서운 검날이 뱀파이어들의 몸을 갈랐다. 뱀파이어 퀸들은 정신계 조작에 능하였지만 대신에 육체적인 능력은 별반 뛰어나지 않아, 다른 뱀파이어들과 운명을 함께했다.

그러나 위드도 사자후 스킬을 쓴 대가를 톡톡히 치러야했다.

"캬아앗! 죽어라!"

모든 뱀파이어들이 위드를 향해 공격을 개시했기 때문!

사자후 스킬 한 번으로 엄청난 적대감을 갖게 된 뱀파이어들이 집중적으로 위드만을 노렸던 것이다. 땅바닥을 구르고, 성기사들 사이로 도망을 치는 천신만고 끝에 위드는 3층을 정리할 수 있었다.

그곳에서 남아 있는 성기사들 전원과, 사제들을 구출할 수 있었다.

성기사 300명.

사제들 100명!

프레야 교단이 파고의 왕관을 찾기 위해 파견한 인원 전부였다.

4층!

그곳에는 진혈의 뱀파이어족 중에 남아 있는 300여 마리들이 기다리고 있었다.

성기사와 사제의 조합! 그리고 위드의 혁혁한 공로로 인해 승리를 거머쥘 수가 있었다.

이제 흑색 거성의 진혈의 뱀파이어는 1마리를 제외하고 전부 다 잡았다.

뱀파이어 로드!

일족의 생사여탈권을 가지고 있으며 본신의 레벨이 400이라고 알려져 있는 토리도가 남은 것이다.

파고의 왕관은 그 자리에 있으리라.

"부탁드립니다. 반드시 구해 주시기를……."

하필이면 마을 주민의 딸 1명도 5층에 석상이 되어 있다고 한다.

이름은 프리나.

예쁜 얼굴을 가지고 있어서 소문이 자자했던 여아라는데, 뱀파이어 로드의 장식품이 된 듯싶었다.

"퀘스트 하나라도 먼저 깨는 편이 좋았을 텐데, 결국 로드를 잡느냐 못 잡느냐에 좌우되게 생겼군."

위드는 성기사들과 사제들을 둘러보았다.

든든했다. 300명의 성기사와 100명의 사제들이라면 누구나 그런 마음이 들 것이다.

'이들을 나의 부하로 삼을 수만 있다면…….'

웬만한 성 하나를 점령하는 것도 어렵지 않으리라.

현재의 베르사 대륙에서 레벨 300 전후의 성기사들과 사제들이 이만큼 모인 전력은 흔치 않을 테니 말이다.

실제로 기사나 병사들과의 친밀도나 충성도가 최대치로 상승하면 부하로 받아들일 수도 있다.

하지만 이들은 프레야 교단의 성기사들. 아무리 친밀도 등이 높아진다고 해도 위드를 상관으로 따르지 않는다. 따라서 퀘스트가 해결될 때까지 일시적으로밖에 지휘할 수 없는 병력이지만, 어쨌든 든든하다.

전투를 할 때에도 그 사람의 성격이 많이 투영된다. 위드는 무가치한 희생이나 손실을 싫어했다. 전투는 최대한 효율적이어야 한다. 뱀파이어들을 이길 수 있을 때에만 싸우고, 이기지 못할 바에는 싸우지 않는다.

이기더라도 피해 없이 이기는 것이 중요했다.

위드는 시간을 들여서 성기사들과 사제들의 레벨을 충분히 올렸다. 사제와 성기사들의 조합에 따른 전투법도 완성시켰다. 전투가 벌어지기 전에 이길 수 있는 여건을 충분히 조성해 둔다. 이기고 있을 때에는 더더욱 신중해진다.

적이 궁지에 몰렸을 때 피해를 감수하며 몰아붙이는 대신 번갈아 휴식을 취하며, 시간은 좀 들어도 안전한 승리를 취했다.

이렇게 병력을 운용할 때에는 조심 그 자체지만, 정작 위드 혼자서 사냥을 할 때만큼은 무모하다고 해도 좋을 만큼 용감무쌍하다. 불가능해 보이던 퀘스트를 포기하지 않고 여기까지 온 것으로도 이미 알 수 있었다.

위드와 성기사들, 사제들은 5층에 올라갔다.

그곳에는 황금 의자에 앉아 있는 귀족 청년이 있었다.

뱀파이어 로드 토리도!

짙은 검은 머리에 곱상한 흰 피부.

호리호리한 몸은 딱 여자들이 좋아하게 생겼다. 머리에는 보석이 박힌 왕관까지 쓰고 있었다. 잘생긴 외모에서는 무언가 섬뜩함이 느껴진다. 창백하리만치 흰 얼굴과 검은 옷이 대비되어 더욱 그런 편이었다.

위드는 그의 머리에 쓰고 있는 왕관을 보며 생각했다.

'아마도 저것이 파고의 왕관이겠군.'

마지막 목표에 다다랐음을 느낀다. 그러나 언제나 끝마무리가 제일 어려운 일이다.

토리도는 어여쁜 여자 아이의 석상을 감상하던 중이었다.

"오. 아름다워라. 이렇게 아름다운 석상을 본 적이 있나."

"……."

성기사들은 토리도를 보는 순간 제자리에 멈췄다.

용감하게 돌격하는 것이 기사의 덕목이거늘, 막강한 기세를 흘리는 토리도에게 겁을 집어먹은 탓이다. 군대에는 보이지 않는 수치인 사기가 매우 중요하다. 사기가 낮아지면 실제로 전투력이 떨어지기도 했다.

"본 적이 있다."

기세에서 밀리지 않기 위해 위드가 한 발자국 앞으로 나서서 대꾸했다.

"이보다 더 아름다운 석상을 본 적이 있다고?"

"그렇다."

"어디지, 그곳이?"

토리도는 당장이라도 일어나서 그곳으로 달려갈 것처럼 물었다.

"로자임 왕국의 남부! 바란 마을."

"궁전도 아니고, 교단의 총본영도 아니로군. 그런 마을의 이름은 들어 보지 못했다. 그런 곳에 아름다운 석상이 있다는 말을 믿을 수 있겠는가?"

"믿거나 말거나. 그 석상은 내가 조각했으니까. 그리고 이 근처에도 하나 있지. 얼음 미녀상이라고, 이것도 내가 조각했다."

토리도는 미소를 머금었다.

"너의 직업은?"

"조각사다."

"예술! 삶을 풍요롭게 만들지. 풍요라는 단어가 좋다. 배불리 먹고, 즐길 수 있는 삶! 그래서 난 프레야 교단이 싫어. 인간들은 잘못 생각하고 있다. 풍요란 나의 것을 키워서 만드는 게 아니야. 남의 것을 **빼앗는** 거지! 영원한 생명과 아름다움. 그건 희생을 치렀기 때문에 가능한 것이다. 희생하지 않는 아름다움이란 존재할 수 없음을 인간들은 왜 모른단 말인가! 인간들은 예술을 즐기지 못한다. 예술이야말로 밤의 귀족 뱀파이어들에게 가장 잘 어울리는 것이다!"

의자에서 일어난 토리도는 서서히 본색을 드러냈다. 손톱이 길어지고, 송곳니가 입 밖으로 돌출됐다. 뱀파이어가 전투를 시작하는 전형적인 형태 변화였다.

"피! 샘솟는 혈액에 흠뻑 취해 보고 싶구나. 이것이야말로 뱀파이어의 풍요. 인간들이여, 나의 성에 찾아온 것을 환영하노라."

"성기사들은 앞으로 나서라!"

사제들이 급히 보호 마법과 축복을 걸어 주고, 성기사들은 포위망을 겹겹이 만들었다.

"캬아아!"

토리도는 그런 성기사들을 기분 나쁘다는 듯이 쓸어 본다.

쩌저적!

그러자 발목에서부터 석화가 진행되면서 올라오는 것이 아닌가.

토리도는 상대를 석상으로 만드는 저주를 가졌다. 3개의 성기사단과 100명의 사제들을 석상으로 만든 바로 그 스킬이다.

"알베론!"

위드의 외침에 알베론이 빠르게 저주 해제 마법을 외웠다.

그러는 사이에 본격적인 전투가 벌어진다.

토리도는 전광석화처럼 움직이며 성기사들을 공격했다. 손톱을 칼처럼 사용하여, 한 번 휘두를 때마다 성기사들의 피가 뿌려졌다. 그러나 사제들은 지금까지 해 왔던 것처럼 치료의 손길을 퍼부었다.

'됐다. 이길 수 있겠다.'

위드의 눈이 빛났다.

레벨이 400을 넘는 몬스터라고 해서 걱정을 많이 했다. 과연 성기사들을 몰아치며 날뛰는 공격은 일품이다. 그런데도 별다른 걱정은 되지 않는 것이, 성기사들은 사제의 집중적인 치료로 버틸 수가 있었고, 경미한 상처들은 스스로 치유할 수도 있기 때문이다.

성기사들과 사제들이 대규모로 몰려 있다 보니 아무리 심한 상처라도 금방 회복시켜 버린다.

　1명의 적을 다수가 공격하는 형태이다 보니 이것은 상대의 힘을 빼는 차륜전의 형식을 띠게 되었다.

　토리도의 마나와 생명력이 조금씩 떨어지는 순간!

　성기사들은 쉽게 이길 수 있을 것 같았다.

　하지만 어디에나 변수는 있는 법!

　"블레이드 토네이도!"

　토리도는 장난처럼 수인을 맺었다.

　그러자 엄청난 폭풍들이 성기사들을 휩쓴다. 폭풍에 휘말린 이들의 체력이 거의 삼분의 일로 줄었다.

　"치료의 손길!"

　"힐!"

　"리커버리!"

　사제들의 치료들이 사정없이 작렬한다. 여기저기 흰빛들이 터지고, 토리도는 다시 한 번 마법을 발현했다.

　"블레이드 토네이도!"

　이번의 공격에 성기사들 20명 정도가 회색빛으로 변했다.

　영원한 안식.

　죽임을 당한 것이었다.

　그러고도 토리도는 지치지 않고 움직였다. 그의 생명력과 마나는 어마어마했다. 칼처럼 길어진 토리도의 손톱이 성기사들을 베고 지나갔다.

"으아악!"

"프레야 여신이여!"

또다시 한 무리의 성기사들이 회색빛으로 변한다. 그러나 토리도도 서서히 힘이 빠졌는지 자리에 멈췄다.

위드는 이제 드디어 토리도를 잡는가 싶었다. 그런데 토리도가 갑자기 달려들어 근처의 성기사 1명의 목덜미를 물고 피를 빠는 것이었다.

"크아!"

성기사의 몸에서 빠르게 혈색이 사라진다.

대신에 토리도의 주변의 마나가 팽창했다. 흡혈을 통해 부상을 치유하고 생명력, 마나를 회복하여 싸우기 전보다 더욱 강해진 것이었다.

"나의 공격을 받아 보아라, 이 미개한 희생양들이여!"

토리도는 생명력과 마나를 채운 채로 다시 전투를 했다.

광역 마법을 퍼붓고, 생명력과 마나가 줄어들어 위험에 빠지면 뱀파이어 고유의 흡혈 스킬을 사용한다. 성기사들은 피하려고 했지만, 마수를 벗어나지 못했다. 토리도는 엄청 난 속도로 움직이며 성기사들을 학살한다.

'저놈들을 어떻게 키웠는데…….'

위드의 눈에서 피눈물이 날 만한 광경이었다.

먹여 주고, 장비 수리해 주고, 사냥터까지 골라 주면서 키워 놓았는데 토리도에게 속수무책으로 당하고 있는 것이다.

설상가상으로 흡혈을 당하고 쓰러졌던 성기사들이 자리에서 일어났다. 하지만 그때에는 이미 충실한 토리도의 종이 되어 있었다.

뱀파이어가 된 성기사들!

신성력은 사용하지 않았지만 검술은 그대로였다.

토리도의 세력이 더욱 늘어났다.

"커허헝!"

사자후도 피로 종속이 된 성기사들에게는 통하지 않는다. 정신 착란 마법이나 혼란 상태가 아닌 완전한 토리도의 종이 되어 버린 것이다.

"치료의 손길!"

"힐!"

그나마 다행이라면 사제들은 아직까지 건재하다는 점이었다. 그러나 한번 뱀파이어가 된 자들은 신성 마법으로도 되돌리지 못하였다.

이런 식의 전개라면 토리도가 쓰러지기 전에, 성기사들과 사제들이 먼저 지쳐 전멸하게 생겼다.

"크하하하하!"

광소를 터트리는 토리도.

사악하고 퇴폐적인 아름다움이 물씬 느껴졌다.

하지만 위드는 아직도 상황을 뒤집을 수단을 가지고 있

었다.

"정말 쓰고 싶지 않았지만, 이런 상태가 되니 어쩔 수 없 군! 사제들은 아군에 대한 치료를 중지하고 놈을 공격해라."

그때부터 상황이 다시금 반전되었다.

사제들은 성기사들의 생명력이 극도로 떨어져 있어도 토리도에게 치료의 손길을 사용했다.

뱀파이어를 신성력으로 치료하는 것은 곧, 그에게는 독!

사제들의 집중 공격이 토리도에게 퍼부어진다. 생명력이 위험한 수준까지 낮아진 성기사들은 괴로워하였지만, 알아서 자체 치료에 의존하는 수밖에 없었다.

"크아아!"

토리도는 몇 명의 성기사들을 더 죽였지만, 생명력이 빠져서 차츰 약해져 갔다. 사제들의 연속 공격에 무너지는 것이다.

토리도는 생명력이 낮아지자, 또다시 희생양을 찾았다. 눈에 보이는 성기사들 모두가 대상이 될 수 있다. 이윽고 토리도가 성기사를 잡아서 흡혈 스킬을 시전하는 순간이었다.

위드는 허점을 찾고 있었다. 아무리 강력한 몬스터라고 해도 취약 부분은 있다. 뱀파이어 로드 토리도에게는 흡혈 스킬을 사용하는 순간이 가장 큰 허점이었다.

무방비 상태로 드러나는 몸.

"조각 검술."

위드의 검에 맑은 푸른빛이 씌워졌다.

검기!

검사들의 검기는 붉은색이거나 아니면 검은색인 경우가 많다. 그러나 조각사인 위드의 검기는 푸른색이다. 본래는 희뿌연 빛이었지만 조각 검술이 중급에 오르면서 푸르게 바뀌었다.

"소드 카이저!"

위드의 몸이 검과 함께 두둥실 떠올랐다. 그리고 검과 함께 날아와서 성기사와 토리도를 한꺼번에 꿰뚫었다.

이미 흡혈을 당한 성기사!

다시 돌이킬 수 없던 성기사의 몸을 꿰뚫고 토리도의 심장 부위를 관통했다.

-치명적인 일격이 터졌습니다!

-토리도의 흡혈 능력을 파괴하였습니다.

뱀파이어들의 약점은 심장!

심장에 못을 박는 것처럼 검을 심장에 꽂았다.

아가사의 거룩한 검은 언데드들에게 2배의 데미지를 준다.

엄청난 타격을 입은 토리도!

소드 카이저는 최후의 초식이었다.

한 번 사용하면 모든 마나를 쓰고야 마는 기술. 마나가 부족하면 체력까지 빨아들이는 스킬!

위드의 마나를 전부 모아서 쓴 공격이었던 만큼 그 공격력은 엄청났다.

토리도가 큰 피해를 입고 휘청거린다. 그러나 과연 고위 몬스터답게 이 정도로 죽지는 않았다.

"네놈……."

이미 죽어 버린 성기사의 육체를 집어던지고, 위드를 두 손으로 붙잡았다.

"대신 너를 먹어 주마. 크아악!"

토리도가 입을 쩌억 벌린다. 날카롭게 빛나는 송곳니들이 막 목덜미에 박히려는 찰나였다. 위드가 토리도를 정면으로 쳐다봤다. 그리고 입을 크게 벌려 놈에게 입김을 불어 주었다.

"우와악! 이 썩은 마늘 냄새!"

"어때, 네가 좋아하는 예술이지?"

"죽여 버리겠다!"

토리도가 쫓아오자 위드는 곧바로 뒤돌아서서 달렸다.

웬만한 몬스터였다면 생명력을 크게 깎아 놓은 이상 한번 싸워 볼 만도 했으리라. 그러나 상대가 너무 강했다.

마나가 소진되어 조각 검술도 쓸 수도 없다. 상대에게 별반 피해를 주지 못하는 반면에, 토리도의 가장 간단한 공격도 위드에게는 치명타가 되었다.

"나를 치료해라! 성기사들은 놈을 죽여!"

위드는 알베론의 전담 치료를 받으며 그대로 도주했다. 도망치는 사이 체력과 생명력이 빠르게 차오른다. 대신 토리도는 사제들의 연속적인 치료의 손길에 서서히 죽어 간다.

레벨 400이 넘는 몬스터답게, 막아서는 성기사들을 몇 명이나 죽였다. 그러나 끝끝내 토리도는 집중된 공격을 견디지 못하고 바닥에 허물어졌다.

토리도가 죽자, 뱀파이어가 된 성기사들은 알아서 움직임을 멈춘다.

완전히 독립한 뱀파이어들은 로드가 죽을 때에 꼭 따라죽지 않아도 되지만, 그들은 막 뱀파이어가 되었기 때문에 토리도의 마력이 끊어지자 알아서 죽어 갔다.

사제들은 죽은 이들이 없었지만, 성기사들은 절반이 넘는 178명이나 목숨을 잃었다.

'아깝군.'

위드는 소모한 마나를 보충하며 아쉬워했다.

토리도의 최후를 그의 손으로 결정짓지 못했다. 그 때문에 막대한 경험치를 자신의 것으로 할 수 없었다. 레벨 400이 넘는 몬스터를 잡았으니 최소한 4~5레벨 정도는 올랐을 텐데, 아쉽기만 한 일이었다.

토리도가 죽은 자리에서는 왕관과 목걸이가 하나씩 떨어졌다.

위드는 두 물품들을 주웠다. 파고의 왕관에서는 묵직한 느낌이 들었다.

"감정!"

과연 프레야 교단의 성물이었다.

위드가 감탄하며 보고 있을 때, 메시지 창이 다시 한 번 울렸다.

−예술 스탯이 20 상승하셨습니다.

파고의 왕관은 화려한 보석들로 장식되어 있다.

그 섬세한 세공과 우러나오는 기품.

아름답기 짝이 없는, 스스로 빛을 발하는 보석들. 그것들이 위드의 안목을 크게 틔워 준 것이다.

"그다음에 목걸이도… 감정!"

검은 생명의 목걸이 : 내구력 50/50.
고대 흑마법에 의해 제작된 물건으로, 미지의 힘이 깃들어 있다.
언데드의 군주 바르칸이 그의 부하를 위해 만든 아이템.
제한 : 알려지지 않음.
옵션 : 알려지지 않음.

"후우."

위드는 한숨을 쉬었다.

옵션들은 나오지 않았지만 예감이 틀리지 않는다면 이것은 토리도를 소환할 수 있는 아이템일 것이다. 하지만 데스 나이트 반 호크와 같은 경우라면 토리도와 싸워 이겨야만 쓸 수 있는 아이템!

'이건 봉인해 두는 편이 낫겠군.'

위드는 검은 생명의 목걸이를 가방의 구석에 밀어 넣었다.

토리도가 죽은 이후로, 흑색 거성은 밝게 변화하기 시작
했다.

막혀 있던 창문에서 빛줄기들이 새어 들어온다. 어둡고
침침했던 벽과 바닥의 색들이 옅어지고 화사하게 분위기가
바뀌었다. 과거 화려했던 시절을 되돌리는 것처럼.

"신성한 빛이여, 여기 왜곡되고 변형된, 자유를 구속한
힘을 해제해 주십시오."

석상으로 변해 있던 마을 소녀 프리나가 마지막으로 원래
대로 돌아왔다.

모라타 마을 사람들이 다가와서 감사의 인사를 해 온다.

"고맙습니다, 고맙습니다! 이제 저희들도 살아갈 수 있게
되었습니다."

모라타 지방의 저주 의뢰 완료
돌이 되어 있던 주민들은 자유를 얻었다.
힘든 시간이었지만 희망을 잃지 않은 직물 장인들은 다시금 모라타
지방을 재건하면서 살아갈 것이다.

-명성이 900 올랐습니다.

-모라타 주민과의 우호도가 25가 되었습니다.

－레벨이 오르셨습니다.

－레벨이 오르셨습니다.

－레벨이 오르셨습니다.

－레벨이 오르셨습니다.

－레벨이 오르셨습니다.

난이도 B급의 의뢰.

자그마치 8레벨이나 올라갔다.

그리고 마을 주민들은 보자기에 싸인 무언가를 하나씩 내밀었다.

"여기 이것은 미흡하나마 저희들의 보답입니다."

－장인의 무지개 천을 100개 습득하셨습니다.

－최고급 사슴 가죽을 200개 습득하셨습니다.

무지개 천은 재봉사들이 눈에 불을 켜고 찾는, 옷을 만드는 데에는 1등급 재료였다. 사슴 가죽 역시 옷을 만드는 훌륭한 재료였다.

"뭘 이런 것을 다… 저는 단지 마음에 우러나오는 행동을 했을 따름입니다."

그러면서도 위드는 배낭에 차곡차곡 무지개 천을 집어넣었다. 1개도 빠짐없이 말이다.

그것으로 모라타 지방에서의 일은 대충 마무리가 되었다.

위드가 텔레포트 게이트로 돌아가려 할 때, 성기사들이 말했다.

"대신관님께 말씀드려 주십시오. 이대로 우리가 떠나면 이들은 몬스터들을 막을 힘이 없을 것입니다. 그래서 저희들은 이 마을을 지키기 위하여 남기로 했습니다. 여기에 머무르며 바르칸의 어둠의 군대를 견제하도록 하겠습니다."

그래서 성기사들과 사제는 그대로 남기로 했다.

위드와 알베론이 텔레포트 게이트로 돌아오니, 교단에서 파견된 사제들이 동굴 안에 모여 있었다.

"구원자님의 일이 무사히 해결되었다는 신탁을 받고 왔습니다. 대신관님이 기다리고 계십니다. 어서 오르시지요."

"예."

위드와 알베론이 텔레포트 게이트에 올랐다. 그리고 그들은 곧 눈부신 빛과 함께 사라졌다.

어설픈 방송 출연

이현은 아이템 거래 사이트에 접속해서 소유한 물품들에 대한 정보들을 올렸다.

"이번에도 괜찮은 수입을 올려야 할 텐데……."

3달이 넘도록 모라타 지방에서 시간을 보냈다. 퀘스트의 난이도가 너무 높았던 탓에 그만한 시간을 투자하는 수밖에 없었다.

습득한 전리품은 뱀파이어의 망토 2개.

부츠와 장갑류 4개씩.

그 외에 필드에서 사냥을 하면서 주웠던 각종 아이템들.

3달간의 사냥치고는 개수가 다소 적었다.

라비아스에서 사냥을 할 때야 아이템을 독식할 수 있었지만, 성기사들과 함께 전투를 하며 아이템 습득이 분산되었다. 그리고 퀘스트의 진행 도중에 조인족의 알이나 천상의 열매도 전부 써 버렸으니, 가능한 좋은 값에 팔리길 바랄 뿐이다.

최소한 600만 원은 벌어 주어야 했다.

아이템을 팔아 600만 원이라면 큰돈이다. 그러나 3달이나 시간을 보낸 만큼 이 정도는 벌어야 수지가 맞았다.

'1달에 200만 원씩은 벌어야 한다. 그리고 앞으로 6개월 후에는 300만 원은 벌어야 해.'

할머니와 여동생 그리고 이현.

세 가족의 생활을 위해서는 200만 원씩의 고정 수입은 있어야 했다. 그래야 보험도 넣고 조금씩 저축도 할 수 있다.

하지만 1년이 지나면 여동생은 대학을 들어가게 된다. 1년 학비만 천만 원이 넘는다. 신입생 때에는 이것저것 내는 돈이 더 많았다.

이런저런 사정을 감안한다면 여동생이 대학을 다닐 때에는 매달 최소 350만 원씩은 벌어 주어야 했다.

남들이 한가롭게 친구를 사귀고 잡담을 하면서 보내는 시간 동안 사냥에 전념하고 각종 스킬들의 숙련도를 올려야 하는 이유가 이것이었다.

로열 로드!

이미 아이템 거래 사이트를 지배하다시피 하고 있다.

그로 인해서 돈을 벌기 위한 유저들도 많이 게임을 한다. 다들 웬만큼 독한 자들이다. 자본이 있는 이들은 길드를 결성해서 성을 먹고, 아니면 큰 사냥터를 독점했다. 그들과 경쟁을 하기 위해서 이현에게 남은 것은 노력뿐이었다.

'남들은 어떻든 상관없어. 나는 내 몫을 다할 뿐이다. 이번에 아이템이 잘 팔리면 되는 거야.'

이현은 이 부분에 대해서는 상당한 자신감을 가졌다.

트리플 다이아몬드의 환상적인 계급.

그 덕분에 이현이 올려놓은 거래 아이템들은 사이트에서 가장 잘 보이는 곳에, 팔릴 때까지 위치할 것이다.

"좋았어."

이현이 쾌재를 부르는 순간이었다.

방문이 덜컥 열리고 여동생이 들어왔다.

"오빠, 공부할 시간이야."

"……."

검정고시가 1달도 남지 않았다.

이현은 시험에 합격하기 위해 하루에 2시간씩 여동생에게 수업을 받아야 했다.

따르릉!

한참 공부를 하는 와중에 전화벨이 울린다.

이현은 혹시나 거래 사이트에서 연락이 온 것일지도 모른다고 생각하며 전화를 받았다.

-안녕하세요. CTS미디어입니다.

씩씩하고 낭랑한 여인의 목소리.

이현은 이미 한 번 계정을 판매할 때 들어 본 바가 있었다.

'무슨 일이지. 이번에도 내 아이템을 구매했나?'

CTS미디어.

그곳에서는 부서 회의가 한창이었다.

"갈수록 방송 점유율이 떨어지고 있습니다. 현재는 게임 부문 방송 점유율이 7%도 안 되는 실정입니다."

"별로 관심이 없는 게임들을 너무 많이 방송했기 때문 아닙니까? 게임 회사들이 광고를 많이 준다고 해서 유저들로부터 외면을 받는 게임들을 너무 많이 편성해 놨습니다. 인기 높은 게임 위주로 해서 시청률을 높여야 여러 기업들로부터 광고 수익을 많이 거둘 수 있는데 우리들은 너무 상업적으로만 접근했어요."

"그런 이유도 있겠으나, 현재는 근본적인 대수술이 필요하다고 할 수 있겠습니다. 타 방송사들도 마찬가지리라 생각됩니다만 우리 방송사에서도 가장 인기가 높은 프로그램은 로열 로드와 관련된 프로그램이지 않습니까?"

한국 게이머의 90% 이상이 하는 게임.

로열 로드.

세계적인 기반까지 닦아 나가고 있는 이 가상현실 게임에 몰린 사람들의 시선은 대단하다고 할 수 있다. 케이블은 물론이고 일반 공중파에서도 정규 뉴스 시간에서 소개를 할 정도이고, 별도의 게임 프로그램까지 만들 정도이다.

최근에는 직장인들조차 휴가 시에 해외여행을 가지 않고 집에서 로열 로드에 푹 빠져 들곤 하는지라 사회문제가 될 정도였다.

"그런 로열 로드와 관련된 프로그램들조차 시청률이 잘 나오지 않고 있습니다. 전반적인 시청률 저하. 시청자들이 우리 방송을 외면하고 있는 겁니다."

"구체적인 원인이 무엇일까요? 국내외의 인지도 높은 연예인들과 개그맨들을 캐스터와 해설자로 모셨고, 심지어는 그들이 게임을 하는 것도 보여 주었는데요."

각 부서의 부장들은 매우 곤혹스러워했다.

한국의 유명한 연예인들.

소위 말하는 몸값 높은 A급 스타들을 영입했다.

그들이 프로그램을 출연해서 진행하는데 시청률이 낮은 사태를 이해하기 힘들었다.

"더 유명한 연예인들을 데려와 보는 건 어떻습니까?"

"좀 더 돈을 써서 말입니까? 지금까지 그런 임시 땜질식의 처방을 하였지만 그럴 때마다 시청률은 떨어지기만 했습니다.”

“연예인들도 이제는 우리 방송사 자체를 기피한다고 합
니다.”

각 부장들은 한참 동안 이야기를 나누었으나 답이 나오지
않았다.

CTS미디어에서는 그날부터 자사의 프로그램 중에 인기가
높았던 방송들을 분석했다.

연예인들이 나왔을 때, 첫 방송의 인기는 높았다. 특히 오
랫동안 모습을 비추지 않았던 연예인들일수록 시청률을 확
끌어 올려 주었다. 평상시에는 저조하기 이를 데 없던 시청
률들이 연예인들의 출현으로 인해서 급등했다.

그것이 바로 지금까지 연예인이라는 카드를 버릴 수 없었
던 이유다. 하지만 회가 거듭되면서 본격적인 이야깃거리들
이 전개되면 시청률은 대폭락을 했다.

연예인들이 게임을 한다. 이는 식상하기만 했던 것이다.

토끼 1마리를 잡으면서 불쌍하다고 애처로운 표정을 짓는
미소녀 연예인.

기본적인 퀘스트 룰조차 모르는 채로 NPC들에게 자꾸 헛
소리를 해 대지 않나, 자신이 게임을 하는 왕국이나 도시의
지명도 모르는 경우가 허다했다.

그 외에 방송사에서 구해 준 좋은 장비와 아이템으로 도배

를 하고 사냥을 하는 모습. 명성이 알려진 특권을 이용해 좋은 파티에 들어서 승승장구하는 것까지.

시청자들은 아예 짜증을 냈다.

로열 로드는 이름 그 자체로 가치를 가진다.

누구라도 황제가 될 수 있기에, 황제를 목표로 하는 야심가들이 도전을 하고 있다.

유저들은 그곳에서 꿈을 키우고 모험을 즐긴다. 각자 목적은 다르더라도 나름대로 삶의 일부분으로 소중히 여기고 있는 것이다.

즐거운 삶 그리고 모험과 도전.

로열 로드가 완성된 이후로 자살률도 극히 줄었다고 한다.

그런 가상현실 게임에서의 연예인들의 삽질이나 보면서 재미있어 하는 시청자들은 거의 없었던 것이다.

"근본적인 치유법이 나올 것 같군요. 우선은 로열 로드의 편성을 조금 늘릴 필요가 있습니다."

한 전무의 말에 부장들은 모두들 공감했다.

"당연한 말씀입니다."

"진작 그렇게 되었어야 합니다."

"그리고 앞으로 연예인들이 게임을 하는 기획은 전부 없애겠습니다."

"일시적으로 시청률은 줄어들겠지만 언젠가 해야 할 일이라고 봅니다."

"환영입니다."

기획부와 재정부에서는 쌍수를 들고 반가워했다.

"결정적으로 우리 방송사의 시청률을 끌어 올리기 위한 방안이 필요한데… 특별 프로그램을 편성하겠습니다."

"특별 프로그램요?"

"지금까지처럼 게임에 대해서 하나씩 알려 주고, 각 도시나 왕국의 뉴스들을 시청자들에게 소개해 주는 방식으로는 한계가 있습니다. 뉴스 데스크처럼 따분하지 않습니까. 그러므로 이제부터는 더욱 유저들에게 가까이 다가가 봅시다."

"다가간다면…….."

"총 8명의 유저들을 선정하여서 그들의 이야기들을 진행하는 겁니다. 여러분들도 아시다시피, 캡슐에는 자신의 플레이가 동영상으로 저장되게 되어 있습니다."

"예, 그렇죠."

유니콘 사에서 만든 가상현실을 즐기기 위한 캡슐.

천만 원이 넘는 가격답게 각종 편의 장치들을 자랑했다. 그중의 하나가 기록 매체였다. 별도의 지시를 내리지 않더라도 플레이 영상들은 기록 매체에 전부 저장이 된다.

"그들의 이야기를 방송하는 것입니다. 중간 중간 로열 로드의 노하우들이나 그들만의 비법 같은 것도 소개해 주면 좋겠죠. 유저들이 제일 좋아하고 재미있어할 만한 구성은 역시 그들 자신의 이야기가 아니겠습니까?"

"진정한 유저들의 이야기가 되겠군요."

그때부터 CTS미디어에서는 방송을 위한 유저들 선정 작업에 착수했다. 일차적으로 로열 로드에서 명성을 떨치고 있는 상위 랭커들이 접촉의 대상이었다.

지금의 상위 랭커들이 어떤 과정을 거쳐서 성장하였는지, 어떤 퀘스트와 비법을 통해 이 자리에 왔는지를 방송해 준다면 시청률은 따 놓은 당상이었다. 물론 모든 비법들을 다 공개하진 않더라도, 그 일부만 빼내어도 유저들은 걷잡을 수 없이 몰려드리라.

무협지에서 강호인들은 재물에는 초연하였지만 신병이기나 신공절학에는 욕심을 내었다고 한다. 로열 로드의 유저들은 상위 랭커들의 비법에 열광하고 말 것이다.

그리고 각 길드와 세력을 이끄는 대장들을 1명씩 뽑았다. 영향력이 큰 인물들이고, 실질적으로 왕국이나 도시의 정세를 움직이는 사람들이기 때문에 특별히 기획부에서 선정했다.

그 외에 1명, 토르의 대장장이.

이 대장장이는 방송에서도 몇 번 지목이 되었다. 장비의 방어력을 향상시켜 주는 인물이었다. 열악한 생산계 직업들을 대변하여서 선출된 것이다.

그리고 마지막 1명이 남았다.

─이현 님 되시죠?

"맞습니다."

　─안녕하세요. 오랜만이네요. 저는 CTS미디어 회장 비서실의
윤나희예요.

"예, 오랜만입니다."

　─지난번에 계정을 팔아 주신 것, 회사를 대표해서 감사드립니
다. 저희 CTS미디어에서는 그 계정을 통해 마법의 대륙의 향수
를 일으킬 수 있는 각 지역의 맵들을 돌아보고 몬스터들을 사냥
하는 모습들을 특집 프로그램으로 방송하였는데, 보셨겠죠?

　CTS미디어.

　1년도 더 지난 일이지만 30억 9천만 원의 막대한 돈으로
그가 가지고 있던 계정을 구입한 회사가 아니던가. 그들 덕
분에 빚을 청산하고 새로운 삶을 시작할 수 있었다.

　'혹시 이번에도……'

　때마침 경매 물품들을 사이트에 올려놓은 참이었다.

　하지만 용건을 듣자 탁 맥이 풀리고 말았다.

　'겨우 안부 전화인 건가.'

　이현은 퉁명스럽게 대답했다.

"안 봤습니다."

　─안… 보셨어요?

"좀 바빠서."

이현의 말은 사실이었다.

그때만 해도 한창 정신이 없던 시기다. 로열 로드를 위한 본격적인 준비와 미래 계획 때문에 한가롭게 게임 방송을 보고 있을 겨를이 없었다.

-네, 그러셨군요.

윤나희는 한참 동안 말이 없었다. 그러다가 슬슬 용건을 꺼냈다.

-실은 이번에 저희 방송사가 계획하고 있는 프로그램이 있는데, 이현 님을 초대하려고 합니다. 먼저 여쭤 보고 싶은 게 있습니다. 이현 님께서는 현재 로열 로드를 플레이하고 계신가요?

"예."

CTS미디어 측에서는 여러 방안들을 기획하였다.

로열 로드를 플레이하는 국내외 유명 인사를 선정하는 방법도 그중 하나였다. 하지만 그렇게 되면 굳이 연예인들을 배제시키는 의미가 없다. 진정 열광시킬 수 있는 프로그램을 만들기 위해서는 연예인들이나 현실의 유명 인사를 영입해서는 안 되었다. 그렇다고 게임 내에서 너무 유명한 사람을 끌어오는 것도 해가 된다.

이름만 들어도 알 만한 사람.

어떤 세력의 얼굴 마담.

상위 랭커.

그런 사람들로만 8명을 채운다면 긴장감이 없다. 1명 정도는 게임에서의 위치나 레벨 등이 그다지 알려지지 않은 사람, 그러나 흥미를 자아낼 만한 인물이 있었으면 했다.

좌충우돌하면서 시청자들을 확 끌어들일 수 있는 사람.

행동으로 전율을 일으킬 수 있는 주인공.

설정은 이러했지만 가상의 인물을 만들어 낼 수도 없는 노릇이고, 영입 계획은 난항에 빠지고 말았다.

여러 사람들을 놓고 고민하던 기획부.

그들은 과거 편성 프로그램들을 뒤져 보던 중에 마법의 대륙과 관련된 프로그램을 발견했다.

위드.

한 게임의 최고수의 자리에 오른 인물.

신비와 베일에 싸여 있던, 전설과도 같은 사람.

몬스터와 싸우는 걸 즐기며, 항거하지 못할 힘으로 어떤 적도 분쇄해 버렸던 사람.

마법의 대륙을 했던 사람들은 전부 위드를 알고 있었다.

만약 그가 로열 로드를 하고 있다면 어떨까. 한 게임의 지존에 이른 자가 다른 게임에서는 어떻게 할 것인가.

가정에 불과하지만 유저들은 기대를 가질 것이다.

기획부에서는 무릎을 쳤다.

"이런 사람이 필요했다!"

그때로부터 1년이 넘는 시간이 지났다.

물고기가 물을 떠나서 살 수 없듯이, 그들은 이현이 로열 로드를 하고 있으리라 짐작했다.

─혹시 로열 로드의 지금 레벨이 몇인지 물어봐도 될까요?

윤나희가 매우 조심스러운 어조로 질문해 왔다. 친하지 않은 사람에게 레벨이나 가지고 있는 아이템의 정보를 묻는 건 실례였기 때문.

"219입니다."

─219요? 와, 대단하시네요.

하지만 윤나희는 약간 실망한 상태였다.

마법의 대륙에서는 누구도 어쩌지 못할 지존의 자리에 오른 사람이다. 1년도 넘게 시간이 흐른 지금 219라는 레벨은 기대 이하였다. 낮은 축에 드는 건 아니지만, 그 정도 레벨을 가진 사람은 충분히 많았던 것이다.

하지만 그녀가 알고 있을까.

이현은 준비에만 1년을 투자했으며, 실제로 로열 로드를 플레이한 시간은 그리 길지 않다는 것을.

윤나희는 이현에게 상황을 설명하고 나서 말했다.

─저희들이 이번에 프로그램을 하나 새롭게 편성하게 되었는데, 거기에 이현 님의 도움이 필요합니다.

"그러니까 저더러 방송에 출연하라는 겁니까?"

이현의 물음에 윤나희는 사근사근 대답했다.

─아니에요. 본인의 플레이 영상과 함께 지금까지 게임을 한

이야기들을 써서 저희들에게 보내 주시면 그걸 바탕으로 방송하게 될 겁니다. 물론 원고료는 드릴 테고요.

"그러니까 제가 게임을 한 이야기를 적어서 보내 드리면 돈을 준다고요?"

-간략하게만 보내 주시면 됩니다. 오늘은 무슨 퀘스트를 했다, 어디서 얼마나 레벨을 올렸다 그리고 그 외에 자신만의 비법들이 있으면 그때그때 함께 적어 주시면 되니, 부담은 갖지 마시고요.

"원고료는 얼마나 되죠?"

-편당 50만 원 정도 생각하고 있습니다. 일주일에 2회 방송되고, 지금은 좀 적지만 20회 정도가 방영된 뒤에 시청률에 따라서 재계약을 하실 수 있어요.

나쁜 이야기가 아니었다. 알토란 같은 돈이 굴러 들어온다는 이야기에 이현은 그대로 제의를 받아들였다.

정식 계약서는 그날 곧바로 CTS미디어의 고문 변호사가 집까지 찾아와서 체결했다. 이현은 꼼꼼하게 계약을 확인했지만 불리한 조항은 없다.

최악의 경우에 시청률이.나오지 않아 방송 중단이 되거나 출연 캐릭터가 바뀌고 이현이 빠지게 되더라도 20회의 원고료는 받을 수가 있었다.

이현은 도장을 찍었고, 그날 밤에는 드물게 머리를 쥐어

뜯어야 했다.

"대체 뭐라고 써야 하는 거야!"

계약을 했으니 원고를 써서 넘겨줘야 했다.

그러나 과연 어떻게 시작을 해야 할 것인가. 첫 문장에서부터 턱하니 막히고 말았던 것이다. 그제야 소설을 쓰는 작가의 심정을 조금이나마 이해할 수 있을 것 같았다.

'어려운 글이란 없다. 내가 무슨 진짜 작가도 아니고, 그저 플레이했던 이야기를 써서 보내 주면 되는 것 아닌가. 사실대로만 적자.'

그때부터 이현은 순식간에 원고를 작성했다.

CTS미디어의 방송 촬영 부서에서는 첫 회 촬영을 위한 일주일 분의 원고를 받아 보고 기겁하고 말았다.

몇몇 원고들은 각자 열심히 노력해서 성의껏 쓴 내용들이 보인다. 그래도 그들은 작가가 아니라 게이머였다. 친구들과 나눴던 사소한 잡담이나 별로 쓸모없는 이야기를 한정 없이 늘려 쓰는 경향이 있다.

방송으로 내기에는 부적합하고, 내레이션을 끝도 없이 삽입할 수도 없었던 만큼 대다수는 잘라 내야 했다.

하지만 이 원고는 대체 뭔가.

간략해도 이렇게 간략할 수는 없었다.

　1일
　로자임 왕국, 세라보그 성에서 시작.
　수련관에 가서 하루 종일 허수아비를 때렸다.

　2일
　하루 종일 허수아비를 때렸다.

　3일
　하루 종일 허수아비를 때렸다.

　4일
　하루 종일 허수아비를 때렸다.

　……

일주일 내내 이것밖에 없었던 것이다.
"지금 우리와 장난을 하자는 거야, 뭐야!"
PD 한영철은 발끈했다. 화가 나도 이만저만 난 게 아니다.
"또 폭발했군."
"이번에는 심각하겠는데."

스탭들은 공포에 떨었다.

이런 식으로 부서진 카메라가 몇 대던가.

한영철이 한참 씩씩거리더니 말했다.

"그래도 다행이지. 원고는 형편없지만 플레이 영상이 있어. 작가들은 이쪽으로 모이고, 그 플레이 영상을 보도록 하지. 그걸 바탕으로 방송할 부분을 짜기로 하자고."

방송 팀에서는 일단 영상을 보고 직접 원고를 완성하기로 했다. 이윽고 위드의 플레이 영상이 그들의 모니터 비춰졌다.

그리고 다들 기겁하고 말았다.

〈8인의 영웅들〉.

CTS미디어에서 방송하기 시작한 프로그램이었다.

현재 로열 로드에서 맹위를 떨치는 유저들의 이야기였다.

이미 유명해진 유저들의 인터뷰들은 있었지만, 그들이 어떤 과정을 통해서 강해졌는지에 대해서는 알려져 있지 않다. 유저들의 성장 과정을 그대로 보여 주는 프로그램인 탓에, 첫 방송부터 엄청난 시청률을 보였다.

연예인들이 아니라, 그들이 플레이하는 로열 로드 속의 강자들! 연예인들보다 더 큰 관심을 받고 있었던 것이다.

7명의 유저들은 첫 회에서부터 지인들과 함께 길드를 결성하거나 혹은 열심히 퀘스트들을 했다. 그리고 한 사람은 죽어라 허수아비만 때리고 있었다.

첫 회 방송이 끝난 후에 인터넷은 난리가 났다.

–방송은 거저 하나?

–지금 시청자들 데리고 장난칩니까? 똑바로 좀 하세요.

–이런 것들도 월급은 받고 있을 테니… 쯧쯧.

방송사의 시청자 게시판이 폭주할 지경이었다.

1회, 2회, 3회.

각 고수들의 게임 노하우에 인터넷이 들썩인다.

하지만 일주일씩의 내용을 담는 스토리가 진행되면서 한 사람은 매번 허수아비만 때린다.

시청자들은 조금씩 허수아비를 때리는 사람에 대해서 묘한 기대감을 갖기 시작했다. 어떤 사람이기에 저렇게 플레이를 할까. 혹은 앞으로 무슨 일을 벌일까에 대한 기대감.

그러나 4회부터 허수아비를 때리는 사람은 더 이상 프로그램에 나오지 않게 되었다. 매번 같은 내용에, 방송사에서 출연 중단을 시켜 버렸기 때문이었다.

TO BE CONTINUED

One for all
원포올

일라잇 스포츠 장편소설

작렬하는 슛, 대지를 가르는 패스
한계를 모르는 도전이 시작된다!

축구 선수의 꿈을 품은 이강연
냉혹한 현실에 부딪혀 방황하던 중
운명과도 같은 소리가 귓가에 들어오는데……

당신의 재능을 발굴하겠습니다!
세계로 뻗어 나갈 최고의 축구 선수를 키우는
'One For All' 프로젝트에, 지금 바로 참가하세요!

단 한 번의 기회를 잡기 위해
피지컬 만렙, 넘치는 재능을 가진 경쟁자들과
최고의 자리를 두고 한판 승부를 벌인다!

실력만이 모든 것을 증명하는
거친 그라운드에서 당당히 살아남아라!

기갑천마

거짓이슬 퓨전 판타지 장편소설

종말을 막지 못한 절대자
복수의 기회를 얻다!

무림을 침략한 마수와의 운명을 건 쟁투
그 마지막 싸움에서 눈감은 무림의 천하제일인, 천휘
종말을 앞둔 중원이 아닌 새로운 세상에서 눈을 뜨는데……

"천휘든 단테든, 본좌는 본좌이니라."

이제는 백월신교의 마지막 교주가 아닌 평민 훈련병, 단테
그럼에도 오로지 마수의 숨통을 끊기 위해
절대자의 일 보를 다시금 내딛다!

에이스 기갑 파일럿 단테
마도 공학의 결정체, 나이트 프레임에 올라
마수들을 처단하고 세상을 구원하라!